中公文庫

漱石の読書と鑑賞

佐藤春夫編著

中央公論新社

漱石の読書と鑑賞

目　次

巻末付録

漱石の読書と鑑賞

序に代えて

あなたの『漱石の読書と鑑賞』の解説全部と本文の一部とを拝見しました。さぞお骨が折れた事とお察しします。初めあなたの計画を伺った時には、あまりに膨大な、そして雑駁なものが出来上がりはしないかと心配したのですが、あなたの解説を拝見して、それが杞憂に過ぎなかった事が分かり、大変愉快に感じました。あなたの解説によって、読者に一つの視点が与えられ、従って全体に一つの中心が与えられ、読者はこの沢山の風景の中を、眼移りする事なく、はっきり一つの目標を持って、あるき廻る事が出来るようになっているからであります。重要な作品でも、読者が割に楽に手に入れる事の出来そうなものは、なるべく省略する。然しその作品の重要性は解説の中で十分読者の注意を促して置くという方針も、あまりに嵩張る事を嫌うこの種の出版物としては、已《や》むを得ない、然し要領の可《よ》い、且つ親切な編輯法であると思います。

ただ欲を言うと、あなたの編輯方針には、当時の『ホトトギス』派の写生文式の作品に重きを置いて、外の、例えば当時の自然派の小説風の作品に重きを置かなかった傾向がある。もっとも是は、漱石の書翰集を基礎とする以上、漱石が書翰を往復したのは、多くは

『ホトトギス』派の人人なんだから、放って置けば、自然こういう編輯方針にならざるを得ないのかも知れません。然し是は、漱石の読書と鑑賞とを問題にする場合、聊《いささ》か片手落の感を懐《いだ》かせなくもないという気がします。漱石は当時の自然派の小説といえども、相当読んで居り、その佳いものは、佳いとして、十分賞《ほ》めていたからです。勿論漱石は、当時の自然派の人人とは、あまり交際がなかった。従って書翰集には、それらの人人の作品を、ほめたりくさしたりしているものが、あまりない。然し例えば島崎藤村の『破戒』のようなものは、あれがほんとの自然主義の作品であるかどうかは分からないが、少くとも当時は自然派の作品として、一般に認められていたものです。然もあの『破戒』の価値をいち早く認めて、森田草平に奨めてあの批評を書かせた者は、実は漱石だったのであります。

　あなたの解説の中にもあるように、漱石は作品として、自然なもの、誠実なもの、飾り気のないもの、自分自身を多すぎもせず少なすぎもせず、丁度ありのままに表現したものを好んでいました。その点では漱石は、初めから、自然主義者だったと言って可いと思います。然るに漱石の眼に映じた当時の自然派の作家達は、イズムの方が先に立って、自分自身はそのイズムに引き摺り廻わされている貌の、裏返しにされたロマンティシズムとでも言いたいような、自然という二字に少しも意味を与える事の出来ない、一種不可思議な怪物でありました。そういうまやかしものを漱石が賞讃する事の出来なかったのは、当然の事であります。然しその為め漱石が、自然主義そのものを嫌い、自然主義的な作品のす

べてを嫌っていたと思うのは、大きな誤解であります。漱石は、それぞれの作家が自分に与えられた体験なり運命なりを、その作家らしい表現で表現したものこそ文芸であると考えていました。それでこそ人は、他人の書いたものを読んで、其所から刺戟なり――感化なり一口に言うと、利益を受ける事が出来るのであると考えていました。それだから漱石は、ある作家が自然主義的な作品を書いたとしても、それがその作家らしい世界をその作家らしい正直さと自然さとを持って取り扱っている限り、必ずそれを愛し、それに敬意を払う事を忘れなかったのであります。漱石がよく徳田秋声のものを褒めているのなぞ、その明白な一例であると言って可いでしょう。

勿論私は、あなたが漱石のほめていた、当時の自然派の作品を此所に採録しなかったからと言って、それを咎め立てしようとするのではありません。是には頁数の制限もあったに違いない。その上それは、今日でも割に楽に手に入れ易い、長篇小説が多いという理由もあるのでしょう。ただ私が残念に思うのは、漱石の鑑賞の幅の広い事に注意していられるあなたが、漱石のこの方面の鑑賞を、あまり強調しなかった事です。『ホトトギス』派の写生文式のものが此所に多く集められて居り、解説も割にその方面に精《くわ》しいという事は、今日漱石の上に不当にも着せられている、漱石は余裕派であり、低徊《ていかい》派であり、芸術至上主義者で、人生と交渉する事のない、現実から游離した世界のみを描いている作家であるというような世評を、是が一層肯定するに役立ちはしないかを虞《おそ》れるからであります。

然し事実は漱石ほど真面目に人生と取っ組み合った作家は、日本にもそう沢山はない筈だと思います。漱石の作品は――殊に漱石の後期の作品は、漱石が人生と悪戦苦闘した、血みどろな従軍記行であると言って可い。その意味で漱石の作品は、その倫理的なものの深さと輝かしさとによって人を撃つもの、即ち漱石は純粋に人生派の作家なのであります。勿論漱石は余裕を説き低徊を説き非人情を説きました。然しそれらのものはすべて、漱石の人生との悪戦苦闘の歴史によって裏打ちされたものである。世俗に解釈されているような余裕や低徊や非人情などとは、随分意味が違う。――もし此所に自然派の作品がいくつか這入り、自然派の作品に対する漱石の態度がもっと精しく解説されていたら、無心な読者に特別な印象を与えて、漱石を世俗以外の眼をもって見る事が出来る機縁になりはしなかったろうかというのが、私の言いたい所なのです。

元来漱石の読書と鑑賞とを問題にする場合に、漱石の『文学論』と『文学評論』と、漱石が自分の蔵書の余白に記入した批評や感想の類を除外してしまうのは、少し無理な話だという気がします。然しそんな事をしているのでは、大変な時間と労力とがかかるに相違ないし、その上そういうものを一一採録するのでは、この位の大きさの本が何十冊も出来るのだろうから、その出版の引き受け手がないにきまっている。従ってあなたが実現可能の範囲内で、大体明治三十七八年以後の漱石の書翰集の中から、漱石が日本の作家の作品に就いて言った言葉を拾い出し、一方ではその言葉に統一を与え、一方ではそれらの作品

のあまり頁を喰わないものを集め、漱石が日本の作家の作品の何所をどういう風に褒め又は貶しているかを、一纏めに見る事が出来るように編輯されたのは、蓋《けだ》し已むを得ざるに出でた事と思います。欲を言えばきりがない。是で漱石の読者の内の篤志家は、一体どんなものを漱石が褒めているのか見たいと思っていても、つい容易く見る事が出来なかったものを、易易と見る事が出来るようになったのだから、あなたに大に感謝して可い。然もこの本の読者が、更にあなたに感謝して可い事は、あなたがあなたの解説によって、漱石の批評を通して、読者を漱石の内部に深く連れ込んで行く点にあると思います。例えば漱石の晩年のモットオである「則天去私」が、漱石に一朝一夕にして頭の中に閃めき出たモットオではない所以を、漱石の批評の言葉から説明しておいでなのなどが、一つの好適例であります。ただ此所で注意して置く必要がありそうに思われる事は、漱石が他人の作品を読む場合、漱石の採点は相当甘いという事です。是は漱石自身が既に書翰の中ででも言っている事だから、自分でもはっきり自覚していた事でありますが、漱石は恐らく自分の中に良いものを沢山持っていたせいで、他人が少し良いものを書くと、あとは自分でその良さを継ぎ足して、人一倍それを良いように思う傾向があったように見えます。一面からいうと、是は漱石の美点で、相手の欠点に触れようとしないで、相手の長所に触れようとする、従って相手に長所がありさえすれば、寧《むし》ろ欠点の方はなるべく見遁《みの》がそうとするのです。勿論漱石にはその欠点も十分眼に這入っているのですが、然しそれを漱石は、強い

て取り上げようとしないのです。この事は例えば藤村の『破戒』に対する漱石の批評、もしくは伊藤左千夫の『野菊の墓』に対する漱石の批評などに就いて考えて見れば、十分納得の出来る事だと思います。だから漱石の批評と批評された作品とを比較して見る場合には、読者は、この作品の何所をどういう理由で漱石が賞めたかを、よくよく考えて見る必要があるでしょう。そうしないと、漱石はこんなものを褒めているのか、なんだ下らないというような気に、どうかするとならないとも限らないと思います。

――どうも勝手な事を勝手に書き散してしまいました。是ではどうも普通の序文としての用をなさない。然し折角のお頼みだから、お座なりを言っているより、私の感じた事を無遠慮に言ってしまった方が可いと思って、敢てこういうものを書いたのです。もし御気に入らなかったら、使わないで置いて下さっても構いません。是であなたに申上げたい事はほぼ悉《つく》したのだから、あなたにさえ読んで頂ければ、それで私は本望なのです。

昭和十二年五月一日

佐藤春夫様

小宮豊隆

序

この集には写生文に関する記事が多いからそれに関することでも書いたら、という話があったので簡単に記憶を辿って書いて見ます。尤も既に一度世間に発表したことが多いかも知れません。

写生文という名前は、いつの間に誰が呼びならわしたということもなく、自然にそう呼ぶようになったのでありまして、それは私が手帖と鉛筆とを持って浅草寺に出掛けて、見聞した事を写生して「浅草寺のくさぐさ」という文章を書いたのに端を発して居るかと思います。其文章は後年の写生文とは文体も異にして居りまして純粋の写生文ということは出来ないかも知れませんが、併《しか》し文章を書くために親しく写生に出掛けたことは事実でありまして、子規も慥《たし》か「斯ういう写生文は面白い、つづけて書いて見たらどうか」ということを云ったように記憶して居ります。

其後子規の枕頭に集って文章会を開くようになりまして、其文章会は「山会」と呼んで

居りました。子規は文章には山が無ければ駄目だ、という事をよく言って居ったので自然そういう名前になったものと思います。私の書く文章などは其時分から際立って山というようなものは無いのでありましたが、坂本四方太などの書くものは必ず人を笑わすところが有って、それを山と称えて居たように思われますし、子規も水滸伝等を激賞して、その山となるところを説明したりなどしたこともありました。その山会で読む文章も概ね写生文でありまして、子規には子規の写生文があり、四方太には四方太のものがあり、鼠骨には鼠骨のものがあるという風に、各々少しずつは違って居りましたが併し大体事実を写生するということに重きを置いた文章であったことは間違いのないことであります。

子規の没後も尚、其庵に集って山会というものは続けて居ったのでありました。漱石が文壇に顔を出して大変な評判になったというのも、もともと此の山会がもとだといえばもとなのでありまして、之は何かに書いたことがありますが、漱石が大変気むずかしくって困るという話が細君からあったので、私は気を紛らす為に文章を書いて見ないか、山会に持って行ってそれを読んで見てもいいということを話して見たのでありました。子規の生存中にも倫敦《ロンドン》から子規の許へ消息をよこした、それなどは大変面白かったことを記憶して居りましたので必ず面白いものが出来るだろうと考えて居ったので、もともと漱石は学者であるから後年のように創作家を以って立とうなどとは思いも寄らず、ただ俳句を作った

り謡を謡ったりするのと同じように、慰安として文章を作って見たらどうかと思って話して見たのでありました。大した期待も掛けずに文章会の往き路に寄って見ると、図らずも大部な原稿が出来上って居て然もそれを漱石の前で一応朗読して見て呉れないか、という話であったので、私は言われるままに朗読をすると、漱石はところどころフフゥと笑いを洩らして我意を得たりというような有様で大変な機嫌でありました。そこで思わず時間を費したので山会には遅刻して四方太や碧梧桐からは嫌味をいわれたのでありましたが、併し、漱石の文章は面白いという事に衆口が一致しました。それが「猫」の第一回でありました。

それから漱石は、矢継早に文章を発表して忽ち文壇に君臨するようになったのでありますが、「猫」の第二回以下はもう文章会では朗読しなかったように覚えます。元来小説を書いて見度《みた》いという考を持って居た私も、暫《しばらく》の間俳句のために其方は忘れたような有様であったのでありますが、此の漱石の熱心な創作欲に呼び醒されたような気持で爾来写生文を書くに付けても小説の色彩が加わって来る傾きがありました。四方太や碧梧桐はそれにあきたらないような様子であって、私が「三畳と四畳半」を山会で読んだ時分に、「虚子もとうとう玄人になって了《しま》った」などと冷評をしたことを覚えて居ます。碧梧桐は余り文章の方には熱心でなかったのでありましたが、四方太は依然として写生文に忠実であり

ました、続々山会で発表をつづけ「夢の如し」という文章などをきれぎれではありましたが続けて発表したのでありました。

此の小説熱が高まるようになってから伊藤左千夫、長塚節などという子規の歌の方の門下生も小説がかったものを山会で発表するようになりました。尤も節の「土」という文章は稍々《やや》遅れて、之は山会で朗読はせず直接に漱石の許に送ったもののように記憶して居ります。

此の山会なるものは其後断続はしましたが現在も尚ホトトギス発行所で毎月のように催して居ります。

昭和十二年四月三十日

ホトトギス発行所にて

高浜虚子

漱石書簡の解説

漱石全集によりその書簡集中文学の鑑賞及批評に渉る部分を
抄録編纂して聊《いささ》か管見を加えた。

明治二十四年

年譜によると、漱石は明治二十三年に第一高等学校を卒業し同年直ちに帝大英文学科に入学しているから、次に掲げる明治二十四年八月三日附子規宛の鷗外評の書翰は即ち大学二年の時のものである。当時の文壇は江戸文学伝承の旧潮漸《ようや》く衰えて、明治十八年の坪内逍遥の「書生気質」十九年の二葉亭四迷の「浮雲」等の画期的作品の出現のあとを承けて紅葉露伴鷗外等の新進が各々その拠るところによって新作を提げて登壇した所謂新文学の黎明期である。

【一】　明治二十四年八月三日　正岡常規宛

《鷗外の作ほめ候とて図らずも大兄の怒りを惹き申訳も無之是も小子嗜好の下等なる故と只管《ひたすら》慚愧致居候元来同人の作は僅かに二短篇を見たる迄にて全体を窺う事かたく候得共当世の文人中にては先ず一角ある者と存居候いし試みに彼が作を評し候わんに結構を泰西に得思想を其学問に得行文は漢文に胚胎して和俗を混淆したる者と存候右等の諸分子相聚《そろ》って小子の目には一種沈鬱奇雅の特色ある様に思われ候尤も人の嗜好は行き掛り

の教育にて（仮令《たと》い文学中にても）種々なる者故己れは公平の批評と存候ても他人には極めて偏窟な議論に見ゆる者に候得ば小生自身は洋書に心酔致候心持ちはなくとも大兄より見れば左様に見ゆるも御尤もの事に御座候全体あの時君と僕の嗜好は是程違うやと驚き候位然《しか》し退いて考うれば是前にも云える如く元来の嗜好は同じきも従来学問の行き掛りにてかかる場合に立ち到り候事と存じ夫《それ》よりは可成《かなり》博覧をつとめ偏僻に陥ざらん様に心掛居候其上日本人が自国の文学の価値を知らぬと申すも日本好きの君に面目なきのみならず日本が《原》夫程好き者のあるを打ち棄ててわざわざ洋書にうつつをぬかし候事馬鹿々々敷限りに候のみならず我等が洋文学の隊長とならん事思いも寄らぬ事と先頃中より己れと己れの貫目《かんめ》が分り候得ば以後は可成大兄の御勧めにまかせ邦文学研究可仕候さわれ成童の頃は天下の一人と自ら思い上り三身《さんじん》の己れを欺いて今迄知らずに打ち過ぎけるよと思えば自ら面目なき迄に愧《はじ》入候性来多情の某《それがし》何にでも手を出しながら何事もやり遂げぬ段無念とは存候得共是亦一つは時勢の然らしむる所と諦め居候御憫笑《びんしょう》》

二十四年八月以前の鷗外の短篇を見ると「舞姫」「うたかたの記」「文づかい」の三篇である。そのうち漱石の指す二篇は何であろうか。「文づかい」を除く二篇かと推測される節もあるが断定しがたい。この前にもう一つある筈の手紙が完備していれば無論明らかなのであろうが、今は不明というほかはない。

それにしても青年漱石が定評のない新進作家鷗外を認めた所に無限の興味があろう。

「結構を泰西に得」以下沈鬱奇雅の特色は鷗外初期の文学の概評として極めて剴切《がいせつ》な文字で、漱石の炯眼が夙《つと》に光りを放っていたのを見ると共に自家の所見を披瀝するにあたっては先輩子規を顧慮せぬ趣味的独立人の気概を示しているところも窺われる。序《ついで》に鷗外の漱石観を知るには後年鷗外が「ヴィタ・セクスアリス」において鷗外が自己仮托の主人公と見るべき金井湛をして漱石の出現が久しく筆を絶っていた金井に技癢《ぎよう》の感を抱かせた云々の語があるによって明らかである。正に風月相知の趣である。

【二】　明治二十四年八月三日　正岡常規宛

《頃日来司馬江漢の春波楼筆記を読み候が書中往々小生の云わんと欲する事を発揮し意見の暗合する事間々有之図らず古人に友を得たる心にて愉快に御座候此《これ》は序ながら申上候》

亜欧堂田善などと共に日本洋画の開拓者たる江漢はその趣味のみでなく識見も亦さすがに先覚者の面貌を具えたものがあった。春波楼筆記はその偶目偶感を手控えした随筆で稿本として死後筐底《きょうてい》から発見されたもの。編者も嘗て愛読したものであるが、この書翰の文言に相当すると断定し得べき原文を今直ぐに指示引用することは出来ない。

明治二十五年――明治三十八年

二十六年に大学を卒業した漱石は、その後東京高等師範、松山中学校、熊本第五高等学校等の数年の教壇生活を経て三十三年に英国に留学した。その前後からホトトギス誌上で子規が頻りと写生文を提唱しはじめ、漱石もそれに刺戟せられたものか滞英中三十四年には「倫敦消息」を、また三十六年に帰朝して帝国大学の講師に聘せられてからは「自転車日記」をそれぞれホトトギス誌上に発表している。当時は教務又は海外の読書生活に没頭したせいか書翰には同時代の自国の文学に関心を示した文字を発見しない。それが現われるのは明治三十八年二月十六日附野村伝四宛の次の葉書である。

【三】　明治三十八年二月十六日　　野村伝四宛

《只今学校の帰りに七人を買って二階の男をよんだ。サラサラトよくかいてある。強いて非難をすると一篇の山がない。まとまりがわるい様だ。然し中々名作だ。大にやり玉《たま》え。》

既に自ら余暇を以て文筆を執ることを始めた漱石は、この年の正月はじめて「猫」の第

一回をホトトギスに発表した。それにつれて自宅に文章会を開くなどの機運も生じ、「倫敦塔」「カーライル博物館」「幻影の盾」「琴のそら音」「一夜」「薤露行《かいろこう》」等の諸作をホトトギス、中央公論等に相次いで発表したところから、勢い他の文章にも再び興味を覚えはじめ、同好の後輩などの漱石を敬慕する連中が時折原稿を持ち込んで指導を仰ぎ或いは活字になることの相談などを持ち込んだものらしい。この葉書の主野村氏も亦その一人である。帝大同期生の川田順、武林無想庵、太田善男氏等七名から成った同人雑誌「七人」(と云えば「琴のそら音」も同誌に発表された。漱石も言わば名誉客員の格?)の客員であった野村氏が漱石の教え子であったためにその文に注目して声援を与えたのであろう。「二階の男」は筆者の手許にも保存なく編者等も手を尽したが、遂に発見されなかったので本集には収めない。「一篇の山がない」という批難には子規の「叙事文」にあらわれた指導的精神(後に細説)を踏襲したかと想像される。このの ち漱石が大学出の青年文士やホトトギス派の作品を特に注目する理由は自ら明らかであろう。

【四】　明治三十八年三月四日　　野間真綱宛

《盾のうた面白く出来候最後の二句は不賛成に候。何とか改め度《たく》候。伝四丸一日をものし候よし》

「盾のうた」は岩波文庫版「漾虚集」の「幻影の盾」の文尾に附載されている。これは恩

師の作に興味を覚えてその返し歌ともいうべきものを筆者に示したに対する返事と思える。文庫版のものが果して最後の二句を改めたか最初のままかまだ確かめていないが。

【五】　明治三十八年三月五日　野村伝四宛

《本日野間の家から君の原稿を二つ郵便で送って来たから只今拝見したが満一日より月給日の方が余程うまく出来て居る中々面白い。満一日はゴチャゴチャだ。同じ様な事が必要もないのに無暗に重複して出て来るあれをものにするなら諸々を削減しなくてはいかん。》

【六】　明治三十八年三月十一日　野村伝四宛

《妻君が夫の手をあたためる所は先達《せんだっ》てはいけぬといったが昨夜傍聴した所では大《おお》に振って居る。毫も厭味も乙な色気もなく出来て居る大に佳也。結末の「此事件は此で結了した」という意味の語は尤もうまい。ちっとも洒落ても気取っても居らん。極め〔て〕平凡極めて真面目な裏に大に奇抜なとぼけた様な馬鹿にした様な所がある。結構です。僕は全体からいうと二階の男より月給日の方がよいかんじがする》

「月給日」というのは同年同月ホトトギス誌上に発表されている。それが文章会の席上ででも読まれたものらしい。「手をあたためる」云々を理解するには作品がないと分らぬが、

割愛したから一篇の趣向を摘記して見ると、月給七十円の一官吏である主人公が或月給日に俸給を懐中して心愉しく帰宅すると、若い細君も今日は寒かったでしょうと云って火鉢の上にかざした夫の冷たい手を自分の手で温めたりする。自分の好む趣味から折々雑誌に文章を投稿したりする読書家の夫は月の諸払いを差引いた残額を好きな書物の購入費に当てようと主張すると、細君の方は新しい着物がほしいといって夫を掻き口説く。結局夫は細君のいじらしさに我を折ってその月の月給の残余を細君の衣服購入費に与えてしまうという平凡な一官吏夫婦の極めて平凡な月給日の一日を平叙したものである。「厭味のない乙な色気のない」素朴な味わいが漱石の気に入ったらしい。

尚、この頃の書翰中野村氏の文章に関する文句がよく出ているが、散佚《さんいつ》したものが多い。本集では「寒水村《そずむら》」一篇を代表的に採録した*。（引用書翰（三六）参照）

【七】　明治三十八年三月十四日　野村伝四宛

《ホトトギスを見たかね。四方太の稲毛をもう一返よんで御覧何の奇もないが嫌味がない虚子の石棺は奇な代りにどこか不自然で嫌味がある。今の人はとかくああ云うものをほめる。僕の倫敦塔をほめてくれるのも全くその為である。巴の助という人のコマイ釣は面白い末段抔《など》はことに振って居る。小泉先生の文をよむ様だ。寅彦の団栗《どんぐり》はちょっと面白く出来て居る》

野村氏を啓発する意味で書かれたと見える。四方太は坂本姓、号は文泉子。虚子、鼠骨、碧梧桐氏と共に子規門の所謂四天王の一人。また写生文家の雄として、その作法の著書などもある。「稲毛」は初期の作品、この筆者のものとして特に傑出しているとも思えぬが、当時の写生文の佳作の一例として本集にも採った。*「石棺」と読み較べて漱石がこの篇を推重した所以が一層よく分るが、要するに「石棺」の幾分ハイカラな奇趣を排して厭味のない平淡な趣をよしとしたと思える。尤も漱石は名家の作ばかりに注目したのでなく、「コマイ釣」の作者の如き投稿家のものをも注意したことや唯《た》だ平淡な厭味のないという消極的な味わいばかりでなく、無邪気に野放図のない著しい特色のあるものにも能く感服したという一例として「コマイ釣」は本集に収めた。*「二百十日」や「坊っちゃん」などと一味相通ずるものがある。夫子自身の二作は恰度《ちょうど》この時期に出来たことをも考えて「コマイ釣」が気に入ったのを成程と思う。小泉先生は勿論八雲である。ここでは間接に漱石の八雲に対する愛好をも示していることになる。

「団栗」については重要な作とは知りつつも記述も多くないし、全集もあり、寅彦には外に採るものが多いから割愛しようかとも思ったが、小宮氏の示教もあり、遣繰りをして入れた。「寅彦の団栗及び竜舌蘭は、いろんな意味で入れた方がよくはないかと思います。鈴木三重吉が千鳥をかいたのはこの二つの影響がかなりある。」という小宮氏の意見を私信中から抜かせて頂く。

【八】　明治三十八年四月二日　野村伝四宛

《ホトトギスに出て居る碧梧桐の五形花〔げんげん花〕というのと、八千代さんの鶏鳴というのを比較して御覧。五形花は渾然としてすこしも痕迹がない。作ったものとは思われない。強いて人の感を挑撥しよう抔という拙な巧が見えない。あれをまずくかいたら毒々しいいやなものになるにきまって居る。趣味の正邪は此二篇を対照すれば分ると思う。才のある人が邪道に入って居るのは惜しいものだ。

鏡花の銀短冊というのを読んだ。不自然を極め、ヒネくレを尽し、執拗の天才をのこりなく発揮して居る。鏡花が解脱すれば日本一の文学者であるに惜しいものだ。文章も警句が非常に多いと同時に凝り過ぎた。変梃《へんてこ》な一風のハイカラがった所が非常に多い。玉だらけ疵だらけな文章だ。僕抔のいう事は門外漢の言葉として彼等は首肯しないだろう。然し僕はあの人々の才が悪い方へ向いて居るのを非常に残念に思うばかりで一寸君に洩らすのさ。君のは正路だから結構だ。此度のホトトギスに出て居るのは皆面白い。虚子も、碧梧桐も、四方太、寒月先生も、君も、投稿のカルタ会もみんな面白い。ホトトギス万歳だ。》

この手紙の「渾然としてすこしも痕迹がない。作ったものとは思われない」は、前出の「厭味のない乙な色気のない」をもう一度力を籠めて言い直した趣である。「痕迹のない」

――つまり人工の形迹のない、「才のある人が邪道に入っている」のを惜しむというのは、風雅のまことに従わぬ、漱石の所謂「則天去私」の反対の現象を指すものと見てよかろう。今までは幾分消極的なものであったかと見える平淡趣味がこの手紙で同じ方向へ積極的に動き出したのが見られる。引合に出された岡田八千代女史の「鶏鳴」を見るまでもなく「五形花」は天衣無縫（所謂「痕迹のない」）名作で、全篇作者が郷里の四国松山地方の方言を駆使して素朴な効果をあげたのは、写生文の境地に自然でしかも平板でない効果を採り入れて最も成功した手法。写生文一派の活動がここまで来たのは兎角冷遇されながらも健全な発達を遂げて流行の自然主義運動を出し抜いて一歩先んじたような史的興味も多い。同時代にいて、どちらかと云えば風変りな、例えば「石棺」の如きには感心しなかった漱石が、真にすぐれたものならすぐ認めることの出来る本能的ともいうべき鑑賞力を具えていたのを見るべき適例であろう。この篇の世界をそのまま大規模にして生活的な味わいを自覚しているのが後年の長塚節の「土」ともいえるであろう。「土」が漱石を感激せしめた由来とも見れば見られる。「五形花」を逸すべからざる所以である。この篇には二三の誤植があるが校正の時でも直しておいてやろうと編者の問合せに対して筆者からの約束があったのに、程なく急逝して約を果してもらえないのは読者と共に編者の恨事とするところである。序ながら謹んで哀悼の微忱《びしん》を表示する。

「今度のホトトギス（明治三十八年四月号）の虚子」というのはその「ほねほり」、碧梧桐

は「五形花」、四方太は「蒲鉾の賛」、寒月先生（「猫」の中の人物を寺田寅彦に擬して呼んだのであろう。或いは巷説の如く本当にモデルであったか門下中でそうきめて寒月先生といえば寅彦のことと通じたものか）は「団栗」、投稿のカルタ会は子夜の「お伽かるた」を指すものである。就中《なかんずく》虚子の「ほねほり」はその写生文境に幾進展を示した虚子が初期の作品の一例として採った。当時の平叙に傾いた写生文の中でこの一篇は子規の所謂山《やま》を構成の意識にまで引上げてその新工夫に成功したものであろう。やがて虚子の小説的作品——それは漱石の所謂「低徊趣味」、「余裕ある文学」「非人情文学」などの萌芽も「ほねほり」一篇のうちに極く原始的な形で潜んでいる。

尚、文中の鏡花の銀短冊については、書翰（一八）参照。

【九】　明治三十八年五月十八日　　野間真綱宛

《看病面白く候余の意に満たぬ所朱点を施こして御再考を煩わす。直して今一遍御送りありたし。》

【一〇】　明治三十八年五月二十七日　　野村伝四宛

《高作拝見致候

丸一日抔よりはずっと上等に候。二階の男よりも遥かに小説的に候。最後の一節よろ

しき情景の処に候。あそこが一番詩的かと思い候。然し全体の上から云うと所々白玉の微瑕と云う様な点有之候。病がぶり返す処抔はぶり返した様に無之。当人が死ぬ所はまだ死にそうもなく候が如何に候や。今度は一字一句の間に余程念を入れられたと見えて警句所々に散見致候。母の会話少々妙過ぎると思う所は二三ヶ所筆を入れ候が是は御容赦を願い候。今迄君の書いたものの内で一番手間がかかったものと存候今《原》前の七人の烏の事が五六行かいてあったのは甚だ小生の気に入候。今度の感じは烏の感じよりよろしくなく候　妄評多罪》

【一一】明治三十八年七月十三日　野村伝四宛

《亀拝見面白く候垣隣りよりあの方が感じがよろしく候。あれはホトトギス向きかき隣りの方は却って帝国文学むきと存候　以上》

引用書翰（一〇）に所謂「高作」が「垣隣り」であることは（一一）によって明らかである。但、（一〇）の「烏云々」は筆者に問い合わせたが、もう記憶しておられぬとのこと。

【一二】明治三十八年八月六日　野村伝四宛

《一寸申上げますが

あなたの浴場スケッチは第一第二ともうまいものです ああ云う奴がつづくと名文が出来ます、ああ云う呼吸を飲み込んだ人は名文家です、従って君も名文家だろうと思われます。今の文章家というのは心掛がわるいと思う。あれはあれ丈《だけ》でよいから長いものでああ云う山をこしらえ玉え。》

【一三】 明治三十八年十月十一日 野間真綱宛

《君塚の一夜面白く拝見致候。少々主客の言語動作が故意にひねくれて居る所が厭味に候。たとえばにらめなくてもいいのに河童の画をにらめたり仰ぐ必用もないのにバイロンの像を仰いだりする事に候。其他の光景は甚だよろしく候。会話は少々文句有之候。あれは連句丈にあらためた方がよからんかと存候。あの儘では会話としてあまり振わざるのみか僕の「一夜」中の会話を強いて真似た様に思われ候。両人が対座して連句をやって居るように少し直して見ましたこんど見せます。》

ここに漱石の所謂「厭味」の具体的な一二の例を見ることが出来た。

【一四】 明治三十八年十一月十五日 野村伝四宛

《昨夜下駄物語をよむ。うまく出来ました。文章が段々上手になってくる結構々々。あれはあとがあるのだろうね。あれ丈では纏まらない。あの茶屋の所は写生だね。どうも

写生は無理がないから生きて居る。》

【一五】　明治三十八年十二月二十九日　原　伊藤左千夫宛

《拝啓只今ホトトギスを読みました。野菊の花は名品です。自然で、淡泊で、可哀想で、美しくて、野趣があって結構です。あんな小説なら何百篇よんでもよろしい。三六頁の

　民さんの御墓に参りに来ました

と云う一句は甚だ佳と存じます。只次にある「只一言である云々」の説明はない方がよいと思います》

【一六】　明治三十八年十二月三十一日　森田米松宛

《ホトトギスに出た伊藤左千夫の野菊の墓というのを読んで御覧なさい。文章は君の気に入らんかも知れない。然しうつくしい愉快な感じがします。》

伊藤左千夫は子規の短歌に於ける高足である。この一篇は左千夫の散文の代表的なものである。厭味のない可憐で素直な、読者の趣味を堕落させないだけの品位のある作品で、謂わば根岸派の牧歌とでもいう味わいであろう。採録してあるから言を費さない〔抄録とした〕。漱石の評語が如何に適切であるか見られたらいい。ここでは文学の要素としての自然、淡泊、可哀想、美しい、野趣と漱石が名付けたものの具体例があらわれている。

「野菊の墓」を「煤煙」の作者に推奨しているのは正に人をみて法を説くの妙がある。そういえば「煤煙」の序文では「煤煙の後篇はどうもケレンが多くて不可《いけ》ない。非常に痛切なことを道楽半分に書いているような気がする。」などの言葉がある。これらの言葉は「野菊の墓」の讃美に使った言葉と大体裏と表の対照である。

【一七】　明治三十八年十二月三十一日　森田米松宛

《拝啓本日書店より芸苑の寄贈をうけて君の病葉を拝見しました。よく出来て居ます。文章抔は随分骨を折ったものでしょう。趣向も面白い。然し美しい愉快な感じがないと思います。或は君は既に細君をもって居る人ではないですか。それでなければ近時の露国小説抔を無暗によんだんでしょう。どっちから来たか知らんが書物か、実地から来たに相違ない。然しあれをもっと適切に感ぜさせるのはあの五六倍かかないと成程とは思われないですよ。凡《すべ》ての因縁ものは因縁がなる程と呑み込める様に長たらしくかかんと面白くゆかぬ様に思いますがどうですか。あれで悪いというのではない。長くしたらもっと面白く見えるだろうと云うのです。ああ云う裏面の消息は表面の恋をかき尽して種切れになった時に考え出すか又は自分が経験を積んで表面の恋が馬鹿々々しくなった時に手をつけるものだ。君の若さであんな事をかくのは書物の上か又は生活の上で相応の源因を得たのでありましょう。（中略）

十二月三十日夜　　金

白楊兄

今朝又読み直して見ました。あれを今少々活躍させる工夫があると思います。あれ丈の短篇では今少々活躍させせんと完璧とは云われない。それでなければもっと長くかく。

三十一日》

尚、三十八年には次の如き作品に関する談話筆記がある。

【一八】　近作短評

《風葉君の『深川女房』は如何にも深川女房らしい、牛込女房や、麻布女房じゃない、第一「深川」という名がいい、それに会話が自然だ、一二ヶ所変だなと心付いた処はあったが。

『天うつ浪』の「お龍」「お彤《とう》」なぞの会話は決して自然だとはいわんが、あの階級に丁度適した詞付《ことばつき》だ、そうして其階級以外に渉らない処がうまい。

鏡花君の『銀短冊』は草双紙時代の思想と、明治時代の思想を綴《つ》ぎ剥《は》ぎしたようだ、夢幻ならば夢幻で面白い、明治の空気を呼吸したものなら、また其空気を写したので面白い、唯綴ぎはぎものでは纏った興趣が起らない、併し確に天才だ、一句々々の妙はいうべからざるものがある、古沼の飽くまで銹にふりたものだと見たものが、鯰《なまず》の群でう

ごめいているなどは余程奇想だ、若しこの人が解脱したなら恐らく天下の一品だろう。『謎の女』は生田葵山《いくたきざん》という人の作だ、ああいう事を書いたのは新らしいと思う、或は翻訳であるまいか。》

（『新潮』二巻六号、明治三十八年五月十五日）

鏡花は同時代の人々のうち最も高く評価した作家であったろう。メリメやゴオチエを読んでもよく鏡花を思い出しているのは全集の別冊によって知ることが出来る。銀短冊に関しては既出の手紙（八）にも評言が出ていた。鏡花の名前は所々に出ているが作品を明示したのは「銀短冊」だけのようである。それもどちらかというと推服していない作品のようである。尤も天才の作たるを疑わないながらの不満であるから単純な不評ではない。鏡花の長所と短所とを同時に発揮した作品として「銀短冊」の名をあげているのである。漱石の意見と併せ見るために作例篇に入れなければならないものであろうが作例篇には漱石が感心したものを主として採ったのでついここまで手が廻らないうちに紙員が尽きた。この篇は無論、更に漱石が排斥した作品までも全部採録するのが本意ではあるが、作例を選集にしなければならない事情に鑑みて、「銀短冊」は鏡花全集で不朽と信じたので散佚の虞《おそれ》のある他の篇のためにこれを割愛したのを諒とされたい。「草枕」、「虞美人草」の作者——一時はゴオチエに傾倒した漱石——三重吉の師匠たる漱石が鏡花を愛好し尊重したのは別に怪しむに足りないが、然らば漱石が鏡花のどの面を尊重したかとなると、鏡花が本

来多面的な作家である上に、漱石が多面的な鑑賞家と来ているのであっさりとは解決しにくい問題になる。これが考察の資料にもと別に一項を巻末に設けて別冊の抄録に管見をも併せて置いたから、参照して頂きたい。

　前々から漱石が他人の作の会話をよく問題にしていると思ったら、ここでもまた「深川女房」「天うつ浪」に会話論の片鱗があらわれている。そういえば漱石は尤もすぐれた会話の書き手であった。「坊っちゃん」の如きはいわば「坊っちゃん」の長ゼリフそのもののような作風ではないか。江戸ッ子のせいであろう。

＊本文庫化にあたり割愛した。（編集部）

明治三十九年

前年から引続いてホトトギス誌上に発表した「猫」の続篇のほかに、漱石はこの年の一月に「趣味の遺伝」を、九月に「草枕」を、十月に「二百十日」を発表している。写生文運動から出立した漱石の文学観も、「草枕」に至って所謂余裕ある芸術、非人情の文学という内容と主張をもつまでに発展してきたのである。この主張を写生文本来の俳味的内容に合致させて更に徹底せしめたものが、つまりのちの低徊趣味の主張なのである。（本書採録の「鶏頭序文」、「写生文」等参照）一方写生文もこの年に至って大いなる進展を遂げ、伊藤左千夫の「野菊の墓」、鈴木三重吉の「千鳥」などの注目すべき収穫があった。

【一九】 明治三十九年一月八日 森田米松宛

《「野菊」を御読みの由。詳細の御評拝見御尤もの事ばかりです。今度作者に逢ったら見せてやります。定めし喜こぶでしょう。あの男は職業は牛乳屋で子規存生のみぎり一所に歌を研究して今でもアシビという雑誌を出して居る。小生は二三度会したぎり交際もない人です。あの作も一句一句吟味すると技巧の上では大分足らぬ所があると思う。

君は読むまいが矢張り前のホトトギスに出た寺田寅彦と云う人の「団栗」とか「竜舌蘭」とかいう作の方が遥かに技倆上の価値がある。只野菊に取るべき所は真率の態度を以て作者が事件を徹頭徹尾描き出して居る点である。あれ丈の材料を普通の小説家がとり扱ったならもっと似非芸術的なものにして仕舞うと思う。そこが頼母《たのも》しい所だと思うが、どうです。趣向は仰せの如く陳腐です。寧ろ月並臭を脱しない。然し仰せの如く月並臭くないからいい。それから君の非難をする箇所は一々尤もである。僕も多少そう思う。但し女が死んでからの一段はあれでいい実際です。尤も君の云う様にすれば死というものに対して吾人の態度が違ってあらわれてくる許りである。死に崇高の感を持たせようとするときは、其方を用いるがよいと思うが、死に可憐の情を持たせるのは、あれでなくてはいかぬ。野菊の行きがかりから云うてあれでなくてはものにならない。調和せんと思う。死は一つである。然し吾人の死に対する態度は色々ある。此態度如何で読者の感じが違ってくる。然も其色々な態度が皆真という事がいえると思う。

　女が猿股をいやがる所や、笠を被らない所は妙ですよ。つまり君の云う如く、あんな所で活動すると思う。女が死んで写真を持って居るのは寧ろ幼稚です。もっと上等に行けばそんな眼に見えるものを持たないでそれ以上の感じを起させるがいい。然しそれは中々大手腕が入る。前後の関係から云って、写真を握って居たので一種の趣意が貫ぬいて、女の病死に落ち付きが出来るという点から見れば何にもかかないより善い。》

（一六）の書翰によって「煤煙」の作者は「野菊の墓」を一読してその感想を述べたのに対する漱石の意見である。「野菊の墓」の評が更に細かくなっている。これによって草平の意見も略々《ほぼ》判る。果然という感じである。技倆の上の問題では一歩を譲って、「野菊に採るべきところは真率の態度を以て作者が事件を徹頭徹尾描き出している点である。」と態度論を持ち出している。この態度の問題が作中の女主人公の死の問題に触れて、一つの事実を崇高に取扱おうが可憐の情をもって見ようとも「色々の態度が皆真」と主張して「野菊の墓の場合はあれでなくては物にならない」「調和せんと思う」といろいろの態度が皆真であるから調和を選ぶのが当然という尤もな申分があらわれている。尤も草平もそれ位のことは無論分っての上で草平らしい申分があったのであろうから、結局両者の芸術上の好み、性格上の相違だけが根本的な問題となったのであろう。

【二〇】　明治三十九年一月八日　森田米松宛

《病葉に就いて一言蛇足を添えるが。主人公が何だか六《む》ずかしい本を読んで居る。あれは必要があるのですか。突然あれを読むと。故意にあんな本を読ませて居る様な、初心《うぶ》な気障な感じがする。もっと長いもので主人公が一種の人物であんなものを読むべき傾向を有して居るか、又はあの本があの短篇中に一種の関係を有して居るなら故意とは思われなかったろう。尤も後段に一寸関係が出るがあれ丈では、あんな本をよます必用は

ないと思う。

容赦なく云えば君は文に凝り過ぎて失敗しそうな懸念が僕にある。あまり凝ると抜目がない代りに何となく窮屈な苦しい感じがするでしょう。第一長いものは到底根気がつづかないと思う。》

【二一】　明治三十九年一月十七日　皆川正禧宛

《野菊の墓の末段をわるく云う人は君の外にあります。森田二十五絃が同様の事を云って来ました。僕はそうも思わない。東京辺の家庭にはこんな御シャベリな婆さんがあるものだと存候。》

【二二】　明治三十九年二月二十二日　野村伝四宛

《只今一昔を拝読に及んだから愈《いよいよ》断案を下さねばならぬ

四方太と撫子先生の評を左右にならべてどっちに賛成するかと問われれば余は四方太に賛成する。

然し君の作のうちで尤も失敗の作かというとそうではない。君は尤も苦心の作だというけれども僕が見れば他の出来のいい諸篇より同等より少し下位の程度のものだ。だから四方太に賛成する為には失敗という意味を大に高くしなければならん。

小山内君がほめるわけは分った。あの男はこんなものがすきなんだ。あれは趣味が近いからほめるのだよ。
以上謹んで僕の断案を左右に呈す。此断案は決して動かぬ断案であります。君決して疑うなかれ
今榾火《ほたび》というのをついでによんだ。榾火も芝居がかりだが、昔よりはよっぽどいいと思う再拝》

「榾火」は野村氏自身としては他の諸篇よりも今日改めて世に問いたい意嚮《いこう》を私信で洩らされ、氏の代表作としてこの一篇と希望したが、これも他の諸作同様百方手を尽して見たが散佚してしまったらしい。本書がせめて震災前に出来ていればもっと完備したであろうに。

【二三】　明治三十九年三月三日　野村伝四宛

《早稲田文学の三号の小説評（先刻は失礼アレカラスグ読ンダ）大塚楠緒子作　筆が器用に出来て居る。苦《すこぶ》る文章を考えたものであります。思いつきもわるくありません。あの人の作としては上乗であります。三小説のうちの傑作である。》

大塚楠緒子は文学博士大塚保治氏の夫人。野上彌生子と共に漱石近親の女流作家の双璧である。明治四十三年に没した。その逝去の際漱石が霊前に手向けた「有る程の菊抛げ入

れよ棺の中」の句は有名である。三小説のうち他の二篇とは小川未明の「人生」と小栗風葉の「老青年」で、これらは漱石には甚だ気に入らぬものであったらしい。「客間」は已むなく割愛したが、相愛だった男女が十年後に偶然他家の客間に落ち合い、女は男の変化に失望する一場景を写し、格別写生的妙も心理描写というほどのこともないが、「明暗」などといくらかテーマの共通した味わいがある。後出「空薫《そらだき》」の場面も殆ど相似た情景であるし、「空薫」の部分で代表した。

【二四】明治三十九年四月一日　高浜清宛

《島《原》村の破戒と云う小説をかって来ました。今三分一程よみかけた。風変りで文句抔を飾って居ない所と真面目で脂粉の気がない所が気に入りました。》

【二五】明治三十九年四月一日　森田米松宛

《破戒は二三日前買いました。先日紅緑が来て破戒の著者は此著述をやる為めに裏店へ這入《はい》って二年とか三年とか苦心したと聞いて急に島崎先生に対し〔て〕も是非一部買わねばならぬ気になりすぐ買って来ました。是は只買って来たのです。面白くてもつまらなくても構わない買って来たのです。夫から半分程よみました。第一気に入ったのは文章であります。普通の小説家の様に人工的な余計な細工がない。そして真面目にすらす

ら、すたすた書いてある所が頗《すこぶ》るよろしい。所謂大家の文辞の様に装飾沢山でないから愉快だ。夫から気に入ったのは事柄が真面目で、人生と云うものに触れて居ていたずらな脂粉の気がない。単に通人や遊蕩児や所謂文士がかき下すものと大に趣を異にして居るからです。まだ後半はよまないから批評は出来ないが恐らく傑作でしょう。今迄の日本の小説界にこんな種類のものはなかろうと思うのです。只一篇のモーチーヴが少々弱いかと思う。

軽薄なものばかり読んで小説だと思って居る社会にこんな真面目なのが出現するのは甚だうれしい事と思う。》

【二六】 明治三十九年四月三日　森田米松宛

《破戒読了。明治の小説として後世に伝うべき名篇也。金色夜叉の如きは二三十年の後は忘れられて然るべきものなり。破戒は然らず。僕多く小説を読まず。然し明治の代に小説らしき小説が出たとすれば破戒ならんと思う。君四月の芸苑に於て大に藤村先生を紹介すべし。》

【二七】 明治三十九年四月四日　高浜清宛

《藤村の破戒というのを読んで御覧なさい。あれは明治の小説として後世に伝うるに足

る傑作なり。金色夜叉抔の類にあらず。》

【二八】　明治三十九年六月八日　前田儀作宛

《破戒は小生も数日かかりて通読致候あれは文章にてよませる小説では無之又局部々々の活動にて面白がらせる小説にも無之辛抱して仕舞迄よませて後感心させる作と存候小生も一いきにはよみかね候えども通読して感服致候。愚考にてはあれは慥かに明治の作物として後世に伝うべきものと存候尤も局部々々の刺激を求むる人にはよみ通す事少々如何あらんかと存候》

要するに軽佻浮薄でない態度と作風とに対する敬愛で、「野菊の墓」の尊重と大いに相通ずるものがある。後年長塚節の「土」を尊敬したのもこの同じ心持と思う。「野分」の白井道也先生が、愛好して然るべき文学であるから、漱石にこれらの言のあるのはすぐ解釈がつく。「破戒」は強いていえば新しい「沈鬱奇雅」の文学ではないだろうか。

【二九】　明治三十九年四月四日　高浜清宛

《畑打ち淡々として一種の面白味あり。人は何だこんなものと通り過ぎるかも知れず。僕は笹の雪流な味を愛す、只学士の妻になり損なったものが百姓になって畠を打つ程零落するのは普通でない。「小説家」という文はわる達者である。「寮生活」も多少軽薄也。

而《しか》も両篇とも僕の文に似て居るから慚愧の至りだ。これにくらぶれば「素人浄瑠璃」抔の方遥かに面白し。》

「畑打」に対する評言は「厭味のない乙な色気などのない」手の作品に野趣を加えたものを笹の雪流と命じたと考えてよかろう。

【三〇】 明治三十九年四月十一日　鈴木三重吉宛

《御手紙も小説も届いて只今両方とも拝見千鳥は傑作である。こう云う風にかいたものは普通の小説家に到底望めない。甚だ面白い。強いて難を云えば段落と順序が整然として居らん。第一回の藤さんと瀬川さんの会話が少々振わない。（其代りあとの会話は悉く活動して居る）。最後に舟を望んで藤さんを想像する所は少しくど過ぎる（其代り袂の貝をなげる所なぞはうまいものだ）。夫から法学士との問答もない方がいい。絵本の御姫さまは前後ともない方が明瞭である。尤もあれば妙な趣味は生ずる。壁の画がねけ《原》出すのも考えものだ　以上は僕の感じたわるい方だがそれを除いては悉くうまい。会話といい所作といい仕草といい悉く結構である。一つ二つ取り出して云うとほかがまずい様になるから云わない。総体が活動して居る。僕が島へ遊びに行って何かかこうとしても到底こんなには書けまい。三重吉君万歳だ。そこで千鳥を此次のホトトギスへ出そうと思うが多分御異存はないだろう。構いますまいな。尤も緒言はぬく積りだ。

どうか面白いものをもっと沢山かいて屁鉾《へっぽこ》文士を驚ろかして呉れ玉え。僕多忙でこまる。昨日から講義をかきかけたら半ページ出来た。講義を書くより千鳥をよむ方が面白い。》

【三一】　明治三十九年四月十一日　高浜清宛

《拝啓僕名作を得たり之をホトトギスへ献上せんとす随分ながいものなり作者は文科大学生鈴木三重吉君。只今休学郷里広島にあり。僕に見せる為めに態々《わざわざ》かいたものなり。僕の門下生からこんな面白いものをかく人が出るかと思うと先生は顔色なし。先は御報知まで　艸々》

【三二】　明治三十九年四月十五日　鈴木三重吉宛

《拝啓二三日前君に手紙を出すと同時に虚子に手紙を出して名作が出来たと知らせてやったら大将今日来て千鳥を朗読した。そこで虚子大人の意見なるものを御参考の為めに一寸申し上げる

○全篇を通じて会話が振って居らん。藤さんのホホホホが多過ぎる藤さんが田舎言葉で瀬川さんが田舎言葉で掛合をしたらもっと活動するかも知れん（瀬《原》石曰く虚子の云う所一理あり。然し主人公が田舎言葉でやっつけたら下女や何かの田舎言葉が引き立つまい。但し

全篇を通じて若い男女の会話はあまり上出来にあらずと思う）

○虚子曰く章坊の写真や電話は嶄新《ざんしん》ならずもっと活動が欲しい（漱石曰く章坊の写真も電話も写生的に面白く出来て居る）

○女と男が池の処へしゃがんで対話する所未だ室に入らず。且つ其景色が陳腐なり（漱石曰く会話はあの位で上の部なるべし。池の景色鮒の動静悉く写生なり陳腐ならず）

○虚子曰く若い男女が相会して互に思うはありふれた趣向なり但二日間の出来事と云うに重きを置いて、それを読者にわからせる様につとめた所がよし。（漱石曰く趣向は陳腐にもあらず又陳腐でなき事もなし要するに技倆如何にて極る。此篇の大欠点はどうしても作り物であるという疑を起す点にあり。然し所々に写生的の分子多きために不自然を一寸忘れさせるが手際なり）

○虚子曰く狐の話面白し全篇あの調子で行けばえらいものなり（漱石曰く全篇大概はあの調子なり）

要するに虚子は写生文としては写生足らず、小説としては結構足らずと主張す。漱石は普通の小説家に是程写生趣味を解したるものなしと主張す。

以上は虚子の評なり。君は固《もと》より僕に示す丈の積りだろうが僕以外の人の説も参考に聞く方が将来の作の上に利益があると思うから一寸報知する。虚子と云う男は文章に熱心だからこんな事を云うので僕が名作を得たと前触が大き過ぎた為め却って欠点を挙げ

る様になったので、いい点は認めて居るのである。
　それで原稿は一度君の許諾を得た上でと思ったが虚子が持って帰ると云ったからやりましたよ。尤も長いから少々削るかも知れない。是も不平を云わずに我慢してくれ玉え
以上》
　これらの三通は綜合して見ると「千鳥」一篇の精緻な鑑賞で、同時に少年の門下を導く懇切の情の頗る掬《きく》すべきものがあるのを覚える。「千鳥」を一読しながら、これらの評言を見ることは甚だ便利でもあり必要でもあるのに、紙面の都合がこれを許さぬのは甚だ遺憾である。幸いにこの篇は三重吉が初期の諸名作と共に岩波文庫に収められて流布しているから、どうぞ（といって別に岩波から頼まれた訳ではないが）本書の不備を補う意味で一本を購《あがな》って一読されたい。それ自身の興味と漱石の批評眼鑑賞力を具体的に見る上とで決して損でないことは保証する。「千鳥」は漱石の写生文主義乃至《ないし》趣味と耽美主義とを打って一丸とした、謂わば耽美的俳諧趣味、抒情的低徊趣味とも名づくべく言わば「草枕」の素直に拙なもので、漱石にはこの稚拙も必らず好意をもてたろうと思う。

【三二】　明治三十九年九月二日　寺田寅彦宛

《嵐拝見先ず面白い方に候
結末の五六行は大家に候。あれ位短かくしてしかもあれを仕舞に置く所が尤もよろし

く候。短篇は是で持つものに候。ドーデ抔はこの呼吸を心得た人に候。君もこの呼吸を心得た人に候。

嵐の前の景色よろしく候。あとの景色もよろしく候。只肝心の嵐が一向引き立たぬ気が致し候。今少し何とかしたら凄ぐ《原》なったろう。又熊公の嵐後の様子が反映してよろっ《原》たろう。

「海は地の底から重く遠くうなって来る」の一句既に時間を含くんで居るのみならず。既に嵐の経過を予期せしむる如き書方である。此好句を冒頭に置きながら其つぎの節から一節毎に嵐の吹き募る模様を漸々《ようよう》深く切り込む様に書か（即ち時間的に）ないのは残念だと思う。

嵐の一篇はホトトギスに送ってよければ僕から送ります。虚子は不相変《あいかわらず》賛辞を呈する事と存候》

【三四】　明治三十九年九月三日　高浜清宛

《寅彦嵐と題する短篇を送りこし候例の如く筆を使わないうちに余情のある作物に候十月分のホトトギスに御掲載被下べくや。御郵送申上候。》

【三五】　明治三十九年十月十一日　森田米松宛

《寅彦の嵐は彼の作としてあまり秀逸じゃない。嵐の前後丈かいて肝心の嵐をかかないなんてずるい男だ尤も最後の二三行「あの人も御かみさんの居る時分云々」は君と絶対的反対で大賛成である。あの下女の言葉があって始めて熊さんの長い間の変化やら歴史やらが一句のうちに纏められて、読者はうんそうかと云う気になるのである。短篇でもし長い歴史を感ぜしむる為めにはああ云う筆法でなければいかぬ。あれが短篇の落ちである。あれがあるから画竜点睛の妙を覚えて全篇が活動してくるのである。もし是を不賛成というなら大に議論がしたい。》

「嵐」は作品としても立派だし、漱石の評言も具体的で作品を見たいという欲望を起させるから、一旦はこれを採録目録に加えたが、寧ろ「団栗」をという小宮氏の注意に賛成して遂に割愛した。* 一体寅彦という人の文学が漱石文学とつながっている点は、文学論の学者漱石及び「カーライル博物館」の作家漱石を考えると同一族の相貌を具えているのに気づくであろう。漱石は今までの例でも自分の悪いところに似ている文体や作品にはひどく嫌悪を感じていたらしいが、その長所が相似ている、例えば三重吉、寅彦などの場合は別に自分に似ているという意味で嫌悪もしなかった。自己の美点と長所とを充分に自覚していたためであろう。すると漱石の鑑賞は独り岡目ばかりではなく自己批判の場合にも正鵠《せいこく》

を得ていたとも云えそうである。

＊本文庫化にあたり割愛した。（編集部）

明治四十年

この年の四月に帝大及び第一高等学校講師を辞任した漱石は東京朝日新聞に入社して愈々作家生活に入った。その最初の作品が長篇「虞美人草」である。当時自然主義の文壇的勢力は益々旺盛の感があったが、漱石は最初から相背馳していたこの風潮に対して、更に自覚して反目したかに見えた。

【三六】　明治四十年一月十二日　　野村伝四宛

《寒水村（編者註。「そずむら」と読む）をよみました。君のかいたもので一番小説に近いものである。趣向が面白い。そうして是という不自然がない。結構であります。一字一句に苦心するよりあの方が遥かにいい　早々万歳》

【三七】　明治四十年一月十八日　　高浜清宛

《「縁」（編者註。野上彌生子作）という面白いものを得たからホトトギスへ差し上げます。「縁」はどこから見ても女の書いたものであります。しかも明治の才媛がいまだ曾て描

き出し得なかった嬉しい情趣をあらわして居ます。「千鳥」をホトトギスにすすめた小生は「縁」をにぎりつぶす訳に行きません。ひろく同好の士に読ませたいと思います。

　今の小説ずきはこんなものを読んでつまらんというかも知れません。鰒《ふぐ》汁をぐらぐら煮て、それを飽く迄食って、そうして夜中に腹が痛くなって煩悶しなければ物足らないという連中が多い様である。それでなければ人生に触れた心持ちがしない抔と云って居ます。ことに女にはそんな毒にあたって嬉しがる連中が多いと思います。大抵の女は信州の山の奥で育った田舎者です。鮪を食ってピリリと来て、顔がポーとしなければ魚らしく思わない様ですな。

　こんななかに「縁」の様な作者の居るのは甚だたのもしい気がします。これをたのもしがって歓迎するものはホトトギス丈だろうと思います。夫れだからホトトギスへ進上します。》

【三八】　明治四十年二月十六日　松根豊次郎宛

《先夜は失礼其後閑《ひま》をぬすんで楽堂君の三の糸を拝読中々面白い所がある様だ。其面白味は俳句をやった人のみ出し得る面白味である様でそこの所は甚だ賛成だが全体から云うとまとまらない。散漫の様に感じた。文章があまり簡単で字があまりうまくなくてそうして僕に充分のひまがないのでそう思われたのかも知れぬ。》

【三九】　明治四十年四月十九日　高浜清宛

《京の都踊万屋面白く拝見一力に於ける漱《原》石は遂に出ぬ様に存じ候少々御恨みに存じ候漱石が大に婆さんと若いのと小供のとあらゆる芸妓にもてた小説でも写生文でも御書き被下度と存候近来の漱石は色の出来ぬ男の様に世間から誤解被致居り大に残念に候　以上》

これは「虞美人草」を書きに京都へ行った漱石がその地で落ち合った（？）虚子にその地の模様を記した文章を読んだ後の感想であることは文言で判るが、従って純然たる批評というより多分に社交的辞令が加わっている口調である。それにしても一応文中の二篇を知っておこうと思って、これを作者にただしたが作者はその掲載誌は遂に明示されなかった。巻末の表にも記載がないから茲《ここ》に断っておく。

【四〇】　明治四十年五月四日　野上豊一郎宛

《七夕さまは「縁」よりもずっと傑作と思う　読み直して驚ろいた。灯籠を以て着物を見に行く所は非常によい。末段はあれでよろし》

【四一】　明治四十年五月四日　高浜清宛

《七夕さま（編者註。野上彌生子作）をよんで見ました、あれは大変な傑作です。原稿料を奮発なさい。先達てのは安すぎる。》

【四二】　明治四十年七月十六日　高浜清宛

《大内旅館についての多評は好景気の様也《なり》三重吉は大変ほめていました。寅彦も面白いと云いました。そこへ東洋城が来て三人三様の解釈をして議論をしていました。小生はよく御《原》其議論をきかなかった。小生の思う所は。大内旅館はあなたが今迄かいたもののうちで別機軸だと思います。そこがあなたには一変化だろうと存じます。即ちあなたの作が普通の小説に近くなったと云う意味と。夫から普通の小説として見ると大内旅館がある点に於て独特の見地（作者側）がある様に見える事であります。詳しい事はもう一遍読まねば何とも云えません。とにかく色々な生面《せいめん》を持って居るという事はそれ自身に能力であります。御奮励を祈ります。》

なお「大内旅宿」に対しては「鶏頭」の序の中で詳しく述べているから、ここに引用して、読者が併読の便に供しよう。この序文は漱石の芸術論として重要なものとも思うし、前掲引用書翰（三七）の説明としても甚だ役立つと思うから、「大内旅宿」の部分だけで

なく、序文の全文を採録する。

【四三】高浜虚子著『鶏頭』序

《小説の種類は分け方で色々になる。去《さ》ればこそ今日迄西洋人の作った作物《さくぶつ》を西洋人が評する場合に、便宜に応じて沢山な名をつけている。傾向小説、理想小説、浪漫派小説、写実派小説、自然派小説抔《など》と云うのは皆在来の述作を材料として、其著しき特色を認めるに従って之を分類した迄である。種類は是丈で尽きたとは云えぬ。一たび見地を変れば新しい名を発見するのは左迄《さまで》困難でない。況《いわん》や向後の作物が旧来の傾向を繰返して満足せぬ限り、時と、場合と、作家の性癖と、発展の希望とによって生面を開きつつ推移する限り、何派、何主義と云う思いも寄らぬ名が続々出て来るのが当然である。

　虚子の作物を一括して、是は何派に属するものだと、在来ありふれた範疇内に押し込めるのは余の好まぬ所である。是は必ずしも虚子の作物が多趣多様で到底概括し得ぬからと云う意味ではない。又は虚子が空前の大才で在来西洋人の用を足して来た分類語では、其作物に冠する資格がないと云う意味でもない。虚子の作物を読むにつけて、余は不図《ふと》こんな考えが浮んだ。天下の小説を二種に区別して、其区別に関聯して虚子の作物に説き及ぼしたらどうだろう。

　所謂二種の小説とは、余裕のある小説と、余裕のない小説である。ただ是丈では殆ん

ど要領を得ない。のみならず言句にまつわると褒貶の意を寓してあるかの様にも聞える。かたがた説明の要がある。

余裕のある小説と云うのは、名の示す如く逼《せま》らない小説である。「非常」と云う字を避けた小説である。不断着《ふだんぎ》の小説である。此間中流行った言葉を拝借すると、ある人の所謂触れるとか触れぬとか云ううちで、触れない小説である。無論触れるとか触れないとか云う字が曖昧であって、しかも余は世間の人の用いる通り好加減な意味で用いて居るのだから、此字に対して明かな責任は持たない積《つもり》である。只ある人々の唱える意味に於て触れない小説と云ったら一番はや分りがするだろうと思って、曖昧ながらわざわざ此字面を拝借したのである。と云うものは、まず字の定義は御互の間に黙契があるとして、ある人々は触れなければ小説にならないと考えて居る。だから余はとくに触れない小説と云う一種の範疇を拵らえて、触れない小説も亦、触れた小説と同く存在の権利があるのみならず、同等の成功を収め得るものだと主張するのである。

触れない小説の意味をもう少し説明しないと余の所存が貫徹しまいと思う。余は自己の考えを述べて、こんな風にも小説は解釈が出来るものだと読者から認めて貰えば好い。喧嘩を売る料簡でもなし、売られた喧嘩を買う気もない。従って思う通りを思う通りに述べて誤解のない様に力《つと》めて置かなければならない。

個人の身の上でも、一国の歴史でも相互の関係（利害問題にせよ、徳義問題にせよ、其

他種々な問題）から死活の大事件が起る事がある。すると渾身全国悉く其事件になり切って仕舞う。普通の人間の様に行屎走尿《こうしそうにょう》の用は足して居るが、居らぬか気が付かぬ位に逆上《のぼ》せて仕舞う。先達て友人が来てこんな話をした。小田原で暴風雨があった時、村の漁船が二三杯沖へ出て居てどうしても濤《なみ》を凌いで磯へ帰る事が出来ない。村中一人残らず渚《みぎわ》へ出て焚火をして浮きつ沈みつする船を眺めている許《ばか》りである。此方から縄を持って波を切って、向うの船へ投げ込んで、其縄を引いて陸へ上げるのが彼等の目的である。がそう思う様に目的は達せられんので、晩からかけて翌日の午後の三時頃迄は村中浜へ総出の儘《まま》風の中雨の中に立ち尽していた。所が其長時間のうち誰一人として口を利いたものがない又誰一人として握飯一つ喰ったものがないとの事である。こうなると行屎走尿すら便じなくなる。余裕のない極端になる。大いに触れてくる。同時に眼前焦眉の事件以外何にも眼に這入らなくなる。世界が一本筋になる。平面になる。寝返りも出来ない様に窮屈になる。なっても構わないが、それ許りが小説になると云う議論がどうして出来る。世の中は広い。広い世の中に住み方も色々ある。其住み方の色々を随縁臨機に楽むのも余裕である。観察するのも余裕である。味わうのも余裕である。此等の余裕を待って始めて生ずる事件なり、事件に対する情緒なりは矢張依然として人生である。活溌々地《かっぱつはっち》の人生である。描く価値もあるし、読む価値もある。触れた小説と同じく小説になる。或人は浅いと云うかも知れない。浅いと云う点に於ては

余も同感である。然し価値がないと云う意味に於て浅いと云うなら間違っている。此場合に於ける深いとか浅いとか云うのは色の濃いとか薄いとか云うのと一般で、濃いから上等で薄いから下等と云う評価のつけられる訳のものでは勿論ない如く毫《ごう》も作物を高下する索引にはならないのである。

護謨《ゴム》を延ばして、今少し引っ張ると切れると云う所迄構わず持って行く。悪いとは云わない。然し此処迄引っ張ってぴんとさせなくっちゃ駄目だよと云うに至っては、緊張の趣は解して居るが雍容《ようよう》の味は解し得ない人だと云われても仕方がない。のびない護謨もゆとりがあって、面白いと云う人を屈服させる訳には行かない。

茶を品《ひん》し花に灌《そそ》ぐのも余裕である。冗談を云うのも余裕である。絵画彫刻に閑を遣るのも余裕である。釣も謡も芝居も避暑も湯治も余裕である。日露戦争の永続せざる限り、世間がボルクマンの様な人間で充満しない限りは余裕だらけである。而して吾人も已むを得ざる場合の外は此余裕を喜ぶものである。従って此等の余裕より生ずる材料は皆小説となって適当である。（喜ぶから小説になると云うと小説は娯楽の為と云う意味になる。此を詳しく説明しようとすると小説の目的と云う議論になる。機会を見て余は此点に関する自己の意見を述たいと思うが、今は詳説する遑《いとま》がないから別に云わぬ。只小説は娯楽を目的にしてはならぬと云う議論は成立せぬ。従って娯楽も亦小説の一目的として存在し得るものだと許り一言して置く。）

　以上は余裕ある小説の説明である。既に余裕ある小説を説明した以上は余裕なき小説も大概其意味が分った筈である。が一言にして云うとセッパ詰まった小説を云うのである。息の塞る様な小説を云うのである。一毫も道草を食ったり、寄道をして油を売てはならぬ小説を云うのである。呑気な分子、気楽な要素のない小説を云うのである。たとえばイブセンの脚本を小説に直した様なものを云うのである。大いに触れたものを云うのである。所謂イブセンの書いたもの抔は先ず吾人の一生の浮沈に関する様な非常な大問題をつらまえて来て其問題の解決がしてある。しかも其解決が普通の我々が解決する様な月並でなくってへえと驚く様な解決をさせる事がある。人は之を称して第一義の道《どう》念《ねん》に触れるとも、人生の根元に徹するとも評して居る。成程吾々凡人より高く一隻眼を具して居ないとあんな御手際は覚束ない。只此点丈でも敬服の至りである。然し斯様に百尺竿頭に一歩を進めた解決をさせたり、月並を離れた活動を演出させたり、篇中の性格を裏返しにして人間の腹の底にはこんな妙なものが潜んで居ると云う事を読者に示そうとするには、勢《いきおい》篇中の人物を度外れな境界に置かねばならない。余裕をなくなさなくってはならない。セッパ詰らせなくってはいけない。そこで大抵は死活問題が出てくる。一世の浮沈問題が持上がって来る。（必ずとは云えない。人間は一寸風を引いたのが動機になって内的生活に一革命を起さぬとは限らぬ。然し大体の傾向はと云うと以上の如くである。）

　斯様に小説を二つに分けて見た所で虚子の小説はどっちに属するかと云うと先ず前者

即ち余裕のある方面に属すると思う。其余裕のある所が、ある一派の人から見て気に入らぬ所であろうと思われる。だからどんな所に余裕があると云う事を説明したらば、是等の人々の誤解を防いで、幾分か虚子の長所を発揮する方便になるだろうと思う。之を説明するには例を引くのが早分りである。

文章に低徊趣味と云う一種の趣味がある。是は便宜の為め余の製造した言語であるから他人には解り様がなかろうが先ず一と口に云うと一事に即し一物に倒して、独特もしくは連想の興味を起して、左から眺めたり右から眺めたりして容易に去り難いと云う風な趣味を指すのである。だから低徊趣味と云わないでも依々《いい》趣味、恋々《れんれん》趣味と云ってもよい。所が此趣味は名前のあらわす如く出来る丈長く一所に佇立する趣味であるから一方から云えば容易に進行せぬ趣味である。換言すれば余裕がある人でなければ出来ない趣味である。閑人が買物に出ると途中で引かかる。交番の前で鼠をぶら下げている小僧を見たり、天狗連の御浚《おさらい》を聴いたりして肝心の買物は中々弁じない。所が忙しい人になると、そんな余裕はない。買物に出たら買物が目的である。買物さえ買えば、それで目的は達せられたのである。小説も其通りである。篇中の人物の運命、ことに死ぬか活きるかと云う運命丈に興味を置いて居ると自然と余裕はなくなってくる。従ってセッパ詰まって低徊趣味は減じて来る。

そこで低徊趣味も客観的とか主観的とか区別すれば色々になるが、それは面倒だから

暫く云わぬとしても、虚子の小説には余裕から生ずる低徊趣味が多いかと思う。或人は云うかも知らぬ虚子の小説は皆短篇である。所謂低徊趣味は長篇ならば兎に角、こんな短いものにそんな趣味のあらわれる訳がないと。所が事実は反対である。長いものになると、そう単調に進行する事が出来んから、自然だれの作物でも余事が混入してくるし、又頁の数から云っても余裕は出来易い。だから長篇ものに所々此趣味が散見していても、取り立ててこれが作者の趣味だと言い切る訳には行かない。所が短篇ものになると頁数に限がある。其限があるうちで人の眼につく様に此趣味を出すと云えば作者の嗜好は判然として争うべき余地はない。

虚子の風流懺法《さんぼう》には子《原》坊主が出てくる。所が此小坊主がどうかしたとか、こうしたとか云うよりも祇園の茶屋で歌をうたったり、酒を呑んだり、仲居が緋の前垂を掛けていたり、舞子が京都風に帯を結んでいたりするのが眼につく。言葉を換えると、虚子は小坊主の運命がどう変ったとか、どうなって行くとか云う問題よりも妓楼一夕の光景に深い興味を有《も》って其光景を思い浮べて恋々たるのである。此光景を虚子と共に味わう気がなくっては、始めから風流懺法は物にならん。斑鳩物語も其通りである。所は奈良で、物寂びた春の宿に梭《おさ》の音が聞えると云う光景が眼前に浮んで飽迄《あくまで》これに耽り得る丈の趣味を持って居ないと面白くない。お道さんとか云う女がどうしましたねとお道さんの運命ばかり気にしていては極めて詰まらない。楽屋も其通り。なかに出てくる吉野さんよ

りも能の楽屋の景色や照葉狂言の楽屋の景色其物に興味がないと極めて物足らない小説になるかも知れぬ。勝負は多少意味が違うが兎に角腕白な子供と爺さんの対話其物に低徊拍掌の感を起さなくては意味さえ分らなくなる。子供と爺さんが夫から先どうなったにも、こうなったにも丸で頭も尻尾もありゃしない。八文字に至っては其極端である。

　こう云う立場からして読んで見ると虚子の小説は面白い所がある。我々が気の付かない所や言い得ない様な所に低徊趣味を発揮して居る。此集には見えないが京の隧道《とんねる》を舟で抜ける所抔は未だに余が頭に残っている。其代り人間の運命と云う事を主にして見ると、あまり成功して居らん。只大内旅館丈はうまく出来ている。然しここには低徊趣味が全然欠乏している。（なぜ大内旅館が成功しているかを説明したいが、長くなるからやめる。大内旅館抔は無余裕派の人で一言も批評をした事がない様であるがあれは一見平凡な運命をかいた様で、そのうちに大いなる曲折と出来る限りの複雑の度を含んでいる。其であれ程の頁で済んでいるから低徊趣味のないのも無理はない。）

　余は小説を区別して余裕派と非余裕派としてイブセンを後者の例に引いた。で前《ぜん》云った通り此種の小説の特色としては人生の死活問題を拉《らっ》し来って、切実なる運命の極致を写すのを特色とする。読者は此点を挙げて此種の作物を謳歌し、余も亦此点に於て此種の作物に敬服する。所で此種の作物に対する賞讃の辞《ことば》を聞くと第一義とか、意味が深いとか、痛切とか、深刻とか云っている。余は此賞讃の辞《じ》に対して是非を争う了見はない。

ないがこれが小説の極致であるかと問われると、そうさなと首を傾けざるを得ない。成程是等の作物は第一義の道念に触れて居るかも知れぬ。然し其第一義と云うのは生死《しょうし》界中《かいちゅう》に在っての第一義である。どうしても生死を脱離し得ぬ煩脳底《ぼんのうてい》の第一義である。人生観が是より以上に上れぬとすると是が絶対的に第一義かも知れぬが、もし生死の関門を打破して二者を眼中に置かぬ人生観が成立し得るとすると今の所謂第一義は返って第二義に堕在するかも知れぬ。俳味禅味の論がここで生ずる。

　余は禅と云うものを知らない。昔し鎌倉の宗演和尚に参して父母未生《みしょう》以前本来の面目はなんだと聞かれてぐわんと参ったぎりまだ本来の面目に御目に懸った事のない門外漢である。だからここに禅味抔という問題を出すのは自分が禅を心得て居るから云うのではない。智識のかいたものに悟《ご》とはこんなものであるとあるから、果してそんなものなら、こう云う人生観が出来るだろう。こう云う人生観が出来るならば小説もこんな態度にかけるだろうと論ずる迄である。

　禅坊主の書いた法語とか語録とか云うものを見ると魚が木に登ったり牛が水底をあるいたり怪しからん事許りであるうちに、一貫して斯う云う事がある。着衣喫飯の主人公たる我は何物ぞと考え考えて煎じ詰めてくると、仕舞には、自分と世界との障壁がなくなって天地が一枚で出来た様な虚霊皎潔《こうけつ》な心持になる。それでも構わず元来吾輩は何だと考えて行くと、もう絶体絶命。にっちもさっちも行かなくなる、其処を無理にぐいぐ

い考えると突然と爆発して自分が判然と分る。分るとこうなる。元来自分は生れたのでもなかった。又死ぬものでもなかった。増しもせぬ、減りもせぬ何だか訳の分らないものだ。

しばらく彼等の云う事を事実として見ると、所謂生死の現象は夢の様なものである。生きて居たとて、夢である。死んだとて夢である。生死とも夢である以上は生死界中に起る問題は如何に重要な問題でも如何に痛切な問題でも夢の様な問題で、夢の様な問題以上には登らぬ訳である。従って生死界中にあって尤も意味の深い、尤も第一義なる問題は悉く其光輝を失ってくる。殺されても怖くなくなる。金を貰ても難有《ありがた》くなくなる。辱しめられても恥と思わなくなる。と云うものは凡て是等の現象界の奥に自己の本体はあって、此流俗と浮沈するのは徹底に浮沈するのではない。しばらく冗談半分に浮沈して居るのである。いくら猛烈に怒っても、いくらひいひい泣いても、怒りが行き留りではない、涙が突き当りではない。奥にちゃんと立ち退き場がある。いざとなれば此立退場へいつでも帰られる。しかも此立退場は不増である不減である。いくら天下様の御威光でも手のつけ様のない安全な立退場である。此立退場を有って居る人の喜怒哀楽と、有たない人の喜怒哀楽とは人から見たら一様かも知れないが之を起す人之を受ける人から云うと莫大な相違がある。従って流俗で云う第一義の問題も此見地に住する人から云うと第二義以下に堕ちて仕舞う。従って我等から云ってセッパ詰った問題も此人等から

云うと余裕のある問題になる。

所謂禅味と云うものを解釈した人があるかないか知らないが禅坊主の趣味だから禅味と云うのだろう。そうして禅坊主の悟りと云うものが彼等の云う通《とおり》のものであったなら余の解釈に間違はなかろうと思う。して見ると禅味と云う事は暗に余裕のある文学と云う意味に一致する。そうして其余裕は生死以上に第一義を置くから出てくる。

余は虚子の小説を評して余裕があると云った。虚子の小説に余裕があるのは果して前条の如く禅家の悟《さとり》を開いた為かどうだか分らない。只世間ではよく俳味禅味と並べて云う様である。虚子は俳句に於て長い間苦心した男である。従って所謂俳味なるものが流露して小説の上にあらわれたのが、一見禅味から来た余裕と一致して、こんな余裕を生じたのかも知れない。虚子の小説を評するに方《あた》っては是丈の事を述べる必要があると思う。

尤も虚子もよく移る人である。現に集中でも秋風なんど云うのは大分風《ふう》が違って居る。それでも比較的痛切な題目に対する虚子の叙述的態度は依然として余裕がある様である。虚子は必竟《ひっきょう》余裕のある人かも知れない。》

（高浜虚子『鶏頭』春陽堂　明治四十一年一月）

「大内旅宿」の出たこの機会に、引用書翰に頻出したホトトギス派、或いは写生文などについて当時の事情に通じない現代の読者のために一応蛇足を加えて置こう。明治中葉の頃

から擡頭した子規一派の所謂写生文というものは、云うまでもなく洋画に於けるスケッチの手法を文章の技法に移入しようとして起ったものであるが、この文章上の一つの新しい様式がともかくもその第一歩を印したのは明治三十一年十月号のホトトギス誌上に現われた子規の「小園の記」であろう。併しこの「小園の記」はほんの試作に過ぎなかったのであって、翌三十二年十月号のホトトギス誌上に発表された同じく子規の「飯待つ間」に至って、はじめて写生文という文芸上の一つのジャンルとして渾然たる趣を具えるに至ったのである。翌三十三年には子規は「日本」新聞紙上に、「叙事文」なる一文を草して、写生文の心得を説き、専ら虚叙（抽象的叙法）を排して実叙（具体的叙法）を採れと主張すると同時に、一篇の中心となるべき山《やま》の必要であることを力説している。一方子規はその頃根岸の自宅に於て毎月文章会（人呼んであるいは山《やま》会ともいった）を開いて同人同志文章を持寄ってそれを各自朗読、検討して写生文の開拓に心を致した。この時代が写生文の謂わば胎生期ともいうべき時代であって、この時期に於ける注目すべき作品に寒川鼠骨の「新四人」や高浜虚子の「浅草寺」などがある。漱石の「猫」の第一回もこの子規庵の文章会で朗読されて同人間に意外の好評を受けたので、ホトトギス誌上に掲載されたのである。

　子規没後は虚子、鼠骨、四方太などの諸氏の主唱によって写生文は更に大きな発達を遂げ、同人諸氏の文集「写生文集」「帆立貝」等の収穫を経て、ついに明治四十年末には虚子の「鶏頭」の出版によって一つの円熟境にまで達したのである。漱石はその序文の中で

始めて低徊趣味という言葉を用いて写生文の本領を説いている如く、本来は一種の素人作文であった写生文も「鶏頭」に至って漸く低徊趣味と名づけられるほどの文学的内容をもつまでに発達し、殊に「大内旅宿」の如きは小説の領域にまで割り込んで来たのである。虚子は更にこれを長篇小説にまで押しひろげて「俳諧師」「朝鮮」等の傑作をのこしたが、一般的にはしかしそれ以後の写生文は多少の例外はあるとしても大して目星しい収穫を見なかったのは、或いは本来の形式が短小であるのと筋《プロット》が欠除しているためでもあろうか。併し「写生文精神」ともいうべきものはその後大正期に入ってからは前述後出の引用諸書翰などに見るが如く、漱石の鼓吹培養などの結果が見事にあらわれて、その萌芽をもっている写生文精神の内容充実に分裂による「様々なる意匠」となって現代に至るまで個々の作品に咲きあらわれた。最も近い例は晩年の芥川龍之介、久保田万太郎、滝井孝作、見方によっては白樺派の諸家、例えば武者小路、志賀、前者の素朴体、後者の心理的写生体などを経て現代につながるものは尠《すくな》くあるまい。この仕事に漱石の功績は甚大である。

子規の「叙事文」が写生文の理想を外部から規定したものとすれば、漱石の「写生文」という文章はそれを内部から完成したものであろう。そうしてこの「写生文」の論旨を更に徹底せしめたものが「鶏頭」の序文であると見て差支えあるまい。

然らば写生文とは本来何か、これを漱石自身から聞くことが出来る。

【四四】 写生文

《写生文の存在は近頃漸く世間から認められた様であるが、写生文の特色に就てはまだ誰も明瞭に説破したものが居らん。元来存在を認めらるると云う事は既に認められる丈の特色を有して居ると云う意味に過ぎんのだから、存在を認められる以上は特色も認められた訳に相違ない。然し認めらるると云うのは説明されるとは一様でない。桜と海棠の感じに相違のあるのは何人《なんぴと》も認めて居る。其相違を説明しろと云われると一寸出来悪《にく》い。写生文と普通の文章の差違は認められて居るにも拘わらず明かに道破されて居らんのも此理である。かの写生文を標榜する人々と雖《いえ》ども単にわが特色を冥々裡《めいめいり》に識別すると云う迄で、明かに指摘したものは今日に至る迄見当らぬ様である。虚子、四方太の諸君は折々此点に向って肯綮《こうけい》に中《あた》る議論をされる様であるが、余の見る所では矢張り物足らぬ心地がする。余の云う事も諸君から見れば依然として物足らぬかも知れぬ。然し云わぬより参考になると思う。単に写生文を生命とする諸君の参考になるのみならず、汎《ひろ》く文章に興味を有する人々の耳には或は物珍らしく聞えるかも知れぬ。

写生文と普通の文章との差違を算《かぞ》え来《きた》ると色々ある。色々あるうちで余の尤も要点だと考えるにも関らず誰も説き及んだ事のないのは作者の心的状態である。他の点は此一源泉より流露するのであるから、此源頭に向って工夫を下せば他は悉く刃を迎えて向う

から解決を促がす訳である。
社会は人間の塊まりである。其人間を区別すれば色々出来る。貴と賤ともなる。賢と不肖ともなる。正と邪ともなる。男と女ともなる。貧と富ともなる。老と若、長と幼ともなる。其他色々に区別が出来る。区別が出来る以上は、区別された一のものが他を視《み》る態度は、一のうちにある甲が、同じく一のうちにある乙を視る態度とは異ならなければならぬ。人生観というと堅苦しく聞える。何だか恐ろしくて近寄りにくい。然し煎じつめれば此態度である。隣りの法律家が余を視る立脚地は、余が隣りの法律家を視る立脚地とは自から違う。大袈裟な言葉で云うと彼此の人生観が、ある点に於て一様でない。[原]と云うに過ぎん。

人事に関する文章は此視察の表現である。従って人事に関する文章の差違は此視察の差違に帰着する。此視察の差違は視察の立場によって岐れてくる。すると此立場が文章の差違を生ずる源になる。今の世に云う写生文家というものの文章は如何なる事をかいても皆共有の点を有して、他人のそれとは截然《せつぜん》と区別の出来る様な特色を帯びている。すると此等の団体は其特色の共有なる点に於て、同じ立場に根拠地を構えて居ると云うてよろしい。もう一遍大袈裟な言葉を借用すると、同じ人生観を有して同じ穴から隣りの御嬢さんや、向うの御爺さんを覗いて居るに相違ない。此穴を紹介するのが余の責任である。否《いな》此穴から浮世を覗けばどんなに見えるかと云う事を説明するのが余の義務で

ある。

写生文家の人事に対する態度は貴人が賤者を視るの態度ではない。賢者が愚者を見るの態度でもない。君子が小人を視るの態度でもない。男が女を視、女が男を視るの態度でもない。つまり大人が小供を視るの態度である。両親が児童に対するの態度である。世人はそう思うて居るまい。写生文家自身もそう思うて居るまい。しかし解剖すれば遂にここに帰着して仕舞う。

小供はよく泣くものである。小供の泣く度に泣く親は気違である。親と小供とは立場が違う。同じ平面に立って、同じ程度の感情に支配される以上は小供が泣く度に親も泣かねばならぬ。普通の小説家はこれである。彼等は隣り近所の人間を自己と同程度のものと見做して、擦ったもんだの社会に吾自身も擦ったり揉んだりして、飽く迄も、其社会の一員であると云う態度で筆を執る。従って隣りの御嬢さんが泣く事をかく時は、当人自身も泣いて居る。自分が泣きながら、泣く人の事を叙述するのとわれは泣かずして、泣く人を覗いて居るのとは記叙の題目其物は同じでも其精神は大変違う。写生文家は泣かずして他の泣くを叙するものである。

そんな不人情な立場に立って人を動かす事が出来るかと聞くものがある。動かさんでもいいのである。隣りの御嬢さんも泣き、写す文章家も泣くから、読者は泣かねばならん仕儀となる。泣かなければ失敗の作となる。然し筆者自身がほろほろ涙を落して書か

ぬ以上は御嬢さんが、どれ程泣かれても、読者がどれ程泣かれなくても失敗にはならん。小供が駄菓子を買いに出る。途中で犬に吠えられる。ワーと泣いて帰る。御母さんが一所になってワーと泣かぬ以上は、傍人が泣かんでも出来損いの御母さんとは云われぬ。御母さんは駄菓子を犬に取られる度に泣き得る様な平面に立って社会に生息して居られるものではない。写生文家は思う。普通の小説家は泣かんでもの事を泣いている。世の中に泣くべき事がどれ程あると思う。隣りのお嬢さんが泣くのを拝見するのは面白い。之を記述するのも面白い。然し同じ様に泣くのは御免蒙《こうむ》りたい。だからある男が泣く様を文章にかいた時にたとい読者が泣いてくれんでも失敗したとは思わない。無暗に泣かせる抔は幼稚だと思う。

　夫では人間に同情がない作物を称して写生文家の文章という様に思われる。然しそう思うのは誤謬である。親は小児に対して無慈悲ではない、冷刻でもない。無論同情がある。同情はあるけれども駄菓子を落した小供と共に大声を揚げて泣く様な同情は持たぬのである。写生文家の人間に対する同情は叙述されたる人間と共に頑是なく煩悶し、無体に号泣し、直角に跳躍し、一散に狂奔する底《てい》の同情ではない。傍から見て気の毒の念に堪えぬ裏に微笑を包む同情である。冷刻ではない。世間と共にわめかない許である。従って写生文家の描く所は多く深刻なものでない。否如何に深刻な事をかいても此態度で押して行くから、一寸見ると底迄行かぬ様な心持ちがするのである。しかのみなら

ず此態度で世間人情の交渉を視るから大抵の場合には滑稽の分子を含んだ表現となって文章の上にあらわれて来る。

人によると写生文家のかいたものを見て世を馬鹿にしていると云う。茶化していると云う。若し両親の小供に対する態度が小供を馬鹿にして居る、茶化して居ると云い得べくんば写生文家も亦此非難を免かれぬかも知れぬ。多少の道化たるうちに一点の温情を認め得ぬものは親の心を知らぬもので、又写生文家を解し得ぬものであろう。

此故に写生文家は地団太を踏む熱烈な調子を避ける。恁《かか》る狂的の人間を写すのを避けるのではない。写生文家自身迄が写さるる狂的な人間と同一になるを避けるのである。避けるのではない。そこ迄引き込まるる事が可笑しくて出来悪いのである。

そこで写生文家なるものは真面目に人世を観じて居らぬかの感が起る。成程そうかも知れぬ。然し一方から見れば作者自身が恋に全精神を奪われ、金に全精神を捧げ、名に全精神を注いで、そうして恋と金と、名を求めつつある人物を描くよりも比較的に真面目かも知れぬ。描き出さるべき一人《いちにん》に同情して理否も、前後も弁《わきま》えぬ程の熱情を以て文をやる男よりも慥かな所があるかも知れぬ。

吾が精神を篇中の人物に一図《いちず》に打ち込んで、其人物になり済まして、恋を描き愛を描き、もしくは他の情緒を描くのは熱烈なものが出来るかも知れぬが、如何にも余裕がない作が現れるに相違ない。写生文家のかいたものには何となくゆとりがある。逼って居

らん。屈托気が少ない。従って読んで暢び暢びした気がする。全く写生文家の態度が人事を写し行く際に全精神を奪われて仕舞わぬからである。

写生文家は自己の精神の幾分を割いて人事を視る。余す所は常に遊んでいる。遊んでいる所がある以上は、写すわれと、写さるる彼との間に一致する所と同時に離れて居る局部があると云う意味になる。全部がぴたりと一致せぬ以上は写さるる彼になり切って、彼を写す訳には行かぬ。依然として彼我の境を有して、我の見地から彼を描かなければならぬ。是に於いて写生文家の描写は多くの場合に於て客観的である。大人は小児を理解する。然し全然小児に成り済ます訳には行かぬ。小児の喜怒哀楽を写す場合には勢《いきおい》客観的でなければならぬ。ここに客観的と云うは我を写すにあらず彼を写すという態度を意味するのである。此の気合で押して行く以上は如何に複雑に進むとも如何に精緻に赴くとも又如何に解剖的に説き入るとも調子は依然として同じ事である。

余は最初より大人と小児の譬喩《たとえ》を用いて写生文家の立場を説明した。然し是は単に彼等の態度を尤もよく云いあらわす為めの言語である。決して彼等の人生観の高下を示すものではない。大人だからえらい。えらい見方をして人事に対するのが写生文家だと云う意義に解釈されては余の本旨に背く。えらい、えらくないは問題外である。只彼等の態度がこうだと云う迄に過ぎぬ。

此故に写生文家は自己の心的行動を叙する際にも矢張り同一の筆法を用いる。彼等も

喧嘩をするだろう。煩悶するだろう。泣くだろう。その平生を見れば毫も凡衆と異なる所なく振舞っているかも知れぬ。然し一度び筆を執って喧嘩する吾、煩悶する吾、泣く吾、を描く時は矢張り大人が小児を視る如き立場から筆を下す。平生の小児を、作家の大人が叙述する。写生文家の筆に依怙《えこ》の沙汰はない。紙を展《の》べて思を構うるときは自然とそう云う気合になる。此気合が彼等の人生観である。少なくとも文章を作る上に於ての人生観である。人生観が自然と出来ているのだから、自己が意識せざるうちに筆は既に着々として其方向に進んで行く。

彼等は何事をも写すを憚からぬ。只拘泥せざるを特色とする、人事百端、遭逢纏綿《そうほうてんめん》の限りなき波瀾は悉く喜怒哀楽の種で、其喜怒哀楽は必竟するに拘泥するに足らぬものであると云う様な筆致が彼等の人生に齎し来る福音である。彼等のかいたものには筋のないものが多い。進水式をかく。すると進水式の雑然たる光景を雑然と叙《の》べて知らぬ顔をしている。飛鳥山の花見をかく、踊ったり、跳ねたり、酣酔狼藉《かんすいろうぜき》の体を写して頭も尾もつけぬ。夫で好い積りである。普通の小説の読者から云えば物足らない。しまりがない。漠然として捕捉すべき筋が貫いて居らん。然し彼等から云うとこうである。筋とは何だ。世の中は筋のないものだ。筋のないもののうちに筋を立てて見たって始まらないじゃないか。どんな複雑な趣向で、どんな纏った道行を作ろうとも畢竟は、雑然たる進水式、紛然たる御花見と異なる所はないじゃないか。喜怒哀楽が材料となるにも関わらず拘泥

するに足らぬ以上は小説の筋、芝居の筋の様なものも、亦拘泥するに足らん訳だ。筋がなければ文章にならんと云うのは窮窟に世の中を見過ぎた話しである。――今の写生文家がここ迄極端な説を有して居るか居ないかは余と雖ども保証せぬ。然し事実上彼等はパノラマ的のものをかいて平気でいる所を以て見ると公然と無筋を標榜せぬ迄も冥々のうちにこう云う約束を遵奉《じゅんぽう》していると見ても差支なかろう。

写生文家もこう極端になると全然小説家の主張と相容れなくなる。小説に於て筋は第一要件である。文章に苦心するよりも背景に苦心するよりも趣向に苦心するのが小説家の当然の義務である。従って巧妙な趣向は傑作たる上に大なる影響を与うるものと、誰も考えている。所が写生文家はそんな事を主眼としない。のみならず極端に行くと力《つと》めて筋を抜いて迄其態度を明かにしようとする。

かくの如き態度は全く俳句から脱化して来たものである。泰西の潮流に漂うて、横浜へ到着した輸入品ではない。浅薄なる余の知る限りに於ては西洋の傑作として世にうたわるるもののうちに此態度で文をやったものは見当らぬ。（尤も写生文家のかいたものにも是ぞという傑作はまだない様である）オーステンの作物、ガスケルのクランフォード或は有名なるディッキンスのピクウィック又はフィールジングのトムジョーンス及びセルヴァンテスのドン、キホテの如きは多少此態度を得たる作品である。然し全く同じとは誰が眼にも受け取れぬ。

然し此態度が述作の上に於て唯一の態度と云うのではない。又是が最上等と云うのではない。只こんな態度もあると云う事を紹介したいと思うのである。近頃写生文の存在が漸く認められるにつけて、写生文家の態度はこうであると、云い纏めるのは一般の人の参考になる事と思うから此篇を草した迄である。

俳句は俳句、写生文は写生文で面白い。其態度も亦東洋的で頗る面白い。面白いには違ないが、二十世紀の今日こんな立場のみに籠城して得意になって他を軽蔑するのは誤っている。かかる立場から出来上った作物にはそれ相当の長所があると同時に短所も亦多く含まれている。作家は身辺の状況と天下の形勢に応じて時々其立場を変えねばならん。評家も亦眼界を広くして必要の場合には作物に対する毎に其見地を改めねば活きた批評は出来まい。読者は無論の事、色々な種類のものを手に応じて賞翫する趣味を養成せねば損であろう。余は先に「作物の批評」と題する一篇を草して批評すべき条項の複雑なる由を説明した。此篇は写生文を品評するに当って其条項の一となるべき者を指摘してわが所論の応用を試みたものである。》

(『讀賣新聞』明治四十年一月二十日)

【四五】 明治四十年八月六日 戸川明三宛

《拝啓酷暑の候愈御清適奉賀候頃日《きょうじつ》来御掲載の郊外生活多大の趣味を以て歓迎日々愛

読今日は飛んだ所で漱石が引合に出て大に面目の次第に候が玉稿が急に六号活字に縮少せるには驚ろき候。夫でひめゆりとか申すつづきものの小説つきの広告が絵入で巾を利かして居るには恐縮しました。新聞屋も余程金がほしいと見え候。郊外生活は可成長く可成面白からん事を希望致候　以上》

これにも幾分の社交消息文の趣はあるが、「郊外生活」そのものを読んでみると、感想を織交ぜた一種の写生文という独自の趣のある上に、その感想が重厚と洒脱との間をくぐりぬけたような理智的低徊趣味があって、その点を漱石が同感したかと思う。或いは英文学専攻の両氏に教養的に自然共通なものが出来ていたか。次にあらわれる同じ作者の「金魚」を面白いという葉書がある。理由は「郊外生活」と同断であろうと思う。

【四六】　明治四十年九月四日　戸川明三宛

《金魚は面白く拝見致候》

この作は四十年九月号中央公論に掲載され、島崎藤村の「並木」という短篇がモデル問題を惹起したとき、そのモデルである作者がそれに対して諧謔的気分をもって抗議したものである。前項解説に所謂理智的低徊趣味が「面白く拝見」なのであろう。

【四七】　明治四十年九月八日　寺田寅彦宛

《「やもり」まあ負けて面白いとする。欠点は㈠初めは御房さんが山になる様だ㈡所が荒物屋が主になって仕舞った。㈢そこでツギハギ細工の様な心持がする㈣始からやもりに関する記臆《原》をツナゲル体で読者に是が中心点だと思わせない様に両者を並列する心得があれば此矛盾は防げたろうに㈤そう云う態度で並べた話ならもっと渾然としてくる。如何となればいくつ並べてもやもりで貫いているから。——又文章の感じが一貫しているからである。

　文章の感じは君の特長を発揮している。矢張ドングリ感、竜舌蘭感である。此種の大人しくて憐《あわれ》で、しかも気取っていなくって、そうして何となくつやっぽくって、底にハイカラを含んでいる感じは外の人に出しにくい。君には是より以外に出せないかも知れない。先は一口評迄。早速虚子に送る。》

引用書翰（三四）に寅彦文学を一括して「いつもながら余情云々」の余情の性質が、「大人しくて憐で、しかも気取っていなくって、そうして何となくつやっぽくって、底にハイカラを含んでいる」という充分な説明を得た。

もう一つ別に山《やま》——構成上の問題が含まれている。単調な反復の無効果を教えた。

【四八】　明治四十年十二月九日　野上八重宛

《玉稿二篇とも拝見。「紫苑」は少々触れ損いの気味にて出来栄あまりよろしからず。「柿羊羹」の方面白く候。是も非難を申せば吉田さんが不自然の自然に出来上って居り候えども、大体の処枯《原》構に御座候。いずれを新小説いずれをホトトギスとなると私にも判断がつき不申候。ただ柿羊羹の方が上等の代物と覚召し御取計可然候　以上》

【四九】　明治四十年十二月二十四日　小宮豊隆宛

《今日の平凡の御糸さんはうまいね。ああは中々かけないよ　以上。》

二葉亭の「平凡」は自然主義文学中の低徊趣味文学であった。この意味で全篇漱石の同情を得たことは推測するに難くない。就中この一回は「三四郎」などに好んで恋愛を、それもあまりせっぱ詰った状態でなく、たとえば前掲書翰（二三）に解説したようなものを好んだ漱石がまだ極く思いついたばかりの初期の恋愛心理が余情をもって描かれたのを喜んだかと思う。「平凡」のこの部分は寅彦文学をぐっと崩して草書にしたような趣があるような気がする。謂わば練達でしかもすれっからさないウブなところが漱石の「中々かけないよ」といっている所以であろう。後出の秋声の「黴」の書出しに感心しているのも同断であろう。稚拙を愛した漱石はそれと全く対蹠《たいしょ》的なこの老練の滋味をよく玩味した。漱石が鑑賞力の振幅を見るに足るであろう。

明治四十一年

「文鳥」「夢十夜」長篇「三四郎」などを朝日に掲げた。文壇はこの年あたりを中心にして前後二三年が自然主義文学の全盛期であった。その主張と殆ど対蹠的な立場から漱石は「創作家の態度」という文章を書いてこの年の四月号のホトトギスに発表している。一方写生文界を見ると、前年度「大内旅宿」によって従来の写生文を小説の領域まで引上げた高浜虚子は更にこの手法をもって長篇小説にも手を延してしかも尠《すくな》からぬ成功を収めている。国民新聞連載の「俳諧師」がそれである。

【五〇】　明治四十一年二月十八日　野上豊一郎宛

《拝啓「御隣り」（編著註。野上彌生子作）拝見仕舞の方は頗る面白く候。惜むらくは前が左程にあらず。もっと詰めたらどうだろう。然しあれでもいいかも知れぬ》

【五一】　明治四十一年三月十三日　高浜清宛

《今日の俳諧師は頗る上出来に候。敢て一葉を呈して敬意を表す　頓首》

この日の「俳諧師」とは十三回に相当する。主人公が十風夫婦と嵐山附近の旗亭に浅《せん》酌《しゃく》する個所で、人事と自然と相映発して特に印象の鮮明を感ずるものがある。漱石は虚子の筆力雄勁《ゆうけい》に服したものか。因《ちな》みに新潮社版名作選集「俳諧師」の編者緒言によると漱石が「俳諧師」を二葉亭の「平凡」以上の傑作となし、殊に花魁を細君とする俳人五十嵐十風夫婦の生活描写を激賞した手紙が引用されているが、全集書翰篇中には遂にそれと覚しきものを見出すことが出来なかった。或いは未発表の手紙でもあるか、姑《しば》らく疑問のままに残して後考を俟《ま》つほかはない。

【五二】　明治四十一年三月十六日　高浜清宛

《藪柑子先生「伊太利《イタリア》人」と申す名作を送り候。木曜に御出なければ締切に間に合う様取りに御寄こしか、此方より御送致す事に致候。》

【五三】　明治四十一年三月十九日　高浜清宛

《近日来の俳諧師大にふるい居候。敬服の外無之候。益御健筆を御揮い可然候。以上》

【五四】　明治四十一年五月十一日　大塚楠緒宛

《そらだきは文章に御苦心の様に見受申候趣向は此後如何発展致し可申や御完結の上な

らではと存じ凡て差控申候

一週間に一返手紙をよこせとか毎日よこせとか云って無花果《いちじく》を半分ずつ食う所がありましたね。あすこが面白い。今迄ノウチデ一番ヨカッタ》

引用書翰（二三）の解説参照。

【五五】　明治四十一年五月十一日　大塚楠緒宛

《藤村氏のかき方は（編著註。朝日に連載した長篇「春」を指す）丸で文字を苦にせぬ様な行き方に候あれも面白く候。何となく小説家じみて居らぬ所妙に候然しある人は其代り藤村じみて居ると申候。あれも長きもの故万事は完結後ならでは兎角申しかね候》

【五六】　明治四十一年八月十九日　高浜清宛

《「春」今日結了最後の五六行は名文に候。作者は知らぬ事ながら小生一人が感心致候。序《ついで》を以て大兄へ御通知に及び候。あの五六行が百三十五回にひろがったら大したものなるべくと藤村先生の為めに惜しみ候》

「藤村じみた」写生文であろう。藤村じみたとだけ云った人は写生文の効用を理解しなかったのであろうし、漱石は「藤村じみた」と「じみない」とに係わらず彼が愛好し年来信奉する写生主義の新傾向を喜んだと思われる。僭越《せんえつ》ながら岸本の独語以下の三四行ならば

一向藤村じみたなどの文句はない筈である。（五五）の「文字を苦にせぬような行き方」の鑑賞には漱石の真当な、裏面から物を見ない、美しい性情があると思う。

【五七】　明治四十一年六月二十一日　中村蓊《しげる》宛

《拝啓陽炎拝見頗る面白く候はやく後篇を御廻附あり度候愚見は御目にかかりたる時可申上候わる口も申上度候。然しあれは紙上にて大喝采を博す小説に相違無之ひそかに君の成功を祝し申候もう少しハイカラに書くか洗錬して「春」の後を飾り度心地も致し候。委細は御目にかかりたる時に譲り可申右不取敢申上候　以上》

作者中村氏に問合わしたところ「陽炎」という作品の記憶はない、或いは長篇「殻」のことではないか。「殻」は発表前に題名を幾度も変えた記憶があるから多分「殻」のことであろうとの返事であった。果して「殻」とすれば朝日紙上に連載の後春陽堂から上梓された長篇小説であるから採録することは出来ない。

【五八】　明治四十一年七月一日　高浜清宛

《拝復小光はもっとさかんに御書きになって可然候決して御遠慮被成間敷候今消えては大勢上不都合に候。鼠骨でも今日の弥次郎兵衛の処は気に入る事と存候。

ドーデのサッフォーと云う奴を一寸御読みにならん事を希望致候名作に御座候。俳諧

師の著者には大いに参考になるだろうと存候
鮟《あん》鱇《こう》や小光が鍋にちんちろり》

《拝啓又余計な事を申上て済みませんが小光入湯の所は少々綿密過ぎてくだくだ敷はありませんか。小光をも描かず小光と三蔵との関係も描かず、云わば大勢に関係なきものにて只風呂桶に低徊しているのではありませんか。そうして其低徊がそれ自身に於てあまり面白くない。どうか小光と三蔵と双方に関係ある事で段々発展する様に書いて頂きたい。そうでないと相撲にならない。妄言多罪　頓首》

【五九】　明治四十一年七月四日　高浜清宛

(五八)、(五九)ともに「俳諧師」に対する声援的批評である。小光というのは当時流行の女義太夫で、主人公塀和三蔵は、この女の高座姿に執心して寄席へ通ったり割烹にこれを招いたりするのであるが、漱石が小光の描写を賞揚するのは書斎人未見の世界を知る興味に基いたものか、それとも特に虚子の筆致に艶麗なものがあったせいか記憶が古くなって回想出来ない。この部分のある原刊本を獲《え》たら更《あらた》めて精読する筈でまだこれを果さない。編者としては円本以後の流布本に削除されている部分だけに本集に採録の必要ある文献の一という感も深かったが、作者が削除の意をも重んじ遂に割愛した。

【六〇】　明治四十一年七月二十三日　高浜清宛

《拝啓別封花物語は寅彦より送り越し候もの中には中々面白きもの有之出来得るならば八月のホトトギスへ御出し被下度候》

この年の評論雑篇の中に次の如き談話筆記がある。

【六一】　独歩氏の作品

《余は個人として国木田独歩氏を知らぬ。西洋から帰って六年になるが、帰った当時は、殆んど日本の文壇の様子を知らなかった。どんなものが流行って居るのか、何人の作物が歓迎されて居るのか、雑誌などの種類でも、どれが文芸雑誌で、どれが商業雑誌だか、然《そ》うした事は全く知らなかったのである。其中《そのうち》に、家に来る若い学生などの話に聞いて、少しは文壇の消息が分るようになった。然し独歩氏に就いては知らなかったのである。古く、新体詩なんかを書いて居た当時、独歩氏の姓名だけは知って居たが、小説家としての独歩氏は全く知らなかったのである。

所が、或る日理学博士の寺田寅彦氏が来て、『独歩集』を読んだかと云う。一向知らないと云うと、大変面白いから是非読んで御覧なさいと云う。寺田寅彦氏の『独歩集』が面白いと云った意味は、其頃流行の小説と違って居て、新らしくて面白いと云うので

ある。確か幸田露伴氏の『天《そら》うつ浪』と相前後して出た時だと記臆《原》して居る。兎に角、寺田氏は非常に褒めて居た。世間では斯う云う小説を何故黙って居るであろうか、今少し褒めなければならぬ筈だと、頻りに残念がって居た。で、それは余も見たいものだと、早速本屋に行ったが無い。寺田氏に借りようと思ったが、生憎寺田氏も人に貸した儘になって、手元になかったので、それなり『独歩集』は読まずに了《しまっ》た。其後雑誌に出たのを時々読んで居る中に、第二独歩集と云ったような『運命』が出たので、早速読んで見た。然し其『運命』も全部読んだのではない、其中の三四篇しか読んで居らぬ。で、余の独歩氏に於ける智識は、『運命』に於ける一部分と、其他諸雑誌に散見したものをほんの少し読んだに過ぎないので、余の独歩氏の作物に対する智識と云うものは極めて浅い。で、他の独歩氏の作物を全部遺漏なく読んだ人や、又、幾度でも繰り返して読んだ人々のような、批評の出来る訳もない。それに読んでから時日も経つし、又読む時にも、今日あるを予期して読んだ訳でもないから、何《ど》うも記憶が極めて茫漠として居る。読んだ当座未だ印象の新らしい時にした所が、面白いと感じた所でも、批評するとなると、其面白いと云う感じを言い表わす為めに、無理に言葉を工夫して、実際自分の面白いと感じた其感じとは、かけ離れた言葉を使用して、批評は虚偽になり易いものである。況《ま》して、漫然読んだ作物の古い記臆を喚び起して云うのだから、とても完全な批評などと云う事を期することは出来ない。で、其事は予め断って置かねばならぬ。

『運命論者』は面白いと思って読んだ。実際面白いと云う感があった。然し、其面白いと云う感じは愉快と云う感ではない。只、気《奇》であったのだ。あの作物が自然派の作物であるかどうか余は知らぬが、『運命論者』を読んで得た感じは、恰度スチヴンソンを読んで得た感じに近い。スチヴンソン、プラス或る物の面白いと云うのは、只、気《奇》で面白いのである。スチヴンソンの書いた作物は突飛である。然し、『運命論者』の作者は、此の作物を、只、気《奇》で書いたものではない。千人中只一人あるか無いかと云うような、最も珍らしい事件を借り、其事件に依って、人生の或る物を言い現わそうとしたので、スチヴンソンの作物とは、其趣きが大変違って来る。然し、スチヴンソン、プラス、エッキスの方を云うのではない、私の今面白いと云った意味は、此の『運命論者』の中に現われた所のスチュエーション、即ち主人公の境遇及び所為《しょい》に、ロマンチック、エーアを帯びて居る其事が面白いと云ったのである。それはエッキスの方にも面白い所があるにはあるが、余は世間で云う程、大なる価値を認めて居ない。此の『運命論者』プラス、サムシングに就ては余り感服することが出来ないのである。

　次ぎに今余の記憶に残って明らかなるは、『巡査』だけである。『巡査』は只巡査なる一人の人間を描き出したもので、其巡査が好く出て居る。此の篇の面白味は、恰度チェホッフか誰かの書いたもので『爺』と云うものがある。其『爺』の面白味が、『巡査』のようなああした面白味である。巡査なら巡査、爺なら爺を現わしたのは、巡査がどう

したと云う事を書いたものではない。爺がどうしたと云う人であったと云う事を書いたものではない。只、巡査なる人は斯う云う人であった、爺なる人は斯う云う人であったと云うことを書いたに過ぎぬ。其所が面白いのである。巡査なら巡査に就いての観察を書いたものだからして、前の『運命論者』とは其面白味が違う。余の言葉で云うと斯う云うものは低徊趣味と云う。巡査がどうして、それから斯うしたと云うように、原因結果を書いたものではない、其巡査が明日はどうなっても、明日のことは関《かま》わない。只、巡査其物に低徊して居れば好いのである。小さんが酔漢の話しをする。聴者は其酔漢の話を只楽しんで居ればば好いのである。其酔漢が明日の朝になって何うしたとか、斯うしたとか云うことを聞く必要はない。聞かなくても酔漢其物の所作行為に楽しむことが出来る。即ち、筋とか結構とか云うものが面白いのではなくて、一酔漢なるものに低徊して、其酔漢の酔態を見る其事に興味あり、面白味あるのである。それを余は低徊趣味と云う。普通の小説は筋とか結構とかで読ませる。即ち、其次ぎはどうしたとか、斯うなったとか云う事に興味を持ち、面白味を持って読んで行くのである。然し、低徊趣味の小説には、筋、結構はない。或る一人の人の所作行動を見て居れば好いのである。『巡査』は、巡査の運命とか何とか云うものを書いたのではない。或る一人の巡査を捉えて其巡査の動作行動を描き、巡査なる人は斯う云う人であったと云う、其所が面白い。即ち低徊趣味なる意味に於て、『巡査』を面白く読んだのである。

余は高浜虚子氏に其話をしたことがある。所が虚子氏は、『巡査』は嫌いだと云う。面白くないと云う。あの叙述が自然でない、どうも拵えたもののように思う、不自然であると云う。然し、私の読んだ時には、別にそんな感じはしなかった。

『酒中日記』は、人は褒めて居たようだが、私は余り感服しない。一口に忌憚なく云って了へば、要するに不自然な所が多いように思われる。では何所が不自然なのかと問われれば、一々本を繰って御話しせねばならぬが、不自然な所が多い為めに、読みながら感興が乗らなかったように思う。

『竹の木戸』は悪いとは思わぬ。然し、あれが近来出る他の人々の短篇を抽《ぬき》んでて面白いとは思わぬ。殊に独歩氏の為めに、褒める程のものではない。批難を云うと、あのお源とか云う女が、終りに首をくくるのは不自然だと思う。却って殺さない方が自然である。若し殺すなら、今少し緊張さして殺した方がよかろう。》

（談話「独歩氏の作に低徊趣味あり」『新潮』明治四十一年七月号）

この談話には三つの重要な点が眼につく。寅彦が独歩を褒めたので独歩を読む気になったと、作家寅彦ばかりでなく批評家寅彦をも同様に尊重している点が一、次は「巡査」を評して最後にこれを低徊趣味と言っている。これによって漱石の低徊趣味はよほど領野の広いものであったことを知る点が二、最後に同じ「巡査」の評価に関して虚子と意見が全然相反している点と。既に（三二）の「千鳥」の場合にこれがあった。その時も自然不自

然の見解が違っていたと記憶する。尤もこの両者の意見が必ず一致しなければならぬ理由はないから、別に怪しむにも足るまい。

明治四十二年

この年に漱石は「永日小品」、長篇「それから」を朝日に発表したほか、九月には満韓旅行に出かけて帰来「満韓ところどころ」を同紙上に発表した。さしも全盛の自然主義も下火になった頃で、既に別の機運が動いていた。漱石の養成した文学精神が蠢いて大正期に入ろうとする兆を示していた訳である。

【六二】　明治四十二年一月二十一日　野上豊一郎宛

《拝啓石菖《せきしょう》屋の婆さん拝見あれは破甕よりは数等上等の作、御進境、嬉敷存候。ただ時々同材料を引っ張りスギテ、クドイ所あり。今少シ短カク隙間ナクスル方モ考ヘラルベシ。トニカク大体ニ於テ、此調子ハ本物也。》

【六三】　明治四十三年三月十三日　野上豊一郎宛

《ミナも拝見あれは面白く候此前の新小説のと共に佳作に候。「赤門前」よりはよろしく候》

【六四】　明治四十二年三月二十日　　野上八重宛

《鳩の話早速拝見。面白く候すぐ虚子の手許へ廻し候来月は附録を出すとか出さぬとか申居候故都合によりては如何と思い候えども出来るならば掲載する様頼《原》い置候》

【六五】　明治四十三年四月十六日　　鈴木三重吉宛

《拝啓小鳥の巣は題名の通り小鳥の巣に至って始めて君の真面目を発揮致し候。ああいう事の叙述は今の文壇無之。従って甚だ興味深く候　草々》

【六六】　明治四十三年六月十日　　野上豊一郎宛

《新文芸に出た崖下の家面白く候今日の万朝の六号につまらないものの様にかいてあり候があれは嘘に候僕は君の短篇の方が却って赤門前より優れているのがあると思っている。》

「赤門前」は四十二年九月国民新聞に発表された野上氏の作である。このやや長いものよりも同じ作者の短篇の方が却って優れていると漱石は言っているのである。

【六七】　明治四十二年八月二十四日　内田栄造宛

《御手紙拝見老猫批評の件頓《とん》と失念致居候甚だ申訳なく存候小説脱稿後種々の用事重なり居候処へ急性胃カタールに罹り臥蓐《がじょく》の為め何やら蚊やら取紛れ申候あしからず御海《かい》恕《じょ》願候

　蓐中《じょくちゅう》早速「老猫」を拝見致候筆ツキ真面目にて何の衒《てら》う処なくよろしく候。又自然の風物の叙し方も面白く思われ候。ただ一篇として通読するに左程の興味を促がす事無之は事実に候。今少し御工夫可然か。尤も着筆の態度、観察其他はあれにて結構に御座候えば其点は御心配御無用に候。虚子の評によれば面白からぬ様に候えども小生の見る所は虚子よりも重く候。猶《なお》御奮励御述作の程希望致候》

なお、四十二年の評論雑篇中に左の一文がある。

【六八】　「夢の如し」を読む

《四方太君の「夢の如し」はホトトギスに出た時分に一応は通読して面白いと思った。殊に其初の方を面白いと思ったが、其後纏めて一巻の書物にするという話を聞いて、書物にして通読したら其興味が或は削減せられはしまいかと、余所ながら心配した。是は何故という説明よりも、寧ろ其企てを聞いた時、はたと感じた事なのだから、其通りを

今正直に白状するのである。それも只の白状なら四方太君に取って却て迷惑かも知れないが、此白状の裏には、想像の掛念が実際の鑑賞の為に見事に打ち消されたという、朋友としては愉快な事実を含んでいるのだから、殊更に夫を公けにするのである。

実は「夢の如し」が本になって出たら、批評をしようと云う約束であった。処が約束丈で本がまだ出来上らない先に旅行をして仕舞った。比較的長い旅行であったので、「夢の如し」の評も時機が後れたろうから、どんなものかと思って帰って来た。すると留守中に溜った西洋の雑誌やら書物やら、手紙やらが気を腐らす程積っていて、何時是等に対する義務を果す事が出来るだろうと、窃《ひそ》かに自分の課程を自分から狂わした無頓著を後悔し始めた。小冊子「夢の如し」は実に此書冊堆積の間に潜んでいて、人の注意を受ける迄は、余自身にも何処にあるか気が付かなかったのである。

余は此非広告的な冊子を二三日前漸く手にするの閑を得た。そうして、近来にない一種の趣を把持《はじ》しつつ、長い夜を灯火に親しみ尽す事を得た。心意雑乱の際はからずも「夢の如し」に逢著《ほうちゃく》して、此境地に住する事を得たのは余の深く四方太君に感謝する所である。

「夢の如し」の好い所を一言にして云うのは少々六ずかしいが、強いて云えと云われれば、故意《わざ》とらしい所が丸でないと答えたい。普通の文学者の回想録とか追憶記というものは、みんな、己《おれ》は文学者だぞという覚悟で書きに掛る。即ち普通の人間じゃない、

文学者と申す普通の人間以上の種類に属するものであるという自覚で筆を執っている。そうして其自覚がいやに頁ごとに付け廻る。何処を読んでもどうだ文学者らしかろうと云う顔が出て来る。其顔が御白粉をつけたり、隈をとったり、甚だ気障である。従って泣かないでも好い所に涙を零す。性欲問題を引張り出さないでも関わないのに、何だとか蚊んだとか流行の文字を使いたがる。そんなに景色に憧憬しない方が結構だのに一人で憧憬したがっている。甚だしきに至るとツルゲネーフと云う字を使わなければ文章にならないと思っている。或は技巧を避ける為と力んでいる。そうして西洋人から衣服を借りて来て、是が本来の面目だと云っている。人のものを借りて来て自分のものらしくするのは、是亦悉く技巧の力であると云う事には全く気が付かない。

我は普通の人間以上の文学者であると自覚して書いたものは、甚だ厭味なものである。(此自覚を離れて、実際普通以外の人が普通以外の事を書くのは仕方がない)。四方太君の「夢の如し」は毫も此厭味を帯びていない。ただ昔しの幼少の時の事が其通り、衒《てら》わず、慢《たかぶ》らず、ぶらず、がらず、平々淡々と書いてある。だから其空気が如何にも質実で、単純で、可憐で結構である。其点に於ては、恐らく四方太君の人間以上に枯れたものだろう。

「夢の如し」の中にある事実其物は、余の如く東京に生れたものには非常に興味がある。又四方太君に類似の境遇を経過したものにも、愉快なる過去の思い出であろう。是等の

材料の趣味ある事に就て、もう少し論じたいがあまり長くなるから、これで止めにする。只「夢の如し」とはよく付けた題であると申して置きたい。

　余は嘗て四方太君の文字を評して白紙文学だと罵倒した事がある。今では此罵倒を逆《さかさ》まにして賞讃の辞として「夢の如し」の一篇に呈したい。余の如き色気の多いものは、ことに白紙文学の価値を認めなければならない。四方太君は「長靴」という短篇と、それから其続篇を書いた。其続篇を朝鮮の汽車の中で読んで大いに失望した。其失望の反動として「夢の如し」が猶更旨い様に思われる。

「衒わず、慢らず、ぶらず、がらず、平々淡々、質実で単純で可憐で」というのは「厭味のない乙な色気のない」の範囲を外面的に同時に内面的に拡張して言った結果に外ならぬ。「白紙文学」は（二九）に所謂「笹の雪流」のもう一つ徹底したものの謂のようである。最も「枯れた」文学と同意語であることも判る。そろそろ「則天去私」（これの生の形が所謂天真爛漫）に隣接してきている。風雅のまことの大道を一直線に切り拓いてきたわけで、箇々の作品はこの大道の傍で漱石が着目し発見すると摘み取った匂いさまざまの花であった。それぞれに全然独自のものでありながら共通の趣が見られた筈である。写生文というのはまだ「則天」とまでは達していなかったが、「去私」の方向には踏み出していたから、高く登れば当然「則天」に到ったので、「笹の雪流」が七八合目なら「白紙文学」あたりが殆ど絶頂に近づいている。》

（『国民新聞』明治四十二年十一月九日）

明治四十三年

長篇「門」を三月から六月まで朝日に連載したが、それを完了して間もなく胃を病み、入院転地のあいだに一度は死線を彷徨せるほどの重態に陥るなど、この年の後半期は殆ど病褥に暮した。十月末から漸く「思い出すことなど」を朝日に連載している。従って後半期は本書の資料となるべき書翰も数においては乏しいが、その代り長塚節の「土」と佐久間艇長の遺書に対する注目すべき文字がある。

【六九】　明治四十三年六月十八日　　安倍能成宛

《「土」は御説の通うまく候。》

【七〇】　明治四十三年六月二十六日　　長塚節宛

《書状にてわざわざの御見舞篤く御礼申上候年来の宿痾《しゅくあ》一層の進歩を加え胃潰瘍とか申す病気の由にて当分当院内に静養まかり在候「土」御苦心の御模様嘸《さぞ》かしと御推察申上候是は自分にも経験ある事とて大兄の御心状よく相分り候御健康可成御かばい可然か

夏より秋にかけての御慰みの草花も御培養の御閑なき趣こうなると創作も人の子を賊するやの感を生じ候。「土」は毎朝拝見。一般に評判よき様に候。何卒今暫くの御辛抱願上候先は右御挨拶迄　草々頓首》

【七二】　長塚節氏の小説「土」

《一方に斯んな考えがあった。――

好い所を世間から認められた諸作家の特色を胸に蔵して、其標準で新しい作物に向うと、まだ其作物を読まないうちに、早く既に型に堕在している。従ってわが評論は誠実でも、わが態度は独立でも、又わが言説の内容は妥当でも、始めから此方に定まった尺度を持っていて、其尺度で測ってならないもの迄も律したがる弊が出る。其結果は働きのない死んだ批評に陥って仕舞う事がよくある。

夫《それ》よりか、今日迄文壇に認められなかった、若《もし》くは顧みられなかった、新しい特殊な趣味を、ある作物のうちに発見して、それを天下に紹介する方が評家に取って痛快な場合が多い。又其特殊な趣味が容易に多数に肯《うけが》われない所を、決然身を挺して唱道する所が、評家会心の点らしい。文壇はこれがために、新領土を手に入れたと同じ訳になるからである。

一方に又斯んな事実があった。――

近頃文芸の雑誌がしきりに殖える。毎月活版に組まれる創作の数も余程の数に上って来た。評論の筆を執るものが、一一それを熟読する機会を失った。余の如き自家の職業上、文芸の諸雑誌に一応眼を通すべき義務を感じていてさえ、多忙のため果さざる月が多い。

漸く手の隙いた頃を見計って、読み落した諸家の短篇物を読んで行くうちに、無名の人の筆に成ったもので、名声のある大家の作と比べて遜色のないもの、或はある意味から云って、却てそれよりも優れていると思われるものが間々出て来た。そうして当時の評論を調べて見ると、是等の作物が全く問題になって居ない。青木健作氏の「虻《あぶ》」抔は好例である。

型に入った批評家のために閑却され、多忙のため不公平を甘んずる批評家のために閑却されては、作家（ことに新進作家）は気の毒である。時と場合の許す限りそういう弊は矯正したい。「朝日」に長塚節氏の「土」を掲げるのも幾分か此主意である。

二三年前節氏の佐渡紀行を読んで感服した事がある。紀行文であったけれども普通の小説よりも面白いと思った。氏はまだ若い人である。しかも若い人に似合わず落ち付き払って、行くべき路を行って、少しも時好を追わない。是はわざと流行に反対したの何のという六ずかしい意味ではなくて、氏には本来芸術的な一片の性情があって、氏はただ其性情に従うの外、他を顧みる暇《いとま》を有《も》たないのである。余は其態度を床《ゆか》しく思った。

尤も今度載せる「土」の出来栄は、今から先を見越した様な予言が出来る程進行していない。最初余から交渉した時、節氏は自分の責任の重いのを気遣って長い間返事を寄こさなかった。夫から漸く遣って見様という挨拶が来た。夫から四十枚程原稿が来た。予告は此原稿と、氏の書信によって、草平氏が書いた。今の所余は「土」の一篇がうまく成功する事を氏のために、読者のために、且新聞のために祈るのみである。

有名な英国の碩学ミルは若い時、同じく若いテニソンをロンドン、リポジトリ紙上に紹介して、猶其《なおその》次号にブラウニングを紹介しようとした。主筆から彼の批評は既に前号に載せたという返書を得て調べて見ると、頁の最後の一行にただ「ポーリン是は譫言なり」とあった。同雑誌の編輯者が一行余った処へ埋草に入れたものである。ブラウニングは後年人に語って、あの批評のために自分が世間に知られる機会が二十年後れたと云った。

余が新しい作家を紹介するのは、ミルを以て自ら任ずるというより、かかる無責任な評論家の手から、望みのある人を救おうとする老婆心である。》

（『東京朝日新聞』明治四十三年六月九日）

【七二】『土』に就いて――長塚節著「土」序

《「土」が「東京朝日」に連載されたのは一昨年の事である。そうして其責任者は余で

あったが不幸にも余は「土」の完結を見ないうちに病気に罹って、新聞を手にする自由を失ったぎり、又「土」の作者を思い出す機会を有たなかった。

当初五六十回の予定であった「土」は、同時に意外の長篇として発達していた。途中で話の緒口《いとぐち》を忘れた余は、再びそれを取り上げて、矢鱈な区切りから改めて読み出す勇気を鼓舞しにくかったので、つい夫限《それぎり》に打ち遣ったようなものの、腹のなかでは私《ひそ》かに作者の根気と精力に驚ろいていた。「土」は何でも百五六十回に至って漸く結末に達したのである。

冷淡な世間と多忙な余は其後久しく「土」の事を忘れていた。所がある時此間亡くなった池辺君に会って偶然話頭が小説に及んだ折、池辺君は何故「土」は出版にならないのだろうと云って、大分長塚君の作を褒めていた。池辺君は其当時「朝日」の主筆だったので「土」は始から仕舞迄眼を通したのである。其上池辺君は自分で文学を知らないと云いながら、其実摯実《しじつ》な批評眼を有って「土」を根気よく読み通したのである。余は出版界の不景気のために「土」の単行本が出る時機がまだ来ないのだろうと答えて置いた。其時心のうちでは、随分「土」に比べると詰らないものも公けにされる今日だから、出来るなら何時か書物に纏めて置いたら作者の為に好かろうと思ったが、不親切な余は其日が過ぎると、又「土」の事を丸で忘れて仕舞った。

すると此春になって長塚君が突然尋ねて来て、漸く本屋が「土」を引受ける事になっ

たから、序を書いて呉れまいかという依頼である。余は其時自分の小説を毎日一回ずつ書いていたので、「土」を読み返す暇がなかった。已を得ず自分の仕事が済む迄待ってくれと答えた。すると長塚君は池辺君の序も欲しいから序《つい》でに紹介して貰いたいと云うので、余はすぐ承知した。余の名刺を持って「土」の作者が池辺君の玄関に立ったのは、池辺君の母堂が死んで丁度三十五日に相当する日とかで、長塚君はただ立ちながら用事丈を頼んで帰ったそうであるが、それから三日して肝心の池辺君も突然亡くなって仕舞ったから、同君の序はとうとう手に入らなかったのである。

余は「彼岸過迄」を片付けるや否や前約を踏んで「土」の校正刷を読み出した。思ったよりも長篇なので、前後半日と中一日を丸潰しにして漸く業を卒《お》えて考えて見ると、中々骨の折れた作物である。余は元来が安価な人間であるから、大抵の人のものを見ると、すぐ感心したがる癖があるが、此「土」に於ても全くそうであった。先ず何よりも先に、是は到底余に書けるものでないと思った。次に今の文壇で長塚君を除いたら誰が書けるだろうと物色して見た。すると矢張誰にも書けそうにないという結論に達した。

尤も誰にも書けないと云うのは、文を遣る技倆の点や、人間を活躍させる天賦の力を指すのではない。もし夫丈の意味で誰も長塚君に及ばないというと、一方では他の作家を侮辱した言葉にもなり、又一方では長塚君を担き《原》過ぎる策略とも取れて、何方にしても作者の迷惑になる許である。余の誰も及ばないというのは、作物中に書いてある事件

なり天然なりが、まだ長塚君以外の人の研究に上っていないという意味なのである。
「土」の中に出て来る人物は、最も貧しい百姓である。教育もなければ、品格もなければ、ただ土の上に生み付けられて、土と共に生長した蛆同様に憐れな百姓の生活である。先祖以来茨城の結城郡に居を移した地方の豪族として、多数の小作人を使用する長塚君は、彼等の獣類に近き、恐るべく困憊を極めた生活状態を、一から十迄誠実に此「土」の中に収め尽したのである。彼等の下卑で、浅薄で、迷信が強くて、無邪気で、狡猾《こうかい》で、無欲で、強欲で、殆んど余等（今の文壇の作家を悉く含む）の想像にさえ上りがたい所を、ありありと眼に映るように描写したのが「土」である。そうして「土」は長塚君以外に何人《なんぴと》も手を着けられ得ない、苦しい百姓生活の、最も獣類に接近した部分を、精細に直叙したものであるから、誰も及ばないと云うのである。

　人事を離れた天然に就いても、前同様の批評を如何な読者も容易に肯《うけが》わなければ済まぬ程、作者は鬼怒川沿岸の景色や、空や、春や、秋や、雪や風を綿密に研究している。一畠のもの、畔に立つ榛《はん》の木、蛙の声、鳥の音、苟《いやし》くも彼の郷土に存在する自然なら、一点一画の微に至る迄悉く其地方の特色を具えて叙述の筆に上っている。だから何処に何う出て来ても必ず独特《ユニーク》である。其独特《ユニーク》な点を、普通の作家の手に成った自然の描写の平凡なのに比べて、余は誰も及ばないというのである。

　余は彼の独特《ユニーク》なのに敬服しながら、そのあまりに精細過ぎて、話の筋を往々にして殺

して仕舞う失敗を嘆じた位、彼は精緻な自然の観察者である。

作としての「土」は、寧ろ苦しい読みものである。決して面白いから読めとは云い悪い。第一に作中の人物の使う言葉が余等には余り縁の遠い方言から成り立っている。第二に結構が大きい割に、年代が前後数年にわたる割に、周囲に平たく発達したがる話が、筋をくっきりと描いて深くなりつつ前へ進んで行かない。だから全体として読者に加速度《アクセレレーション》の興味を与えない。だから事件が錯綜纏綿《さくそうてんめん》して縺れながら読者をぐいぐい引込んで行くよりも、其地方の年中行事を怠りなく丹念に平叙して行くうちに、作者の拵《こし》らえた人物が断続的に活躍すると云った方が適当になって来る。其所に聊《いささ》か人を魅する牽引力を失う恐が潜んでいるという意味でも読みづらい。然し是等は単に皮相の意味に於て読みづらいので、余の所謂読みづらいという本意は、篇中の人物の心なり行なりが、ただ圧迫と不安と苦痛を読者に与える丈で、毫も神の作ってくれた幸福な人間であるという刺戟と安慰を与え得ないからである。悲劇は悲しいに違ない。けれども普通の悲劇のうちには悲しい以外に何かの償いがあるので、読者は涙の犠牲を喜こぶのである。が、「土」に至っては涙さえ出されない苦しさである。雨の降らない代りに生涯照りっこない天気と同じ苦痛である。ただ土の下へ心が沈む丈で、人情から云っても道義心から云っても、殆んど此圧迫の賠償として何物も与えられていない。ただ土を掘り下げて暗い中へ落ちて行く丈である。

「土」を読むものは、屹度《きっと》自分も泥の中を引き摺られるような気がするだろう。余もそう云う感じがした。或者は何故長塚君はこんな読みつらいものを書いたのだと疑がうかも知れない。そんな人に対して余はただ一言、斯様な生活をしている人間が、我々と同時代に、しかも帝都を去る程遠からぬ田舎に住んでいるという悲惨な事実を、ひしと一度は胸の底に抱き締めて見たら、公等の是から先の人生観の上に、又公等の日常の行動の上に、何かの参考として利益を与えはしまいかと聞きたい。余はとくに歓楽に憧憬する若い男や若い女が、読み苦しいのを我慢して、此「土」を読む勇気を鼓舞する事を希望するのである。余の娘が年頃になって、音楽会がどうだの、帝国座がどうだのと云い募る時分になったら、余は是非此「土」を読ましたいと思っている。娘は屹度厭だというに違ない。より多くの興味を感ずる恋愛小説と取り換えて呉れというに違ない。けれども余は其時娘に向って、面白いから読めというのではない。苦しいから読めというのだと告げたいと思っている。参考の為だから、世間を知る為だから、知って己れの人格の上に暗い恐ろしい影を反射させる為だから我慢して読めと忠告したいと思っている。何も考えずに暖かく生長した若い女（男でも同じである）の起す菩提心や宗教心は、皆此暗い影の奥から射して来るのだと余は固く信じているからである。

　長塚君の書き方は何処迄も沈着である。其人物は皆有の儘である。話の筋は全く自然である。が「土」を「朝日」に載せ始めた時、北の方のSという人がわざわざ書を余の

もとに寄せて、長塚君が旅行して彼と面会した折の議論を報じた事がある。長塚君は余の「朝日」に書いた「満韓ところどころ」というものをSの所で一回読んで、漱石という男は人を馬鹿にしているといって大いに憤慨したそうである。漱石に限らず一体「朝日」新聞の記者の書き振りは皆人を馬鹿にしていると云って罵ったそうである。成程真面目に老成した、殆んど厳粛という文字を以て形容して然るべき「土」を書いた長塚君としては尤もの事である。「満韓所々」抔が君の気色を害したのは左《さ》もあるべきだと思う。然し君から軽佻の疑を受けた余にも、真面目な「土」を読む眼はあるのである。だから此序を書くのである。長塚君はたまたま「満韓ところどころ」の一回を見て余の浮薄を憤ったのだろうが、同じ余の手になった外のものに偶然眼を触れたら、或は反対の感を起すかも知れない。もし余が徹頭徹尾「満韓ところどころ」のうちで、長塚君の気に入らない一回を以て終始するならば、到底長塚君の「土」の為に是程言辞を費やす事は出来ない理窟だからである。

長塚君は不幸にして喉頭結核にかかって、此間迄東京で養生をしていたが、今は養生旁《かたがた》旅行の途にある。先達てかねて紹介して置いた福岡大学の久保博士からの来書に、長塚君が診察を依頼に見えたとあるから、今頃は九州に居るのだろう。余は出版の時機に後れないで、病中の君の為に、「土」に就いて是丈の事を云い得たのを喜こぶのである。余がかつて「土」を「朝日」に載せ出した時、ある文士が、我々は「土」などを読

む義務はないと云ったと、わざわざ余に報知して来たものがあった。其時余は此文士は何の為に罪もない「土」の作家を侮辱するのだろうと思って甚しい不愉快を感じた。理窟から云って読まねばならない義務のある小説というものは、其小説の校正者か内務省の検閲官以外にそうあろう筈がない。わざわざ断わらんでも厭なら厭で黙って読まずにいれば夫迄《それまで》である。もし又名の知れない人の書いたものだから読む義務はないと云うなら、其人は只名前丈で小説を読む、内容などには頓着しない、門外漢と一般である。文士ならば同業の人に対して、たとい無名氏にせよ、今少しの同情と尊敬があって然るべきだと思う。余は「土」の作者が病気だから、此場合には猶更そう云いたいのである。

明治四十五年五月》

（『土』春陽堂　明治四十五年五月）

【七三】　文芸とヒロイック

《自然主義という言葉とヒロイックと云う文字は仙台平《せんだいひら》の袴と唐桟《とうざん》の前掛の様に懸け離れたものである。従って自然主義を口にする人はヒロイックを描かない。実際そんな形容のつく行為は二十世紀には無い筈だと頭から極《き》めてかかっている。尤もである。けれども実際世の中にない又は少ないと云う事実と、馬鹿げている、滑稽であると云う事実とは違うべき筈である。吾々の見渡した世間にそう眼につく程ごろごろしていな

い物のうちには、常人さえ唾棄して顧みなくなった（従って存在の権利を失った）のも沢山あるだろうが、貴重なため容易に手に入りかねるのも随分あるべき訳である。ヒロイックは後者に属すべきものと思う。

自然派の人が滅多にないからと云う理由でヒロイックを描かないのは当を得ている。然し滅多にないからと云う言辞のもとにヒロイックを軽蔑するのは論理の昏乱《こんらん》である。此派の人々は現実を描くと云う。そうして現実曝露の悲哀を感ずるという。客観の真相に着して主観の苦悶を覚ゆるという。一々賛成である。けれども此苦悶は意の如くならざる事相に即し、思いの儘に行かぬ現象の推移に即し、もしくは斯くあれかし、斯くありたしとの希望を容れぬ自然の器械的なる進行に即して起る矛盾扞格《かんかく》の意に外ならぬ。云い換れば客観の世界が主観の世界と一致をかくが為である。現実が吾に伴わざるの恨みである。又云い換ればわが理想がわが頭の中に孤立して、世態とあまりに没交渉なるがためである。冷刻なる自然がわが知識と情操と意志を侮蔑して勝手に横着に非人間的に社会を動かして行くからである。

自然主義者の所謂主観の苦悶を斯く解釈するとき、理想の二字を彼等の主観中より取り去る事は困難とならねばならぬ。広義に於ける理想を抱かざるものが、自己又は他人の経過した現実を顧みて、之を悲しむの必要もなければ之に悶ゆるの理由もない筈である。

一たび此論断を肯ったとき、彼等は彼等の主観のうちに、又彼等の理想のうちに、彼等の平素排斥しつつあるが如く見ゆる諸《もろもろ》の善、諸の美、又もろもろの壮と烈との存在を肯わねばならぬ。従ってヒロイックは彼等の主張せんと欲して、現実に見出しがたきが為めに、これを描くを憚り、もしくは之を描くを恐るる一種の行為と云わねばならぬ。彼等にしてもし現実中に此行為を見出し得たるとき、彼等の憚りも彼等の恐れも一掃にして拭い去るを得べきである。況んや彼等の軽蔑をや虚偽呼《よばわ》りをやである。余は近時潜航艇中に死せる佐久間艇長の遺書を読んで、此ヒロイックなる文字の、我等と時を同くする日本の軍人によって、器械的の社会の中に赫《かく》として一時に燃焼せられたるを喜ぶものである。自然派の諸君子に、此文字の、今日の日本に於て猶真個の生命あるを事実の上に於て証拠立て得たるを賀するものである。彼等の脳中よりヒロイックを描く事の憚りと恐れとを取り去って、随意に此方面に手を着けしむるの保証と安心とを与え得たるを慶するものである。

往時英国の潜航艇に同様不幸の事のあった時、艇員は争って死を免かれんとするの一念から、一所にかたまって水明りの洩れる窓の下に折り重ったまま死んでいたという。本能の如何に義務心より強いかを証明するに足るべき有力な出来事である。本能の権威のみを説かんとする自然派の小説家はここに好個の材料を見出すであろう。そうして或る手腕家によって、此一事実から傑出した文学を作り上げる事が出来るだろう。けれど

も現実はこれ丈である。其他は嘘であると主張する自然派の作家は、一方に於て佐久間艇長と其部下の死と、艇長の遺書を見る必要がある。そうして重荷を担うて遠きを行く獣類と撰ぶ所なき現代的の人間にも、亦此種不可思議の行為があると云う事を知る必要がある。自然派の作物は狭い文壇の中にさえ通用すれば差支ないと云う自殺的態度を取らぬ限りは、彼等と雖《いえども》自然派のみに専領されていない広い世界を知らなければならない。

病院生活をして約一ヶ月になる。人から佐久間艇長の遺書の濡れたのを其儘写真版にしたのを貰って、床の上で其名文を読み返して見て「文芸とヒロイック」と云う一篇が書きたくなった。》

(『東京朝日新聞』明治四十三年七月十九日)

【七四】 艇長の遺書と中佐の詩

《昨日は佐久間艇長の遺書を評して名文と云った。艇長の遺書と前後して新聞紙上にあらわれた広瀬中佐の詩が、此遺書に比して甚だ月並なのは前者の記憶のまだ鮮かなる吾《ご》人《じん》の脳裏に一種痛ましい対照を印《いん》した。

露骨に云えば中佐の詩は拙悪と云わんより寧ろ陳套《ちんとう》を極めたものである。吾々が十六七のとき文天祥の正気の歌などにかぶれて、ひそかに慷慨《こうがい》家列伝に編入してもらいたい

希望で作ったものと同程度の出来栄である。文字の素養がなくとも誠実な感情を有している以上は（又如何に高等な翫賞家でも此誠実な感情を離れて翫賞の出来ないのは無論であるが）誰でも中佐があんな詩を作らずに黙って閉塞船で死んで呉れたならと思うだろう。

　まずいと云う点から見れば双方ともに下手いに違ない。けれども佐久間大尉のは已を得ずして拙く出来たのである。呼吸が苦しくなる。部屋が暗くなる。鼓膜が破れそうになる。一行書くすら容易ではない。あれ丈文字を連ねるのは超凡の努力を要する訳である。従って書かなくては済まない、遺さなくては悪いと思う事以外には一画と雖も漫《みだ》りに手を動かす余地がない。平安な時あらゆる人に絶えず附け纏わる自己広告の衒《げん》気《き》は殆ど意識に上る権威を失っている。従って艇長の声は尤も苦しき声である。又尤も拙《せつ》な声である。いくら苦しくても拙でも云わねば済まぬ声だから、尤も娑婆気を離れた邪気のない事である。殆んど自然と一致した私の少い声である。そこに吾人は艇長の動機に、人間としての極度の誠実心を吹き込んで、其一言一句を真の影の如く読みながら、今の世にわが欺かれざるを難有く思うのである。そうして其文の拙なれば拙なる丈真の反射として意を安んずるのである。

　其上艇長の書いた事には嘘を吐く必要のない事実が多い。艇が何度の角度で沈んだ、ガソリンが室内に充ちた、チェインが切れた、電灯が消えた。此等の現象に自己広告は平時と雖ども無益である。従って彼は艇長としての報告を作らんがために、凡ての苦悶

を忍んだので、他《ひと》によく思われるがために、徒らな言句を連ねたのでないと云う結論に帰着する。又其報告が実際当局者の参考になった効果から見ても、彼は自分のために書き残したのでなくて他の為に苦痛に堪えたと云う証拠さえ立つ。

広瀬中佐の詩に至っては毫も以上の条件を具えていない。已を得ずして拙な詩を作ったと云う痕跡はなくって、已を得るにも拘わらず俗な句を並べたという疑いがある。艇長は自分が書かねばならぬ事を書き残した。又自分でなければ書けない事を書き残した。中佐の詩に至っては作らないでも済むのに作ったものである。作らないでも済む時に詩を作る唯一の弁護は、詩を職業とするからか、又は他人に真似の出来ない詩を作り得るからかの場合に限る。（其外徒然であったり、気が向いたりして作る場合は無論あるだろうが）中佐は詩を残す必要のない軍人である。しかも其詩は誰にでも作れる個性のないものである。のみならず彼《あ》の様な詩を作るものに限って決して壮烈の挙動を敢てし得ない、即ち単なる自己広告のために作る人が多そうに思われるのである。其内容が如何にも偉そうだからである。又偉がっているからである。幸いにして中佐はあの詩に歌ったと事実の上に於て矛盾しない最期を遂げた。そうして銅像迄建てられた。吾々は中佐の死を勇ましく思う。けれども同時にあの詩を俗悪で陳腐で生きた個人の面影がないと思う。あんな詩によって中佐を代表するのが気の毒だと思う。

道義的情操に関する言辞（詩歌感想を含む）は其言辞を実現し得たるとき始めて他を

して其誠実を肯わしむるのが常である。余に至っては、更に懐疑の方向に一歩を進めて、其言辞を実現し得たる時にすら、猶且其誠実を残りなく認むる能わざるを悲しむものである。微かなる陥欠は言辞詩歌の奥に潜むか、又はそれを実現する行為の根に絡んでいるか何方かであろう。余は中佐の敢てせる旅順閉塞の行為に一点虚偽の疑いを挟《さしはさ》むを好まぬものである。だから好んで罪を中佐の詩に嫁するのである。》

（『東京朝日新聞』明治四十三年七月二十日）

明治四十四年

この年の漱石は病後の保養というわけで、前年度の末から朝日新聞に連載した「思い出すことなど」を二月に完結したほかに目星しい作品は書いていない。一方あれほど喧騒をきわめた自然主義文学の主張もこの年の前後あたりから漸く堅実な作品の結実期にはいって、藤村の「春」、秋声の「黴《かび》」などの収穫を見ると同時に、ネオ・ロマンチシズムや白樺派の運動などが文壇に新機運をかもしだしてきた頃である。

【七五】　明治四十四年二月十七日　小宮豊隆宛

《武者小路から御目出度人と云うのを送ってくれた。恋の進行を明らさまに書いたものである。今の作家の恋を打ち明けたの《原》ものは大概世にすれからした万事を心得顔（ことに女性を）の主人公か又は堕落生と同程度の徳義心を持った主人公である。然るに是は若い、女を知らない、相当の考のある、純粋な人の恋を其儘書いたものである其所に価《原》がある、君読んで見ないか、森田の見た様に無暗にがらないから好い。》

【七六】　明治四十四年二月二十四日　小宮豊隆宛

《夫から別問題に就て　女に対する恋が徹底とか猛烈だとか云う分子さえあれば恋で、其他のわるい処があっても恋だと云うのは勝手だが是丈が恋だと思うのは間違だよ。君の云う事は好悪の区別であって恋になるならぬの問題じゃない。茶が好きなものを見て何でもブランデーの様にヒリツカなくては飲料でないと云うのは可笑しいじゃないか。

　武者小路のは不徹底じゃない、あれ程徹底する事は君にゃ出来ない、只内気で乱暴を働かない丈である。そこに初心の可愛らしい処があるのである。あれを真山青果流にやって見ろ猛烈かも知れないが其一面には下劣な処が出来る。一体君は口で徹底とか何とか生意気を云うが其実を云う〔と〕不徹底な男である。そうして不徹底の好所を了解せぬ男である。

　武者小路のヒーローに何等下劣な所ありや、ただああ云う恋と思うべし。恋の一種類と思うべし。そうして其特所に同情すべし　艸々》

（七五）の中で漱石が武者小路氏の作品を評している「是は若い、女を知らない、相当の考のある、純粋な人の恋をそのまま書いた」云々という言葉は、要するにこれまでにも度々出て来た「ウブな、純粋な、或いは感情的に素朴な、すれっからさない」というのと

同様の意味の言葉であることはいうまでもないし、従ってそういう内容をもった武者小路氏の作品を漱石が推賞しているのになんの不思議もない。又、伊藤左千夫の「野菊の墓」のときと同様森田氏を引合に出して、「森田の見た様に無暗にがらないのが好い」というのは、つまりわるく小説家がった悪どさとは反対の、いい意味での素人芸術の美しさ、或いはゲテモノ美を賞揚しているのであって、（六八）の四方太の「夢の如し」のところで細説した点と照応している。そういえば、「お目出度い人」は或る意味で正に新時代の「野菊の墓」であり、青年の白紙文学である。「野菊の墓」の可憐にかわるにこれは正直、素朴などをもってしたもので、正直素朴の内容美、又それが表現にあらわれて稚拙美になったものを承認するのも、漱石として一向意外な感じはない。そういうものなら、なにも必らずしも、在来の写生文というような特定の形のものばかりではなく何でも認めるというこの自由な態度が、漱石の文芸鑑賞の根本的な態度で、従って見かけの随分変ったものでも、掘り下げて素朴純粋の感じられるものなら直ぐに同感している。後出のゴーガンの「ノア・ノア」に推服しているのなどはこの適例である。洋の東西などは問題にしていない。

（七六）の手紙の中で、「茶が好きなものを見て何でもブランデーの様にヒリツカなくては飲料でないというのは可笑しい」といっているが、漱石はつまりお茶や水やプレン・ソオダなどの淡白味を文学の最上のすくなくとも最も醇乎《じゅんこ》な滋味としている側らしい。そ

のあとの「内気で乱暴を働かないだけである。そこに初心な可愛らしいところがある。あれを真山青果流にやって見ろ、猛烈かも知れないが下劣な処が出来る。」というのもこれで、嘗て「鮪のピリピリ」を排し、「河豚鍋」の刺戟性を斥《しりぞ》けたのと同様、更にこれを演繹すればデカダン美を排し、素朴美を健康とする気持である。従って漱石にとっては徹底不徹底は文学作品の優劣条件としては大して問題でなく、寧ろ、純不純、下劣と品格あるということの方がそれ以上の問題だったのである。

【七七】　明治四十四年五月十二日　大谷正信宛

《あなたの碁のレクチュアーも新年の舞踏会も読みました。熟《いず》れも面白う御座いました。》

この場合の「熟れも面白う御座いました」も、やはり前に言った「がらない、お茶のような味わい」を喜んだ面白さであることは、大谷氏の文章を一読すれば直ぐわかる。「自転車日記」の作者である漱石が、大谷氏の文学に正しく文学的血族の誼《よし》みを見出したであろうことも頷かれる。

【七八】　明治四十四年八月一日　小宮豊隆宛

《秋声の小説今日から出申候。文章しまって、新らしい肴の如く候》

書翰（四九）の解説の中でちょっと触れて置いた如く、二葉亭四迷の老巧練達の文章に感服した漱石は、秋声の「黴」の書き出しを読んでは、老練な文章の緊密な味わいに服している。いわゆる素人芸の稚拙味だけしか認めぬ漱石ではなかったのである。

明治四十五年——大正元年

「彼岸過迄」を書いた年である。

【七九】　明治四十五年二月十二日　武定鈔七宛

《御手紙の「凍」というのは一月号ですか一月号ならことによると無くなったかも知れません二月号に出て是から送って呉れる内にあるなら是非拝見します》

【八〇】　明治四十五年二月二十三日　武定鈔七宛

《拝啓「凍」を読みました是から毎号つづけて拝見致します。飽きずに仕舞迄御書きなさいまし

二月二十四日原

事実の書き方はあれで結構だと思います》

【八一】　明治四十五年三月十二日　　武定鈔七宛

《拝啓「凍」の㈡を拝見致しました。前回より面白い様です。私の小説より面白そうです。此次の分も拝見致します。草々》

【八二】　大正元年八月十日　　武定鈔七宛

《暑中御変もなく結構に存候「凍」は毎号面白く拝見しています御精励を祈る》

この四通の手紙の宛名主武定鈔七という人については、書翰の文句から「凍」は同人雑誌に連載されたものであろうと推測するが、その誌名の記載がないので、試みに改造社版の文学年表に当って厳密に調べているうちに、大正五年六月雑誌「団欒」の項に武定巨口という作者名を発見した。同誌上に石丸梅外氏の名が見え、石丸氏は当時大阪にいた筈だし、書翰の宛名先も大阪なので或いは巨口は武定氏の筆名かとも思って見た。果して大正二年五月三十日附の書翰の宛名により巨口氏であることが判明した。

【八三】　明治四十五年四月末？　　高浜清宛

《拝啓久しく書物を読まずに居りました処二三日前あなたから頂戴した「朝鮮」を読む気になりまして只今読み切りました。私も朝鮮へ参りましたがとてもああは書けません。

御京さんというのが天真楼の何とかいう女中のような気がします。豊隆は平壌の方をくさしたように記憶していますが怪からん没分暁漢《ぼつぶんぎょうかん》です。矢張り結構です。
　仕舞いの舟遊びは楽屋総出で賑かな事です。私は前後を通じてあなた（?）が御筆という女と仮の夫婦になって帰る処夫からその御筆の手紙とが一番好きです。なかなかうまいです。一寸敬意を表します。》

【八四】　大正元年九月四日　安倍能成宛

《新小説の高作昨日拝読いつもながら面白く存候あれも大部分は事実の様相見候平淡な所中々味い深く覚候小説としていえば聊か締括りの足らぬ処もあるやに読まれ候もそこが事実らしく自然の儘にて却って宜しきかも知れず候》

「新小説」の高作とは「落日」である。「平淡な所中々味い深く……自然の儘にてよろしい」はいままで度々指摘力説した例の「お茶の味」と素朴と同意語であることは言うまでもなかろう。

【八五】　大正元年十二月二十六日　沼波武夫宛

《拝啓江連君の事につき御手紙拝見致候あの作物は先達御話し申上候かとも存候があのままにては少々不賛成に候故小生は手紙にて本人へあれを短篇に崩して雑誌へ載せるよ

う勧告致候処本人はそれが不愉快らしく候もともと江連君の希望は朝日紙上に載るにあれど夫にしても朝日の方で引受るや否は小生と雖も受合かね候。というのは小生は只今朝日の文芸に関して編輯上何等の役目もなくただ向うから相談された時にのみ愚考を述候丈故に候。其上もし小生のつぎに朝日へ載せるなら小生は江連君のよりも恰好と思うものを一つ持ち居候先ず其方を先に推挙致したき考に候。

重ねて江連君の為に申候あれば《原》中々面白きものに候ことに処女作としては天晴な出来栄に候然し通読しているうちに入らぬ事や冗漫な記事が沢山有之。固より是は小生等に最も多き欠点に候えども始めて名を出す人としては惜むべき疵に候。小生未だ他人の作を自費にて出版して世間へ出してやる程の力量もなく候えども亦夫程感激したる例も無之。江連君に就ても同様の感を抱き居候。然し大兄の御推挙も有之以前より小生も同情致し居る事故時機さえ参れば出来る丈の好都〔合〕を同君へ与えたき心は充分有之候。大兄は自己を孤立と仰せられ候が孤立の意味はよく承知致居候小生もあなたに劣らぬ孤立ものに候

未醒君の記事面白く拝見致候あれをただの散文にて当り前に御書きになったらまだ面白い小品が出来るだろうと存候》

【八六】　大正四年十月二十一日　鈴木三重吉宛

《拝啓　江連重次君はかつて野上臼川君の紹介で知り合になった人ですかねて書いた長編を切って短篇とした故新小説へでも載せる周旋を依頼されますから革新号以後の該雑誌の方針を話して私は謝絶しましたが若し原稿が非常に面白いものとすると君の方で採用にならないとも限るまいかとも考え直しかつ本人の希望を満足させないのも如何かと存じ紹介丈致しますから少しの時間を割いて会ってやって下さい委細は本人より御聴取を願います御迷惑な事を御依頼して済みません　以上》

江連重次は沙村と号し編者が亡友である。拙作「都会の憂鬱」中に江森渚山というのは彼をモデルとし、その風丰《ふうぼう》の真相は幾分伝え得たつもりである。（八五）、（八六）の中の作品は彼が晩年まで執着していた「山峡の人々」であろうと想像される。この篇は、多分改作であったろうが、一時田中貢太郎氏の手許にあったと憶えている。（八六）の「長篇を切って短篇とした」ものは彼自身の話では漱石の周旋で新小説へ出たようなことであったが、大正四、五年及びその後の同誌には発見されない。序に自分のことをも少し話すと、自分は彼の注意によって神楽坂上郵便局附近を浴衣がけにハンティングで散歩中の漱石先生を一度遠望したことがあった。

大正二年

前年度末から朝日紙上に連載の長篇「行人」はこの年の四月、宿痾の胃潰瘍再発のために一時中絶され九月から再び稿をつづけて十一月に完結している。この前後から漱石は広く野に新人を求めて朝日紙上を通して文壇に登門せしむることに努めた。長塚節の「土」、中村古峡の「殼」とともにこの年発表された中勘助の「銀の匙」などがそれで、後輩の途を開くと共に、見識の高い鑑賞力によって文壇に絶えず清新な作風を進んで紹介した漱石の功績は大きいとしなければならない。

【八七】　大正二年二月二十六日　山本松之助宛

《拝啓其後は失礼申上候偖《さて》小生小説「帰ってから」と申す分済み次第あとのを掲載せねばならず候。然るに先般小生方へ二つの作を見てくれと頼み来候いずれも面白く無名の文士を紹介する積にて朝日に掲載しても毫も耻《はず》かしき事無之しかも其うちの一篇は文学士中勘助と申す男の作りしものにて彼の八九歳頃の追立（原）記と申すようなものにて珍らしさと品格の具わりたる文章と夫から純粋な書き振とにて優に朝日で紹介してやる価値あ

りと信じ候。尤も絵入小説の如く変化や進行はあまり無之其辺は御承知の上にて小生の後には何うか此中勘助君を御掲載願度電話でと思いしもあまり長く相成候につき手紙にて申上候過日名倉君に面会の節も其話は致し置候右御相談の上何とか御都合相願度（電話にてよろしく）小生も出ると極まればもう一遍本人に帰《原》して推敲やら書直しやら致させ度故一寸右伺い候余は拝眉万々》

中氏の作「銀の匙」を推挙する言葉として、「品格の具わりたる文章と純粋な書き振り」などの言葉があるのは、同じく漱石が文学上及び人格上尊重した美徳の目録にこれを加えて既出の諸項目と一向矛盾しそうには思えぬ。否、同じことを別な言葉で言った迄のことか。因みに「銀の匙」ははじめ新聞には前篇「つむじまがり」後篇「銀の匙」の二つに分って連載され、のちに単行本にする際前後篇を併せて「銀の匙」と題したと作者から申添えがあった。

【八八】　大正二年七月二十一日　有島生馬宛

《拝復あなたの御名前は津田君よりかねてから伺って居りますあなたの画も展覧会で時々拝見して居ります「蝙蝠の如く」は白樺で拝読しました時事新報の質問に応じたるうちに高著の名を挙げたるにつき御手紙を賜わりかつ「蝙蝠の如く」を御恵投被下ました御好意を深く感謝致します只今やりかけた仕事のためすぐ拝見する事は出来ませんが

少し手がすいたらゆっくり拝読致す積です不取敢右御礼迄申上ます　匆々不一》

【八九】　大正二年九月一日　有島生馬宛

《啓　七月末に頂戴した本の御礼に差支があって只今は拝見が出来ないと申添えた事を記憶して居ります私はそれを八月の三十日三十一日の両日に読み得たという事を改めて申上げたいのでありますそうして通読の際尠からざる興味をもち又其興味が読了の後今ゆたかにつづきつつある事を申上たいのであります私は御恵与の好意に対してそう云う事を衷心から云い得るのを甚だ満足に且愉快に思うのであります「蝙蝠の如く」は御好意に対してばかりでなく私の愛読書の一つとして永く書架に蔵して置きます。失礼を申上げるようですがあの装幀丈は不服であります。もう少し内容と釣り合った面白いものにしたらばという気がしてなりません。此手紙は先に申上た約束を履行して高著を読み了《おわ》ったという御報知ではありません寧ろ通読の際に感得した多大の興味に対する謝辞であります　頓首》

ホトトギス派の写生文を日本画とすれば、「蝙蝠の如く」は洋画の写生文が「大内旅宿」になりかかっているもので、漱石がこれに同意を示すに吝《やぶさか》ならぬ所以であろう。さすがに画趣と素朴美と品格などはある。

【九〇】 大正二年十月三十一日　沼波武夫宛

《拝啓　高著芭蕉の臨終御恵与辱《かたじけ》なく候巻頭一頁を開けると此書を夏目漱石先生に献ずとあったので大いに驚ろきました。全く意外でしたから。夫ですぐ読まなければならんと思って早速読みました。「芭蕉の臨終」中にある門下生の言葉づかいのうちに少々芝居じみた所がある外一体に面白う御座いました。惟然坊の劇は是亦珍品　ああいう趣を芝居にしたものは昔から頓とありません。是から先もまあないでしょう。あれをやって芸術座の連中を招待して見せたら何んなものでしょう。不取敢右御礼迄　匆々頓首》

演劇という芸術形式には余り同感のなかった漱石は一般に戯曲にも大して興味をもたない方であった。なるほど演劇は素朴な平淡味では成功しにくい芸術様式であるし、殊に歌舞伎芝居などは人工美邪気の芸術であるから、漱石は歌舞伎座などを見物しても困ったらしい。それが「惟然坊」を非常に珍重しているのは全く例外的な事実である。漱石の演劇観戯曲論を具体的に見る意味ではこれが最も適切なものと思えるが、遺憾ながら割愛した。なお、後出（九三）の手紙は現代劇に対する意見の片鱗と見て差支えなかろう。

【九一】 大正二年十一月二十五日　小泉鉄宛

《啓　ノアノアと申す御高著を御送り被下まして難有う存じます早速拝見しました大変

面白う御座います。あんな人は今のヨーロッパにいるのでしょうがまだ一度もあった事がありません全く想像から出た小説のような気がします。私はあなたの御住所を存じません故此手紙を洛陽堂宛で出します。御礼の遅くなったのは読んだ上でと考えたからです　以上》

手紙（七五）、（七六）の解説でちょっと触れておいたが、要するにノア・ノアは印象派画家ゴーガンが欧洲の文明を嫌悪し蛮人の生活に憧憬してその地に一時居住した彼のタヒチ記録というべき作物であり、これ亦画家の余技文字、その世界は当然、素朴野趣横溢、漱石がこれを愛したのは自明の理といわなければならない。

大正三年

四月から八月にわたって「心」を朝日に連載。文壇はさしもに全盛の自然主義が終熄《しゅうそく》に近づくに及んで、反動として或いは唯美的傾向、或いは伝統主義、或いは白樺一派の人道主義などの諸傾向が前後して擡頭し異常な活気を呈した。この年の書翰の中にはそれらの新思潮に対する漱石の理解と共感と又漱石が独自の人生派的芸術への推移とを窺うに足る資料が尠くない。

【九二】 大正三年一月七日　小泉鉄宛

《昨日あなたへ行人を一部送りました。ノア々々の御礼として記念の為に上げたのだから受取って下さい。所がわからないから洛陽堂宛にしました。今日あなたから手紙が来たので始めて御住所を知りました。惜しい事をしました。

実は昨日あなた〔の〕白樺に出た小説を読みました。半分以後は呼息がつまるような心持がします。まことに悲しいものです。そうして美しいものです。私は個々の人が個々の人に与えられた運命なり生活なりを其儘にかいたものが作品と思います。何とな

ればそれに接した時自分に与えられないものを見出して啓発を受けるからであります。あなたの書いたものも私にとってその一つであります。

　気に障るかも知れませんが一口遠慮のない事を云います。女主人公の所へくる女友達の手紙の文句にはみんな何かこびりついています。もっとすっきりしたものが欲しいと思います。感情をいつわったものではありませんが、感情に訴え過ぎるのでしょう。女主人公自身の残した日記のうちにも其痕迹《こんせき》があります。あなたの心を傷けるためにいうのではないから勘弁して下さい。

　あなたにもあの小説に似た悲しい事実の記憶が新らしいように人から聞きました。そういう気分の所へ行人などを送るのは邪魔になる丈でしょう。然し読まんでもいいのです。ただ受取って置いて下さい。》

前出の「ノア・ノア」の御礼に「行人」一部を贈り併せて訳者小泉氏の小説（白樺所載「自分達二人」のこと）を批評したこの手紙は、玩読して見ると今迄になかったいろいろのおもしろい問題が含まれているように思われる。人生的真を追求する文学を流行の自然主義以外に求める気持がここに発したのではあるまいか。どちらかと云うと「芸術のための芸術」の趣味のうち素朴純粋なものを尊重する傾きと平行して別に人生派芸術中淳朴な（淳朴はその原始性のため人生派でもあり同時に芸術派でもあり得るから、この点大して無理なく平行し得る）ものを注目しはじめたのは、当然の発展で、つまり淳朴美の領域を

更に拡大したものと編者は観察する。文中、「個々の人が個々の人に与えられた運命なり生活なりをそのまま――やはり一種の素朴――に書いたものが作品と思う」という漱石の文芸概論の片鱗と、「何となれば……啓発を受けるからです」と「文芸の効用」の一を「啓蒙する、される」に置いているのも、芸術のための芸術論でなく、かなり人生派の態度、また文芸家に社会教育の義務を感じた漱石らしい申分である。この手紙を書いた年に漱石は長篇「心」を書き、翌年には「道草」を書いているのなども、この手紙の中にあらわれた芸術観の発展が具体化したものと考えても大過あるまい。

【九三】　大正三年七月二十八日　小宮豊隆宛

《拝啓中央公論の脚本の批評を時事で拝見、大体の上賛成ですが、出来栄の等級がついていないからどれもこれも同程度に下らないように思われて好い作者に気の毒です。

白鳥のは及第（但し尻がまだあるべき筈のを切ってしまった感あり）

雨雀　是も及第　恐らく自然で一番まとまっているだろう

吉井勇　及第　是には一種の面白味がある。

秋声　まあ及第。脚本よりも小説にすべきもの、

中村吉蔵　落第　ああ拵らえた痕迹が見え透いちゃ気の毒だ

長田秀雄　落第。是は君の評通り、ただ劇的効果ばかりねらって内的の力なし

田村俊子　落第、あんなものは芝居にならぬのみか男子が屈辱を感ずるようなもの
木下杢太郎　落第　つまらぬ事夥《おびただ》し
島村抱月　落第　河童の屁
武者小路　及落の中間　いつもより悪いかも知れず
久保田万太郎　正に落第　ごちゃごちゃごちゃごちゃ
上司小剣　落第　一体どか《原》がどうしたというのだ
小山内薫　落第　是が芝居になる積りか、積りならやって見ろ。
以　上》

白鳥の戯曲は「秘密」、雨雀のは「林檎の実の熟する頃」、吉井勇のは「無頼漢」、秋声のは「立退き」、中村吉蔵のは「剃刀」、長田秀雄のは「放火」、田村俊子のは「奴隷」、木下杢太郎のは「天草四郎と山田右衛門作」、島村抱月のは「赤と黄の夕暮」、武者小路のは「或る日の事」、久保田万太郎のは「凶」、上司小剣のは「無籍者」、小山内薫のは「伊左衛門」である。手紙（九〇）の中で触れておいた漱石の演劇観が、ここでは現代劇に対してどんな理想を抱いていたかを多少なりとも窺うことが出来る。「自然で一番まとまっている」と評している秋田雨雀の「林檎の実の熟する頃」は東北の一農家の兄弟の恋愛を取扱ったものだが、イブセンによって近代劇の洗礼を多分にうけた迹《あと》の見えるこの作の人生的意義とそのナイーヴで、朴訥で、がらない味で清新な味が漱石の嗜好に投じたであろうこ

とは充分に察せられる。惟然坊を漱石推奨のまげものの一例とするのと同じ理由で、現代劇の一例としてこの作を採録しようと思い、作者から単行本「三つの死」の貸与にもあずかったが、何分百枚に近いものなので最後まで未練をもちながら已むなく割愛したのは「惟然坊」と同様の遺憾である。

【九四】　大正三年八月十日〔?〕　新潮社宛

《最近新作家とはどこで区切をつけて好いか分りませんから一寸困りますが小生の読んだうちで人の評判に上らないもの二三を申上ます

(一)　七月の我等巻頭にある万造寺斉君の「断片」

(二)　白樺にある長与善郎君の「盲目の川」というつづきもの

(三)　八月の新小説にある浜村米蔵君の「むくろ」

　以上の外にまだありますが最近新作家の部に入れていいかどうか分りませんから省きます。夫れから以上三篇はいいところ丈を見て例に挙げたので欠点を云えと頼まれれば随分云えもしましょうからそれは御承知を願います。又私はすべての雑誌を読まないから自然不公平になるかも知れません其積りでいて下さい。夫れから読んだ時は面白いと思っても咄嗟の場合に急に思い出せないものもありますからそれも御断りを致して置きます。

概していうと近頃は小説をかく人がみんな器用になって一般の水平が高くなったようです。私は是丈云えば特殊の例を挙げないでも沢山だと思います。私にはこうした概括的の意見の方が却って読者の参考になるように考えられるのですが何うでしょう。つぎに作家が各自行きたい道を勝手に歩いている傾向も見えるようですが是も大変結構な事ではありませんか。》

（「新進作家と其作品」『新潮』大正三年九月号）

漱石の新進作家全体に対する関心の持ち方を見るのに、この手紙などは一つの好例であろう。「自然不公平になるかも知れません」と自分の読書力の制限されている忙中の怠慢を心配しつつ、しかし「みんな器用になって一般の水平が高くなった」といって「概括的な意見の方が却って読者の参考になろう」と述べているのは公平親切などの心掛を重んじている漱石のゆかしい態度と、作家が各自に生きたい道を勝手に歩いている傾向を見て無条件に大変に結構なことだと喜んでいる態度がはっきり見られる。この態度は、大体の一致した所はありながら各人各様の特長を示した門下の作品に対する態度を更に一般年少作家の上にまで押しひろげたまでのことである。但、この度推賞の三篇が皆「盲目の川」的の人生派の作品である点を特記する。

なお、この翌年漱石は三重吉を相談相手にしたらしいが、朝日新聞のために谷崎潤一郎、田村俊子、武者小路実篤、久保田万太郎、小川未明、野上彌生子、青木健作、後藤末雄、

里見弴、鈴木三重吉等の十人の新進を選定して、それぞれ作品を書かしている。これらの人々に、門下の最も若い連中である第三次新思潮の一派（手紙（九八）以下参照）を加えると、殆んど大正の文壇を代表する作家が揃っているのであるから、漱石のいかに新時代を理解する力の広く深かったかが窺えると同時に、大正期以後の文学史が漱石のいわゆる「作家の各自が各自に生きたい道を勝手に歩いている」傾向になり、且それが漱石の認めた人々によって成立していると断定する理由が十分あるのである。

【九五】　大正三年十月二十七日　中勘助宛

《拝啓病気はまあ癒《なお》りました御安心下さい　一昨日と昨日とで玉稿を見ました　面白う御座います、ただ普通の小説としては事件がないから俗物は褒めないかも知れません　私は大変好きですことに病後だから又所謂小説という悪どいものに食傷している所だから甚だ心持の好い感じがしました、自分と懸け離れている癖に自分とぴたりと合ったような親しい嬉しい感じです、尤も悪い所もありますが夫はまあ俗にいう微疵《原》であります。私はああした性質のものを好む人が少ない丈それ丈ああいうものに同情と尊敬を払いたいのです

原稿は御あずかりして置きましょうか又は一先ず御返ししましょうか　どっちでもあなたの御都合の好いように取計います　草々不一》

茲《ここ》にいう玉稿は作者に問い合せたところ、やはり「銀の匙」であることがわかった。「普通の小説としては事件がないから」は普通の見解で、漱石自身のは「悪どいものに食傷している所だから甚だ心持がよい」と、茲でも平淡を讃美している。中氏の作風が今まで漱石の眼に触れた系統からいうと、幾分三重吉を新時代にした趣であるから、この場合漱石の讃美は筋が通っている。

大正四年

「硝子戸の中」を一月から二月に亙って書き、六月から九月にわたって長篇「道草」を書いた年である。この年の書翰には書や画に関するものが目について多くなっていて、文芸に関するものは一つもない。ただこの年の文章の中に次のようなものがあるから掲げて置く。

【九六】 文壇のこのごろ

《文壇にあらわれる諸家の作物は、努めて読むようにして居るが。此頃読んだものの中に、徳田秋声氏の『あらくれ』がある。『あらくれ』は何処をつかまえても嘘らしくない。此嘘らしくないのは、此人の作物を通じての特色だろうと思うが、世の中は苦しいとか、穢《けがら》わしいとか——穢わしいでは当らないかも知れない。女学生などの用いる言葉に「随分ね」と云うのがある。私はその言葉をここに借用するが、つまり世の中は随分なものだというような意味で、何処から何処まで嘘がない。

尤も他の意味で「まこと」の書いてあるのとは違う。従って読んで了うと、「御尤も

です」というような言葉はすぐ出るが「お蔭様で」と云う言葉は出ない。「お蔭様で」と云う言葉は普通「お蔭様で有りがとうございました」とか、「お蔭様で利益を得ました」とか、「お蔭様で面白うございました」とか云う場合に多く用いられるようである。私のここでいう「お蔭様で」も矢張り同じような意味であることは、断るまでもないであろう。

どうも徳田氏の作物を読むと、いつも現実味はこれかと思わせられるが、只それだけで、有難味が出ない。読んだ後で、感激を受けるとか、高尚な向上の道に向わせられるとか、何か或る慰藉を与えられるとか、悲しい中に一種のレリーフを感ずるとか、只の圧迫でなく、圧迫に対する反動を感ずるような、悲しみに対する喜びというような心持を得させられない。「人生とは成る程こんなだろうと思います。あなたはよく人生を観察し得て、描写し尽しましたね。其点に於てあなたの物は極度まで行って居る。これより先に、誰が書いても書く事は出来ますまい」。こうは云えるが、然し只それ丈けである。つまり「御尤もです」で止っていて、それ以上に踏み出さない。

況《ま》して、人世が果してそこに尽きて居るだろうか、という疑いが起る。読んで見ると、一応は尽きて居るように思われながら、どうもそれ丈けでは済まないような気もする。ここに一つの不満がある。徳田氏のように、嘘一点も無いように書いて居ても、何処かに物足りない処が出て来るのは、此為である。

他の諸家——徳田氏程深く人生を見て居ない人々の方に、却《かえっ》て徳田氏の作物の中に見出し得ない程の満足を以て、徳田氏以上の感動を読者に与えるものがあるように思われる。

つまり徳田氏の作物は現実其儘を書いて居るが、其裏にフィロソフィーがない。尤も現実其物がフィロソフィーなら、それまでであるが、眼の前に見せられた材料を圧搾する時は、こう云うフィロソフィーになるという様な点は認める事が出来ぬ。フィロソフィーがあるとしても、それは極めて散漫である。然し私はフィロソフィーが無ければ小説ではないと云うのではない。又徳田氏自身はそう云うフィロソフィーを嫌って居るのかも知れないが、そう云うアイデアが氏の作物には欠けて居る事は事実である。始めから或るアイデアがあって、それに当て嵌めて行くような書き方では、不自然の物となろうが、事実其の儘を書いて、それが或るアイデアに自然に帰着して行くと云うようなものが、所謂深さのある作物であると考える。徳田氏にはこれがない。

徳田氏の作物が、『あらくれ』のみには限らぬが、どうも書きっぱなしのように思われるのは、此ためであろう。その点に行くと、武者小路氏などの方が、意味のあるものを書いて居る。武者小路氏は若い人で、世間に対しては智識も乏しいし、自然に書けば狭い範囲より出ないし、拡げれば不自然になるかも知れぬが、然し徳田氏に見る事の出来ぬような、或る意味を書いて居る。尤もそれは手際の問題ではない。作風の問題であ

る。

手際から云えば、徳田氏の作物には、真面目で、落着があって、無駄がなくて、老練である。どんな物を書いても出来損いがない。然し徳田氏に類似した作風の人は今の文壇に珍らしくはない。

志賀直哉氏の『范《はん》の犯罪』は他の人には書けぬものである。先頃東京朝日に小説を頼んだ時、五十回ばかり書いてよこして呉れたが、自分はどうしても主観と客観の間に立って迷って居るどちらかに突き抜けなければ書けなくなったと云って、止めて了った。

徳義上は別として、芸術上には忠実である。自信のある作物でなければ公にしないと云う信念がある為であろう。其点に行くと長田幹彦氏などは、頗る達筆家である。三宅雪嶺博士がこの頃よく演説の頼み手があると、何処へでもすぐ出掛けて行って演説する。長田氏の精力的な点も、丁度雪嶺博士と同じようなものである。

有島生馬氏は特色のある作家である。『蝙蝠の如く』などは私の愛読した一つである。此作などは、誰でも書けると云うような種類の物ではない。有島氏でなくては出来ぬ物である。

『太陽』に出た北村清六と名乗る人の『少年の死』も、矢張り特色のあるもので、ありふれたものではない。今日まで始終繰り返えされて来たような種類の物ではない。然し作物の価値としては、特に取り立てて賞讃する程のものだとは思わない。

森鷗外氏のこの頃の作物例えば『栗山大膳』とか『堺事件』とか云うような昔の歴史を取扱った物を、世間では高等講談などと云って悪く云うが、私は面白いものだと考える。物其物が面白いのみならず、目先が替って居る丈けでも面白い。高等講談などと云って、一笑に附すべきものではない。尤も高等の文字が附いて居るから、必ずしも冷笑の意味ではないと云うなら、それでもよい。（談）》

（『大阪朝日新聞』大正四年十月十一日）

この文章は別段解説も要しないと思う。秋声の「あらくれ」評は、人生に対する無解決な傍観的態度に慊《あきた》らない漱石の不満を洩らしたものであり、手紙（九二）にあらわれているその頃の漱石の感懐とちょうど対蹠的なものである。

文中、北村清六の名が見えるが、これは木下杢太郎の別の筆名である。木下杢太郎については同氏の著「唐草表紙」に漱石の序文があるからここに掲げて置く。三重吉の千鳥、彌生子の七夕さまから、中勘助の銀の匙と、同じ系統のものにもう一つ新しい感覚的な纖細な美しさを加えての同感と見て差支えあるまい。

【九七】　木下杢太郎著『唐草表紙』序

私は貴方から送って下さった校正刷五百八十頁を今日漸く読み了りました。漸くというと厭々読んだように聞こえるかも知れませんが、決してそんな訳ではないのです。多

大の興味ばかりか、其興味に伴う利益をも受けながら、楽しく読み了ったのです。実をいうと私の都合もあり、又活字組込の関係もありして、長短十八篇の間を休み休み通り抜けたのは、批評を依頼した貴方にも御気の毒ですし、またそれを御約束した私にも多少の不便は出て来たに相違ありませんが、此陥欠を避ける手段は御互になかったのですから、それは双方で我慢する事にして、私の御作に対するざっとした考え丈を申し上げます。

まずあなたの特色として第一に私の眼に映ったのは、饒かな情緒を濃やかにしかも霧か霞のように、ぼうっと写し出す御手際です。何故ぼうっとしているかというと、あなたの筆が充分に冴えているに拘わらず、あなたの描く景色なり、小道具なりが、朧月の暈のように何等か詩的な聯想をフリンジに帯びて、其本体と共に、読者の胸に流れ込むからです。私は特に流れ込むという言葉を此所に用いました。もともと淡い影のような像ですから、胸を突つくのでも、鋭く刺すのでもない様です。あなたの書いたもののうちには、人が気狂になる所があります。人が短刀で自殺する所も、短銃《ピストル》で死ぬ所もあります。是等は大概裏から書くか、又は極簡単に叙し去って仕舞われるので、当り前の場合でも、それ程苦痛に近い強烈な刺戟を読者に与えないかも知れませんが、それでも、若し以上に述べたような詩的の雰囲気の中で事が起らなかったなら、ああした淡い好い感じは与えられますまい。

此ぼうっとした印象が、美的な快感を損わない程度の軽い哀愁として、読者の胸にいつの間にか忍び込む理由を、客観的に翻訳すると色々な物象として排列されます。其内で私は歴史的に読者の過去を蕩揺《とうよう》する、草双紙とか、薄暗い倉とか、古臭い行灯とか、又は旧幕時代から連綿とつづいている旧家とか、温泉場とかを第一に挙げたいと思います。過去はぼんやりしたものです。そうして何処かに懐かしい匂いを持っています。あなたはそれを巧に使いこなして居るのでしょう。

単に歴史上の過去ばかりではありません、あなたは自分の幼時の追憶を、今から回顧して忘れられない美くしい夢のように叙述しています。私は一、二、三、四、と段々読んで行くうちに此種の情調が、私の周囲を蜘蛛の糸の如く取り巻いて、散文的な私を、何時の間にか夢幻の世界に連れ込んでいったのをよく記憶しています。私の心は次第々々に其中に引き込まれて、遂に「珊瑚樹の根付」迄行って全くあなたの為に擒《とりこ》にされて仕舞ったのです。だから幼時の記憶として其儘を叙述していない「夷講の夜の事であった」に至って却って失望しようとしたのです。

私は此種の筆致を解剖して第二番目に遠くに聞こえる物売の声だの、ハーモニカの節だの、按摩の笛の音だのを挙げたいと思います。凡て声は聴いているうちにすぐ消えるのが常です。だから其所には現在がすぐ過去に変化する無常の観念が潜んでいます。そうして其過去が過去となりつつも、猶意識の端に幽霊のような朧気な姿となって佇立《たたず》ん

でいて、現在と結び付いているのです。声が一種切り捨てられない夢幻的な情調を構成するのは是が為ではないでしょうか。新内とか端唄とか歌沢とか浄瑠璃とか、凡てあなたのよく道具に使われる音楽が、其上に専門的な趣をもって、読者の心を軽く且つ哀れに動かすのは勿論の事ですから申し上げる必要もないでしょう。然しあまり自分の好尚に溺れて遣り過ぎた痕迹を残したのもないとは云われません。第一編の「硝子問屋」の中にはその筆があまり濃く出過ぎてはいますまいか。

叙景に於てもあなたは矢張り同じ筆法で読者の眼を朦朧と惹き付ける事が好であるように見受けました。要するに水でも樹でも、人の顔でも凡てあなたの眼にうつるものは、決して彫刻的にあなたを刺戟していないように見えます。全く絵画的にあなたの眸《ひとみ》を彩どるのだろうと思います。しかもアンプレショニストのそれの如く極めて柔かです。そうして何処かに判然しないチャームを持っています。だから私は「荒布橋《あらめばし》」の冒頭に出てくる燕の飛ぶ様子や、「夷講」の酒宴の有様を叙するくだりに出会った時、大変驚ろいたのです。二つのものは平生のあなたの筆で書きこなされたものとは思えない位硬いのです。

要するに貴方の小説に有り余る程出てくるのは一種独特のムードでしょう。だから夫がまとまらない上に、筋が通らないとか、又は主人公の哲学観などが露骨に出てくると、一方が一方を殺して、少し平生の御手際に似合わない段違いのものが出来はしまいかと

疑われます。「荒布橋」とか、岡田君の日記とか、「六月の夜」の一部分とかになると、其所に手荒で変に不調和なものが露われているようです。其代りよし気分丈のものでも筋のまとまらない「河岸の夜」といったような、(其中には六ずかしい議論も織り込まれてはいるが) ただ装飾的で左程他《ひと》の情緒をそそる事の出来ないものもあると申し添えなければならなくなります。悪口の序《ついで》だから、「北から南へ」という短篇の評も此処に付け加えて置きたいと思います。ああ云った調子のものは、アナトール・フランスの短篇に沢山あります。そうして遺憾ながら彼の方が貴方よりずっと旨いと思います。

　あなたの作に就いて情調とか、ムードとか云うものを挙げて、それを具合好く説明すれば、既に大半の批評は出来上ったように考えられるのですが、其ムードを作り上げるために、河岸の寿司屋とか、通りの丸花とか、乃至は坊間の音曲など丈が道具になっているという意味では決してないのです。あなたの書き下す人間が、人間として一人前に活動しつつ、同時に其一篇のムードを構成している事は疑もない事実です。亮さんでも、京さんでも、彼等のする事は皆此両様の主意を同時に満足させてるではありませんか。「三人の従兄弟」などになると、其上に又親父さんの青年に対する反抗的な感情が一篇の主意もしくは哲理として後の方に出ています。

　次にあなたの理解力に就いて一言其特色を述べたいと思います。あなたの頭の働らきは全く科学的でありながら、其濃やかな点が、あなたの情緒の描写によく調和して、綿

密によく行き渡っています。そうして不思議にもそれが普通のありふれた作物のように、くだくだしくならないのです。いくら微細な心的現象の解剖でも、又は外観からくる人間の精密な描写でも、決して干乾びていません。必ず委曲要領をつくすのみならず、其所にあなた独得の一種の趣が漂っているのです。私の見る所によると其趣はあなたの観察が突飛に走らない程度で、場合々々に適当な新らしい刺戟を読者に与え得るからだろうと思います。「霊岸島の自殺」や「船室」の前半の如きは、その方面のいい作例と見て差支ないでしょう。ことに前者に於て、ある男とある女の性的関係の階級等差が、あれ程細かく書いてありながら、些《ちっ》とも卑猥な心持を起させずに、ただ精緻な観察其物として、他をぐいぐい引き付けて行く処などは、何うしても旨いと云わなければなりません。此小説は主人公が東京へ出てからの心の変化に、前半程緻密な且つ穏当な、芸術的描写が欠けているため、多少のむらがあると思いますが、世間でいう小説の意味から批判すると、或は圧巻の作かも知れません。

要するに貴方の書き方は絹漉し豆腐のように、又婦人の餅肌のように柔らかなのです。上部ばかり手触りが好いのかと思うと、中味迄ふくふくしているのです。線でいうと、外の人の文章が直線で出来ているのに反して、あなたのは何処も婉曲な曲線の配合で成り立っているような気がします。しかも其曲線のカーヴが非常に細かいのです。外の人が一尺で継ぎ易《か》える所を、あなたは僅か一寸か二寸の長さで細かに調子よく継ぎ足して

は前へ進んで行くとしか形容出来ません。其所にあなたの作物には、他に発見する事の出来ないデリケートな美くしさが伏在しているのでしょう。もう一つ比喩を改めて云えば、あなたの文章は楷書でなくって悉く草書です。それも懐素《かいそ》のような奇怪な又瓢逸なものではありません、もっと柔らかに、もっと穏やかに、そうして時々粋な所を仄かすといったような草書です。

此冗長な手紙が、もし貴方の小説集の序文として御役に立つならば何うぞ御使い下さい。私は貴方に対する愉快な義務として、それを認《したた》めたのですから。

一月十八日夜》

(『唐草表紙』正確堂　大正四年二月)

大正五年

この年の五月から最後の長篇「明暗」を朝日に連載しはじめた漱石は十一月二十二日宿痾の胃潰瘍を再発して、百八十八回まで書いた「明暗」を未完のままに残したまま十二月九日に永眠した。この年に到って晩年の若い門下新思潮一派の諸氏が手紙の中にあらわれてきている。

【九八】　大正五年二月十九日　芥川龍之介宛

《拝啓新思潮のあなたのものと久米君のものと成瀬君のものを読んで見ましたあなたのものは大変面白いと思います落着があって巫山戯《ふざけ》ていなくって自然其儘の可笑味がおっとり出ている所に上品な趣があります夫から材料が非常に新らしいのが眼につきます文章が要領を得て能く整っています敬服しました。ああいうものを是から二三十並べて御覧なさい文壇で類のない作家になれます然し「鼻」丈では恐らく多数の人の眼に触れないでしょう触れてもみんなが黙過するでしょうそんな事に頓着しないでずんずん御進みなさい群衆は眼中に置かない方が身体の薬です

久米君のも面白かったことに事実という話を聴いていたから猶の事興味がありました然し書き方や其他の点になるとあなたの方が申分なく行っていると思います。成瀬君のものは失礼ながら三人の中で一番劣ります是は当人も巻末で自白しているから蛇足ですが感じた通りを其儘つけ加えて置きます　以上》

各自に生きたい道を勝手に歩いているのをそれぞれによく理解し認めた全体的な例証としてこの手紙なども貴重なものの一つである。芥川の「鼻」は若しも漱石のフレキシビリティーに富んだ鑑賞力と、見所のあるものならどんな小さなものでも見失うまいとする細心な用意がなかったら閑却されてしまった作品であったろう。芥川を育てたものは、芥川自身とその友人たちであったことは言うまでもないとしても、これを舞台へ引張り出したのは漱石の功蹟の一つである。それにしても芥川の作品はまったく独自な行き方であったから、今迄の系統にはちょっとないようである。前項の木下杢太郎の場合にアナトール・フランスが出ているのを見ると、漱石の理解はこの辺から出発して、「鼻」の品格あるユーモア、爽かな秋の朝風の中にたまたまある悲しみを表現した新時代の俳諧（理智的余裕派、心理的低徊派とも見るべきか）をよく理解したものと思われる。

【九九】　大正五年八月二十四日　中村蓊宛

《拝啓此間御来書の時は東北地方へ御旅行とあった故返事を出しませんでした。それか

ら僕の小説の後は正宗白鳥君と略極《ほぼきま》っているので君の原稿をいそいで読んでも仕方がないと思って其儘にして置きました。然し君は何度でも書き直すという決心だから早く読まないと悪いとも考え直して今日の午後眼を通しました。

感じた通りを申ますと、どうも小説（好い意味でいうのですが）らしい感じが乏しいのです。ことに最初の赤子を殺す気狂の如きは滑稽な感じが起る丈です。是は気狂になる人の心的状態が毫もないので同情が起らないからではありませんか。気狂になるには気狂になる径路がありましょう。それが読者の腑に落ちないでは主人公に気の毒だとか可哀そうだとかいう気は起し得ません。ただ残酷な人だという事を強いつける積ではないでしょう。又夫なら芸術品として何の価値もないでしょう。もしそういう意味で書いたのではないとするなら、気狂に至る経過其物即ち他から見た事実もしくは事実の推移其物の叙述、換言すればある連続した原因結果を具像的に示《原》し得る真の発揮でなければなりません。即ち気狂のやる行為が一々奇抜だとか刺戟に富んでいるとか悉く陳腐と平凡を離れた意味で読者の眼を驚ろかし同時に啓発しなければなりますまい。不幸にして赤子殺しにはそれをも見出し得ません。なぜとなれば彼はただ妻をいじめている丈じゃありませんか。一言にそう云えばそれで尽せるのです。他奇なしです。同じムードを繰り返しているのです。そうして最後に突然子を殺すのです。子を殺すのは奇抜です。成程気狂らしいです。其所丈が新しい刺戟です。然しそれが君の目的にかないましょうか。

次の方は赤ン坊殺しより余程いいと思います。多少の発展があるからです。順序がともかくも辿れるからです。従って当人のサイコロジーの方から見ても外面的に叙述される事実の連鎖からいってもいいようです。(然し赤ン坊を殺すのと比べて見てまだ増しだという位なものです)。僕の考では是とても芸術品にはなっていないと思います。「癲狂院の中より」という見出しで中央公論か新小説の二段欄の頁へ出るべき性質のものじゃなかろうかと思います。

御返事が遅くなって済みません原稿は一先ず御返し致します。

先達て中央公論に出た蕃人の事を書いたものは面白う御座いました。

私は自分で変な小説をかいて君のものをけなして悪いと思います。然し自分の事は棚へ上げて只批評眼丈を御求めにより働らかせました丈です。どうぞあしからず　以上》

【一〇〇】　大正五年九月一日　芥川龍之介・久米正雄宛

《今度の号のは松岡君のも菊池君のも面白い。そうして書き方だか様子だか何方《いずかた》にも似通った所がある。或は其価値が同程度にあるので、しか思わせるのかも知れない。兎に角纏った小品です。それから可《よ》い思付を見付けてそれを物にしたものであります。

　思い付というと、芥川君のにも久米君のにも前二氏と同様のポイントがあります。そうして前の二君のが「真」であるのに対して君方のが両方共一種の倫理観であるのも面

白い。そうして其倫理観は何方もいい心持のするものです。

是から其不満の方を述べます。芥川君の方では、石炭庫へ入る所を後から抱きとめる時の光景が物足りない。それを解剖的な筆致で補ってあるが、その解剖的な説明が、僕にはひしひしと逼《せま》らない。無理とも下手とも思わないが、現実感が書いてある通りの所まで伴って行かれない。然しあすこが第一大切な所である事は作者に解っているから、ああ骨を折ってあるに違ないとすると、（読者が君の思ぅ所迄引張られて行けないといぅ点に於て）、君は多少無理な努力を必要上遣った、若くは前後の関係上遣らせられた事になりはしませんか。僕は君の意見を聴くのです、何ぅですか。それから最後の「落ち」又は落所はああで面白い又新らしい、そうして一篇に響くには違ないが、如何せん、照応する双方の側が、文句として又は意味として貧弱過ぎる。といぅのはexpressiveであり乍ら力が足りないといぅのです。副長に対スル倫理的批評の変化、それが骨子であるのに、誤解の方も正解の方も（叙述が簡単な為も累をなしている）強調されていない、ピンと頭へ来ない。それが欠点じゃないかと思います。（中略）

偖《さて》久米君は高等学校生活のスケッチを書く目的でいるとか何処かに出ていましたが、材料さえあれば甚だ好い思い付です。どうぞお遣り下さい。今度の艶書も見ました。Pointは面白い、叙述もぅまい、行と行の間に気の利いた文句の使い分などがひょいひょいありますが、是は御当人自覚の事だから別に御注意する必要もありますまい、但じ原

あの淡いうちにもう少し何かあって欲しい気がします。艶書を見られた人の特色（見る方の心理及び其転換はあの通りで好いから）がもっと出ると充分だと思います。あれはああ云う人だと云う事丈分ります。然しあれ丈分ったのでは聊か喰い足りません。同じ平面でも好いからもっと深く切り下げられるか、或は他の断面に移って彼の性格上に変化を与えるとか何とかもう少し工夫が出来るように考えられます。（「競漕」はあれ以上行けないのです。又あれ以上行く必要がないのです）

　最後に芥川君の書いた「創作」に就いて云います。実は僕はあれをごく無責任に読みました。芥川君の妙な所に気の付く（アナトールフランスの様な、インテレクチュアルな）点があれにも出ています。然しあれはごく冷酷に批評すると割愛しても差支ないものでしょう。或は割愛した方が好いと云い直した方が適切かも知れません。》

【一〇二】　大正五年九月二日　芥川龍之介宛

《啓只今「芋粥」を読みました君が心配している事を知っている故一寸感想を書いてあげます。あれは何時もより骨を折り過ぎました。細叙絮説《じょせつ》に過ぎました。然し其所に君の偉い所も現われています。だから細叙が悪いのではない。細叙するに適当な所を捕えていない点丈がくだくだしくなるのです。too labouredという弊に陥るのですな。うんと気張り過ぎるからああなるのです。物語り類は（西洋のものでも）シンプルなナイー

ヴな点に面白味が伴います。惜い事に君はそこを塗り潰してベタ塗りに蒔絵を施しました。是は悪い結果になります。然し。芋粥の命令が下ったあとは非常に出来がよろしい。立派なものです。然して御手際からいうと首尾一貫しているのだから文句をつければ前半の内容があれ丈の労力に価しないという事に帰着しなければなりません。新思潮へ書く積りでやったら全体の出来栄もっと見事になったろうと思います。

然し是は悪くいう側からです。技巧は前後を通じて立派なものです誰に対したって耻《はずか》しい事はありません。段々晴の場所へ書きなれると硬くなる気分が薄らいで余所行はなくなります。そうしてどんな時にも日常茶飯でさっさと片付けて行かれます。その時始めて君の真面目は躍然として思う存分紙上に出て来ます。何でも生涯の修業でしょうけれどもことに場なれないという事は損です。

此批評は君の参考の為めです。僕自身を標準にする訳ではありません。自分の事は棚へ上げて君のために（未来の）一言するのです。ただ芋粥丈を（前後を截断《せつだん》して）批評するならもっと賞めます。》

【一〇二】　大正五年十一月十六日　成瀬正一宛

《御安着結構です。あなたの独探の話（航海中の）は新思潮で読みました。面白いです。》

手紙（九九）の「感じた通りを云えば」以下、または芥川の「芋粥」に対する精密な批評は、練達老巧の文章を賞味し自身もまた練達老巧の文章家であった漱石が、小説作法或いは文を行《や》る要諦を説いた興味深い資料であることを指摘する以外に別に煩わしい解説を要せぬことと思うが、これらの文言を味読して更に「行人」以下「明暗」に至る比較的晩年の漱石の作品に一々当って、所謂「日常茶飯的にさらさらと書いた」文章のうちに細緻な心理を自然に拡げて行く老巧な筆致を賞味することの必らずや興味深いものがあろうことを序でながらここに附記して置く。

なお、「漱石の読書と鑑賞」という本書の主意を貫徹せしむるためには、単に自国の文学作品のみに止まらず、外国作品に関するその方面の資料をも掲げ備えるべきことは編者もその妥当なることを知って既に「全集」別冊の中から、蔵書の書き込みやその他の雑篇を漁ってこれを抜き書きにしておいたが、なんにしても紙数が意外にはみ出してしまったのと、読書の範囲の狭い学識のない編者がそれらを処理するのは甚だ不適任なることを悟って、他日その方面の適任者の出現を俟って編者のこの不備な試みを完成せられんことを希望するのみに止めて今は全部を割愛することにした。ただ編者が用意のために抜抄しておいたそれらの資料の中から、比較的自国の古典に関する事項の多い次の文章だけを参考までに附録として掲げて置くにとどめる。

【一〇三】 余が文章に裨益せし書籍

《文章鍛錬上に最も多く裨益《ひえき》した書籍、文章と、特に挙げていうべきものはないが、先ず自分が好きな作家をいえば、英文ではスチブンソン、キップリング、其の他近代の作家である。いずれも十九世紀の初め頃のと違い、文章に力があって間緩《まだるッ》こくない。アービングの『スケッチブック』は、我が国人間に非常に愛読されたもので、其の文章は美しくなだらかであるが、惜いことには力がない。これは十九世紀の初期頃のに通じての弊である。自分はかかる類の書物は好まない。また写実的のものでは、スウィフトの『ガリバー・トラベルス』が一番好きだ。多くの人はこれを名文と思わないが、これは名文の域を通り越しているから、普通人には分らぬのである。実に達意で、自由自在で、気取っていない、ケレンがない、ちっとも飾った所がない。子供にも読めれば、大人も読んで趣味を覚える。誠に名文以上の名文であると自分は思う。

次に国文では、太宰春台の『独語』、大橋訥庵《とつあん》の『闢邪小言』などを面白いと思った。何《いず》れも子供の時分に読んだものであるから、此所が何うの、彼所《あすこ》が此うのと指摘していうことは出来ぬが、一体に漢学者の片仮名ものは、きちきち迫っていて気持がよい。

漢文では享保時代の徂徠一派の文章が好きだ。簡潔で句が締っている。安井息軒の文は今も時々読むが、軽薄でなく浅薄でなくてよい。また林鶴梁《はやしかくりょう》の『鶴梁全集』も面白

く読んだ。

　また、明治の文章では、もう余程以前のことであるが、『日本新聞』に載った、鉄崑《てっこん》崙《ろん》という人の『巴里通信』を大変面白いと思った。其の頃ひどく愛読したものである。因《ちなみ》に云うが、鉄崑崙は今の『東京朝日』の池辺氏であったそうだ。

　一体に自分は和文のような、柔かいだらだらしたものは嫌いで、漢文のような強い力のある、即ち雄勁《ゆうけい》なものが好きだ。また写生的のものも好きである。けれども俳文のような、妙に凝った小刀細工的のものは嫌いだ、俳文は気取らないようで、ひどく気取ったものである。これを喜ぶのは、丁度楽隠居が古茶碗一つをひねくって嬉しがるのと同じ事だ。徒らにだらだらした『源氏物語』、みだりに調子のある「馬琴もの」、「近松もの」、さては『雨月物語』なども好まない。「西鶴もの」は読んで面白いとは思うが、さて真似る気にはなれぬ。漢文も寛政の三博士以後のものはいやだ。山陽や小竹のものはだれていて厭味である。自分は嫌いだ。》

（『文章世界』明治三十九年三月号）

漱石の観たる鏡花について再言

メリメの「イルのヴィナス」の中扉裏に記入した漱石の書入れに

《此篇ハArtトシテハ申分ナク発展シテ毫モ手落ガナイ所ガ感心デアル。然シミスチックナル所ガ余リ想像ニ過ギル様ナリ。Gautier ノ神秘的ナルハ遥カニヨキ感ジヲ起ス。是ハ末段ノ頂点ニ至ッテ切角〔ノ〕詩趣ヲウチ崩シテ Weird ナル ugly ナモノトス

思想ハ鏡花ニ似タリ。然シ技巧ハ鏡花ヨリモ十数等上ナリ》

とあり、またゴーティエの「デット・レエマン」の書入れに

《美シキ奇想ナリ、キーツノレミヤニ似タリ、

幽遠ノ趣アリテ然モ主意明晰ナリ、

平凡ナル者ハ美ナラザル事アリ、故ニ奇ヲ求ム、奇ヲ求メテ已マザレバ怪ニ陥ル、怪ニ陥レバ美ヲ失ス、詩人ハ此呼吸ヲ知ル、

鏡花ハ此呼吸ヲ知ラズ。

詩人ノ想ハ詩想デアル、鏡花ノ如キハ狂想デアル》

なお書翰中にも左のものがあったのを見落していた。校正子の注意によって発見した。

漱石の鏡花に関する鑑賞を考察するのに大変参考になった。手紙は

明治三十九年一月九日　森田草平宛

《二三日前鏡花の海異記とか云うものをよんで驚いた。どうも馬鹿々々しいと云う感より外に起らなかった。それから彼の文章のかき方がいやに気取って居て嫌だと云う感じがあった。警句は無論沢山ある。あれをなぜもっとうまく繋げないのかと思う。こう感ずるが僕は鏡花に対して憎悪心も何も有して居らん寧ろ好意をもって迎えよむのである。こんなのは矢張り天性の趣味の相違でありましょう。》

前記の四項が全集中で鏡花の名の見えている総てである。念のため、鏡花全集六巻によって「銀短冊」「海異記」の二篇を読み直して見た。そうして両篇とも鏡花の作として必ずしも最上位のものではないまでも、決して下位に属するものでもなく、中の上位な作品と思えた。「銀短冊」を不満ながら認めた漱石が「海異記」をまるで眼中におかないのが妙な位である。自分なら寧ろ「海異記」の方を尊重する。尤も両方とも幾分芝居がかりな節はある。これが漱石の所謂鏡花の解脱しないところ、——鏡花が解脱したら云々の言葉のある所以かと思う。鏡花の表現力を認め、「海異記」の場合にも警句はある云々とあるのは漱石が鏡花に充分好意を抱いていながら、結局「天性の趣味の相違でありましょう」

という漱石の結論が最も本当らしい。あの表現力や漱石の所謂警句はその底にあるもの、僕の所謂芝居がかりな鏡花の詩想の一部分をなすもので、その根柢を否定して僅かに表面を承認するのは、寧ろ鏡花と漱石との距離を語るものであろう。この意味からも鏡花の二篇は採録するべきであったろう。ゴーティエの場合に鏡花を引合に出して鏡花を一口に狂想と断じ去るのに同意するためには、もっと説明が聞きたい気がする。僕は「海異記」を幾分ヒステリイ的なものとは感じたが、「美しき奇想」と思い、「主意明晰幽遠の趣」があって、怪に陥ったとは決して感じなかった。幾分のヒステリイ的なものこそ鏡花文学では常態の美であろうとさえ思うのは、おそらく僕の「天性の趣味」が鏡花に近いのかも知れない。こう考えて来ると、漱石は寧ろ趣味としては鏡花に与《くみ》せぬながら、その才分と力量とを認めざるを得なかったかのように思える。

後記

漱石書翰集は自分の愛読書である。そのなかには漱石の生活つまりは為人《ひととなり》の大きさ豊かさがぎっしりつまっている。しかし自分に理解できるのは自分の分に応じただけのもので、自分は自分の立地から漱石が友人や門下に与えて文学を語っている多くの書翰から教えられるところが多い。それにもかかわらず書翰中話題になっている作品に自分の読んでいないものが多いのは書翰を読み味わう上に遺憾な点が少くなかった。それ等の作品は二三の例外のほかには自然主義という当時の文壇的偏見のために一般読書界の問題にはならなかったので、田舎の中学生たる自分などの目に触れないでしまったものが多いからである。これ等の諸作を書翰と一々対照して見ることが出来たら書翰中の文句がもっと具体的に味わえるであろう。この考えは書翰集を通読するごとにいつも痛切であった。そうして漱石研究のためにも、また埋没された作品そのもののためにも一書があって、然るべきではなかろうかと思った。書翰中に題名の見られる作品が永く埋没散佚することがないとは云えないと虞れるからである。自分は出来るだけそれを集めて読んで見ようと心掛けた。全く自分の個人的な要求から出たものである。自分にはこの要求があるがそれが果してどれだ

け一般性のあるものか判断出来なかったので先ずこれを内田百閒君に相談してみると、彼はこの要求に同感した。漱石の熱心な崇拝者で門下の一人である内田氏が自分よりもこの仕事の適任者であると信じた自分は、内田氏にこの計画を譲ってこれの完成を請うたところ、一度は乗気になった彼が二の足を踏み出した。その必要を疑いはじめたのではなく、なまなか門下生であるために、彼がその任に当ることによって生ずる困難を想像して、この事業は当然それを思いついた佐藤が成すべきものであるというのであった。自分も業の困難を知らないではなかったが自分の要求が必ずしも個人的なものでないと判ると自分の要求を充たす序《ついで》を以てこれを一般化して見ようという気になった。そうして明治末期大正初期の文学青年としてその時代の文学に通じ且つ事務に敏な平井程一君を共力者として事に当りはじめた。着手してみて果して幾多の困難に遭遇し内田氏が先見の明に服することが多かった。幸に小宮豊隆氏が懇切な指導を与えられたので辛うじて胎生する程度にはなったが、書翰集中に現れている作品の名が多いためにこれを網羅するとなると余程の大冊になることがだんだんと明瞭になって来るにつれて、これを選択する方針には最も困却した。しかし同時に現に不明——散佚している作品が多い事も知れて既に時期を失しているが今からでも無いよりはあった方がいい着手してよかったという気持と平井氏の努力とに励まされて、完全を期し難いにも不拘、或は漱石入門書として或は明治大正文学史資料として、或はそれ自身趣味の多い一個の選集としていろいろの意味のものが少しずつ集って

でも幾分かその使命を果し得るかと思ってこれを公刊する事に決した。これが完成に助力と便宜とを与えられた諸氏や玉稿の貸与を快諾された諸家に対して感謝の念の多いだけに仕事の不備を愧ずるものが益々多い。

昭和丁丑四月下旬

佐藤春夫

書簡中に見る諸家作品選集

どんぐり

寺田寅彦

もう何年前になるか思い出せぬが日は覚えている。暮もおし詰った二十六日の晩、妻は下女を連れて下谷《したや》摩利支天《まりしてん》の縁日へ出掛けた。十時過ぎに帰って来て、袂《たもと》からおみやげの金鍔《きんつば》と焼栗を出して余のノートを読んでいる机の隅へそっとのせて、便所へはいったがやがて出て来て蒼い顔をして机の側へ坐ると同時に急に咳《せき》をして血を吐いた。驚いたのは当人ばかりではない、その時余の顔に全く血の気が無くなったのを見て、いっそう気を落したとこれはあとで話した。

翌《あく》る日下女が薬取りから帰ると急に暇をくれと云い出した。この辺は物騒で、御使いに出るときっといやな悪戯をされますので、どうも恐ろしくて不気味で勤まりませぬと妙な事を云う。しかし見る通りの病人をかかえて今急におまえに帰られては途方にくれる。せめて代りの人のあるまで辛抱してくれと、よしやまだ一介の書生にしろ、とにかく一家の主人が泣かぬばかりに頼んだので、その日はどうやら思い止まったらしかったが、翌日は国許の親が大病とか云う訳でとうとう帰ってしまう。掛取りに来た車屋の婆さんに頼んで、何でもよいからと桂庵《けいあん》から連れて来てもらったのが美代《みよ》という女であった。仕合せとこれ

が気立てのやさしい正直もので、尤も少しぼんやりしていて、狸は人に化けるものだというような事を信じていたが、とにかく忠実に病人の看護もし、叱られても腹も立てず、そして時にしくじりもやった。手水鉢《ちょうずばち》を座敷の真中で取落して洪水を起こしたり、火燵《こたつ》のお下りを入れて寝て蒲団《ふとん》から畳まで径一尺ほどの焼穴をこしらえた事もあった。それにもかかわらず余は今に到るまでこの美代に対する感謝の念は薄らがぬ。

　病人の容体は善いとも悪いともつかぬうちに歳は容捨なく暮れてしまう。新年を迎える用意もしなければならぬが、何を買ってどうするものやらわからぬ。それでも美代が病人の指図を聞いてそれに自分の意見を交ぜて一日忙しそうに働いていた。大晦日《おおみそか》の夜の十二時過ぎ、障子のあんまりひどく破れているのに気が付いて、外套《がいとう》の頭巾《ずきん》をひっかぶり、皿一枚をさげて森川町《もりかわちょう》へ五厘の糊《のり》を買いに行ったりした。美代はこの夜三時過ぎまで結び蒟蒻をこしらえていた。

　世間は目出度いお正月になって、暖い天気が続く。病人も少しずつよくなる。風の無い日は縁側の日向《ひなた》へ出て来て、紙の折鶴《づる》をいくつとなくこしらえてみたり、秘蔵の人形の着物を縫うてやったり、曇った寒い日は床の中で「黒髪」を弾くくらいになった。そして時々心細い愚痴っぽい事を云っては余と美代を困らせる。妻はそのころもう身重になっていたので、この五月には初産《ういざん》という女の大難をひかえている。おまけに十九の大厄《たいやく》だと云う。美代が宿入りの夜など、木枯しの音にまじる隣室の淋しい寝息を聞きながら机の前に

坐って、ランプを見つめたまま、長い息をすることもあった。妻は医者の間に合いの気休めをすっかり信じて、全く一時的な気管の出血であったと思っていたらしい。そうでないと信じたくなかったのであろう。それでも何処にか不安な念が潜んでいると見えて、時々「ほんとうの肺病だって、なおらないと極《きま》った事はないのでしょうね」とこんな事をきいた事もある。またある時は「あなた、かくしているでしょう、きっとそうだ、あなたそうでしょう」とうるさく聞きながら、余の顔色を読もうとする、その祈るような気遣わしげな眼づかいを見るのが苦しいから「馬鹿な、そんな事はないと云ったらない」と邪慳《じゃけん》な返事で打消してやる。それでも一時は満足する事が出来たようであった。

病気は少しずつよい。二月の初めには風呂にも入る、髪も結うようになった。車屋の婆さんなどは「もうスッカリ御全快だそうで」と、独りできめてしまって、そっと懐から勘定書を出して「どうも大変に、お早く御全快で」と云う。医者の所へ行って聞くと、善いとも悪いとも云わず、「なにしろちょうど御妊娠中ですからね、この五月がよほど御大事ですよ」と心細い事を云う。

それにもかかわらず少しずつよい。月の十何日、風のない暖かい日、医者の許可を得たから植物園へ連れて行ってやると云うと大変に喜んだ。出掛けるとなって庭へ下りると、髪があんまりひどいからちょっと撫で付けるまで待って頂戴と云う。懐手をして縁へ腰掛けて淋しい小庭を見廻わす。去年の枯菊が引かれたままで、あわれに朽ちている、それに

千代紙の切れか何かが引掛って風のないのに、寒そうに顫えている。手水鉢の向いの梅の枝に二輪ばかり満開したのがある。近付いてよく見ると作り花がくっつけてあった。おおかた病人のいたずららしい。茶の間の障子のガラス越しに覗いてみると、妻は鏡台の前へ坐って解かした髪を握ってばらりと下げ、櫛《くし》をつかっている。ちょっと撫でつけるのかと思ったら自分で新たに巻き直すと見える。よせばよいのに、早くしないかと急き立てておいて、座敷の方へ戻って、横になって今朝見た新聞をのぞく。早くしないかと大声で促す。そんなに急き立てると、なお出来やしないわと云う。黙って台所の横をまわって門へ出てみた。往来の人がじろじろ見て通るから仕方なしに歩き出す。半町ばかりぶらぶら歩いて振り返ってもまだ出て来ぬから、また引返してもと来た通り台所の横から縁側へまわって覗いてみると、妻が年甲斐もなく泣き伏しているのを美代がなだめている。あんまりだと云う。一人で何処へでもいらっしゃいと云う。まあともかくもと美代がすかしなだめて、やっと出掛ける事になる。実に好い天気だ。「人間の心が蒸発して霞《かすみ》になりそうな日だね」と云ったら、一間《けん》ばかり後を雪駄《せった》を引きずりながら、大儀そうについて来た妻は、エエと気の無い返事をして無理に笑顔をこしらえる。この時始めて気が付いたが、なるほど腹の帯の所が人並よりだいぶ大きい。あるき方がよほど変だ。それでも当人は平気でくっついて来る。美代と二人でよこせばよかったと思いながら、無言で歩調を早める。植物園の門をはいって真直ぐに広いたらたら坂を上って左に折れる。穏やかな日光が広い園に一杯に

なって、花も緑もない地盤はさながら眠ったようである。温室の白塗りがキラキラするようでその前に二、三人懐手をして窓から中を覗く人影が見えるばかり、噴水も出ていぬ。睡蓮《すいれん》もまだつめたい泥の底に真夏の雲の影を待っている。温室の中からガタガタと下駄《げた》の音を立てて、田舎《いなか》の婆さん達が四、五人、狐につままれたような顔をして出て来る。余等はこれと入れちがってはいる。活力の充ちた、しめっぽい熱帯の空気が鼻の孔から脳を襲う。椰子《やし》の樹や琉球《りゅうきゅう》の芭蕉《ばしょう》などが、今少し延びたら、この屋根をどうする積りだろうといつも思うのであるが、今日もそう思う。爪哇《ジャワ》と云う国には肺病が皆無だと誰れかの云った事を思い出す。妻は濃緑に朱の斑点《はんてん》の入った草の葉をいじっているから「オイ止せ、毒かも知れない」と云ったら、慌てて放して、いやな顔をして指先を見つめてちょっと嗅いでみる。左右の廻廊にはところどころ赤い花が咲いて、その中からのんきそうな人の顔もあちこちに見える。妻はなんだか気分が悪くなったと云う。顔色はたいして悪くもない。急に生温かい処へはいったためだろう。早く外へ出た方がよい、おれはも少し見て行くからと云ったら、ちょっとためらったが、おとなしく出て行った。紅い花だけ見てすぐ出る積りでいたら、人と人との間へはさまって、ちょっと出損なって、やっと出てみると妻は其処には居ぬ。何処へ行ったかと見廻わすと、遥か向うの東屋《あずまや》のベンチへ力無さそうに凭《もた》れたまま、こっちを見て笑っていた。

　園の静けさは前に変らぬ。日光の目に見えぬ力で地上のすべての活動をそっと抑え付け

てあるように見える。気分はすっかりよくなったと云うから、もうそろそろ帰ろうかと云うと、少し驚いたように余の顔を見つめていたが、せっかく来たから、もう少し、池の方へでも行ってみましょうと云う。それもそうだと其方へ向く。

崖《がけ》を下りかかると下から大学生が二、三人、黄色い声でアリストートルがどうしたとか云うような事を議論しながら上って来る。池の小島の東屋に、三十くらいの眼鏡をかけた品の好い細君が、海軍服の男の児と小さい女の児を遊ばせている。海軍服は小石を拾っては氷の上をすべらせて快い音を立てている。ベンチの上には皺くちゃの半紙が拡げられて、その上にカステラの大きな片《きれ》がのっている。「あんな女の児が欲しいわねえ」と妻がいつにない事を云う。

出口のほうへと崖の下をあるく。何の見るものもない。後ろで妻が「おや、団栗《どんぐり》が」と不意に大きな声をして、道脇の落葉の中へはいって行く。なるほど、落葉に交じって無数の団栗が、凍《い》てた崖下の土にころがっている。妻は其処へしゃがんで熱心に拾いはじめる。見る間に左の掌に一杯になる。余も一つ二つ拾って向うの便所の屋根へ投げると、カラカラと転がって向側へ落ちる。妻は帯の間からハンケチを取出して膝の上へ拡げ、熱心に拾い集める。「もう大概にしないか、馬鹿だな」と云ってみたが、なかなか止めそうもないから便所へ入る。出てみるとまだ拾っている。「一体そんなに拾って、どうしようと云うのだ」と聞くと、面白そうに笑いながら、「だって拾うのが面白いじゃありませんか」と

云う。ハンケチに一杯拾って包んで大事そうに縛っているから、もう止すかと思うと、今度は「あなたのハンケチも貸して頂戴」と云う。とうとう余のハンケチにも何合《なんごう》かの団栗を充たして「もう止してよ、帰りましょう」と何処までもいい気な事をいう。

団栗を拾って喜んだ妻も今はない。御墓の土には苔《こけ》の花が何遍か咲いた。山には団栗も落ちれば、鵯《ひよどり》の啼く音に落葉が降る。今年の二月、あけて六つになる忘れ形身のみつ坊をつれて、この植物園へ遊びに来て、昔ながらの団栗を拾わせた。こんな些《さ》細《さい》な事にまで、遺伝と云うようなものがあるものだか、みつ坊は非常に面白がった。五つ六つ拾うごとに、息をはずませて余の側へ飛んで来て、余の帽子の中へひろげたハンケチへ投げ込む。だんだん得物の増して行くのをのぞき込んで、頰《ほお》を赤くして嬉しそうな溶けそうな顔をする。争われぬ母の面影がこの無邪気な顔の何処かの隅からチラリとのぞいて、うすれかかった昔の記憶を呼び返す。「おとうさん、大きな団栗、こいもこいもこいもこいもこいもみんな大きな団栗」と小さい泥《どろ》だらけの指先で帽子の中に累々とした団栗の頭を一つ一つ突っつく。「大きい団栗、ちいちゃい団栗、みいんな利口な団栗ちゃん」と出たらめの唱歌のようなものを歌って飛び飛びしながらまた拾い始める。余はその罪のない横顔をじっと見入って、亡妻のあらゆる短所と長所、団栗のすきな事も折鶴の上手な事も、なんにも遺伝して差支えはないが、始めと終りの悲惨であった母の運命だけは、この児に繰返させたくないものだと、しみじみそう思ったのである。

（『ホトトギス』明治三十八年四月号）

げんげん花

河東碧梧桐

学校からもんで見ると、庭に莚を敷いて弟が一人でしょぼしょぼ遊んでいた。私を見ると、胸へ飛びつくようにしてよほど嬉しそうであった。私の戻りが今日はおそかったのじゃ。両方の手にげんげん花の束と茅花《ちばな》の束とを持っていた。これどうしたんぞ。と言うと、私と一緒に行こうと思うて待っていたのじゃけれど、余り遅いので一人でとりに行ったのじゃと言うた。一人でまアたんとお取りたな、とほめてやったら、今日は黒がおらんもんじゃけれ、ほこらまで行ったのぞな、とえらそうに言うた。黒というのは村にいる恐ろしい犬のことじゃ。げんげんを兄さんに上げるけれ、茅花撒きをして遊ぼうやと、すがりつくようにする。げんげんの束は、まるうまるう達坊にしてはきれいに出来ていた。私はこの花の匂いが大好きなので、丸の中へ鼻をうめるようにして、スンスン吸うた。弟は手を引っ張って、エーテヤ、エーテヤと催促するので、兄さんの方が上手じゃけれ、お前にこれだけ上げよう、と言うて、茅花の三ツ割り二つを弟にやって、残りを私が持った。そんなこと言うて、お負けなよ、と弟は乗気になる。兄さんが負けたら、あの大事な石筆を上げらい、と言うと、ええ本当かな、と弟は肩をゆすって喜んだ。私もつい釣り込まれて、

サア二本出しぞな、と言うと、弟は、五本出しじゃなけれりゃイヤじゃと言う。またそんなことお言る、すぐ負ける癖に。負けるもんか、今日はアシが勝のじゃがな、と言い合いをしていた時に、耳立ってオギャアオギャアト赤子の泣声が聞こえた。内の赤子の泣声じゃと思うと私は胸のつまるような、息のはずむようなイヤな気になった。段々泣き入る様子じゃ。私もだんだんイヤな一層泣きたいような気になった。弟はその泣声が聞こえぬのか、聞こえても何とも思わぬのか、サア兄さん、兄さんと勝負に夢中になっている。ウムウムと言うて相手になっていたけれど、もう面白うも何ともないようになってしもた。弟は、サア勝ったけれ、あと五本お出しんか、それお見と、げらげら笑いこけて喜んでいた。

兄さんお戻りたのか、と内から呼ばれるのは、お母さんであった。お母さんとお呼びるけれ、待っておいでと弟をすかして、お母さんの側へ行った。お母さんはお産後でまだ寝ておいでる。お母さんの話では、今日坂野の叔母さんが二年振りでおいでるという手紙が来たのじゃけれど、今迄見えないのは、大方山田の伯母さん所においでるのやら知れんけれ、行て見て来てお呉《く》れ、都合がよかったら叔母さんのお供をしておいでとのことであった。

坂野の叔母さんには、まだ一、二度しかお目にかからんけれど、私は好きな人じゃと思うていた。山田の伯母さんは恐ろしい余り好かぬ人じゃけれど、坂野の叔母さんには一寸会いたいような気もしていたので、行く気になった。それにお母さんも坂野の叔母さんだ

けには会いたいような口振りで、待っておられるようでもある。まだ三時過ぎじゃけれ、急いで走って行て来るれア日の暮れないうちに戻られる、それでは行て来るぞな、というて立ちかけると、お母さんは、あのな、と私を呼び止めて、山田の伯母さんが坂野の叔母さんにお行きなとお止めるのはわかっておるけれど……またお母さんも合わす顔はないのじゃけれど……と言いかけて、私をじっと見詰められた。その目には涙が一杯たまって、瞬きをされたらポロポロ溢れた。私はからだがすくむように思うて、しばらくしてから、だまってお母さんの前を出て来た。

　山田の伯母さんの所へ行て来ると言うと、弟もアシもつれて行てお呉れと言うた。弟と一緒に行くと、道が手間取るので、いろいろに言うてきかして、ようよう得心させた。それでは一人でおとなしゅう遊んでおるけれ、早うお戻りよ、と弟がいうた。門を出かけるのとかけ違いに、私等が与平という名がおかしいというので、内々与平が与平がと呼び捨てにしていた、この家の息子が帰って来た。ここへ来た当時は、坊様坊様というていたのに、この頃横着になって、健坊達坊などと呼捨てにするので、憎い憎いと思うていたけれ、尻目で睨んでやった。二、三日何処へ行ったのか留守でよかったのに、今帰って来たらしい。健坊何処へ行く、と立ち止まって言うたけれど、知らん振りしてサッサと出掛け、すぐ二、三町駆足で裏手の藪の方へ廻ってしもた。

　日和はよし、菜の花やげんげんは一杯咲いているけれど、それより、城下へ行くのは丁

度二月目じゃけれ、家の立ち並んだ町へ早う出たいような気がして、それが何より嬉しいので、飛んだりはねたりして急いだ。

村のとめ川という小さな川をこえた時分、私より先に学校戻りの女生徒が二、三人、連れ立って帰るのが見えた。顔に覚えのあるお母さんの生徒であったけれ、私はハッと思うた。向こうでも気がついたようであったけれ、もう隠れることも出来ん。畦道の狭い所をすれすれに袖の下をくぐるようにして、駆足でドンドン先へ行きぬけた。生憎、あれが先生の子よ、先生はもうやめられたんじゃろがな、などというておるのが耳にはいった。私はクワッとのぼせた。またズンズン走った。しばらくして振り返って見たら、私の背よりも高い、麦の穂と菜の花とがズーと遠方までつづいていて、もう女生徒の影も形も見えなんだ。

ようよう城下の入り口の石手川の立花橋まで来た。しばらく橋の上に立って、さらさら流れておる水を眺めていた。城下におる頃は、日曜毎位にこの川へ水遊びに来たのじゃけれ、今でもここを通ると、いつもこんな風に橋の手すりへ凭《もた》れて水を見るのが嬉しかった。何を見ておいでるぞ、と度々笑われたこともあった。橋の下を潜って鮎釣竿を持った人が、川下から上がって来た。あの瀬で釣ればええのにと思う所を、ずんずん上がって行ったので、本意ない心持であった。鮎釣の影が小そう小そうなるまで見送っていた。

山田の伯母さんの家に着いて、あきにくい格子戸を少しずつ開けて、中庭伝いに居間の

方へ廻ると、誰ぞな健さんかな、と伯母さんの声がした。私は夢中でだまって庭からお辞儀した。坂野の叔母さんに会いにお出でたのか、まアお上がり、庭に立っとるもんじゃない、お上がり、と言われる。健さんお上がりなさい、とつづいて言われるのは伯父さんの声であった。私はまだ夢中でお辞儀ばかりしていた。エエお上がりや、としばらくして伯母さんが語気を強めて言われた。足が汚れとるけれ……と言い淀むと、そこの井戸端で洗うておいで、下駄があろうがな、とはきはき言われる。その通りにせんと、今度は立って来てがみつけられるじゃろうと思うて井戸端で足を洗い、ようよう居間の端へ上がって、またお辞儀をしながら、始めて愉しむようにそこの様子を見た。私のすぐ左側には、山田の伯母さんが柱に凭れておられ、私の右側には伯父さん、私と向かい合うていられるのが坂野の叔母さんであった。坂野の叔母さんの何やら青い色の羽織が目についた。健さん本当にお久し振り、大きくおなりでしたこと、と坂野の叔母さんがやさしい声でいわれたので、お辞儀をした。もうお母さんの噂もあったのであろう。叔母さんもそのあとは無言、伯母さんも伯父さんも何ともおっしゃらぬので座がしんとした。そんなに畏まっていないで、叔母さんとお話をなさい、と押し付けるような声で伯父さんが親切にいわれたが、私は胸がわくわくするばかりで、何を話してよいやらわからなんだ。サア何かお話しをしましょう、と叔母さんがひざをすすめられたようであった。この子までが……本当に可哀想に、というのは伯父さんでした。この子は以前から女みたように内気で……もっと男らし

ゅうはきはきおしんか、と伯母さんが言われる。それでも矢張り母のことが気にならんじゃない、こんな世間見ずの子にまで心配をさせる……と伯父さんは嘆息をして、以前は御存知のとおりこうでもなかったのですが、イエその事があってから、実は今日始めて見えたのです、大方あなたの手紙が向こうへ着いたから、それでよこしたのでしょうが、と叔母さんの方を向いてお話になっておるのかと思うたら、エエそうじゃなかろう、と私の方へ詞をかけられた。私はウムと口の内でいうた。叔母さんがお前のとこへ行くとお言るが、どうしるぞ、と伯母さんが耳元で大きな声をされた、私はどうかして坂野の叔母さんをつれて去《い》んで、お母さんに会わせたいと思い思い、そのことばかり気にして来たのじゃけれど、伯母さんの口振りで、お母さんの言葉を思い出すと、坂野の叔母さんをつれて去にたいと、どうしても言うことが出来なんだ。ただだまっていた。イヤじゃろがな、と伯母さんが私の心を読んだように言われるので、ウムと返事をした。叔母さんはどうともあるまいが、お母さんがお困りでしょうから、と伯父さんも詞を添えられる。またウムと返事をした。叔母さんをつれて帰るという望みの綱は、もう切れてしもうた。せめて心に思うたことを言いとうても、咽がつまって何とも口には出なんだ。坂野の叔母さんのお土産じゃけれ、お上がり、と伯母さんがお饅頭を紙にとっておくれた。

お母さんは寝ておいでるかな、赤子は泣いておるかな、お母さんはお前に何とお言たぞな、毎日学校へお行きるか、学校で何とか言わりゃアせぬかな、と伯母さんはいろいろ尋

ねられるけれど、私は何と言うたらええやら、胸がどきどきして仕舞には物悲しい気になった。伯父さんと伯母さん二人であとは何やらお話しされるようであったけれど、もうろくろく耳にはとまらなんだ。伯父さんはあらたまって、まア風早の兄さんとも御相談したように、お母さんは兎も角、この子と達坊をどうかせねばと言って居るのです、と如何にも重々しゅう言われる。もうお母さんのことが風早の伯父さん始め本家までも聞こえておるのかと私は喫驚《びっくり》した。この子のお母アはあなた、中学校へやる、というていましたけれど、今ではそんなことも言やアしますまいが、たかが小学校の専科教員位で、子供が中学校へやれますものか、何でも人頼み根性で、誰かがどうかして呉れようぞい、という気でおりますもの、と伯母さんは例の通りお母さんの噂さをされる。一概にそうでもなかろうが、今ではまアお母さんの側には置かんがええというのは、まア誰しも考えることじゃが、と伯父さんは詞をきって、健さんあなたお母さんのそばを離れるのはいやでしょう、と尋ねられた。この子も甘え太郎でお母アのそばを離れやしますまいが、まア離れると言うても、子煩悩のお母アがどうして手放しますもんか、自分のことはいつでも棚に置いて、人に厄介かけることは何ともお思わんのじゃけれ、と伯母さんが引き取って憎そうに言われる。私は情けのうて堪らなんだ。お母さんさえしっかりしておいでたら、こんなことにもなるのじゃないと思うと、またつらいつらい悲しい気になった。今度という今度は真に弱った、と伯父さんはがっかりしたように言われるし、坂野の叔母さんも、姉さんに限って

そんなことがあろうとは、まるで夢のようでございます、となさけなさそうに言われた。

この時、表からドヤドヤ大勢はいって来た者があると思うたら、ここの源さんや六さんや、その友達仲間であった。私は我知らず顔を上げてその方を見たら、源さんが健さんおいでたのか、裏の庭で遊ぶのじゃけれお出でや、と何やら棒のようなものを持って、オイ皆来い、皆来いと、またドヤドヤ裏の方へ行かれた。私は皆に顔を見られるのがイヤで、すぐうつむいてしもうたけれど、お友達は誰れぞい誰れぞいと、皆この方を覗いて行く様子じゃった。私は小さくなっていると、間も無く庭の方では同音で、何やら軍歌が始まった。まア面白そうに遊ばれると思うと、自分の身のまわりが、なおさら淋しゅう悲しゅうなって、席にも居堪らぬようになったので、私はお辞儀をして立ち上がった。伯父さんと伯母さんが何とか言われるようであったけれど、耳にもはいらなんだ。夢中で表へ出たと思うた時、健さん健さんと、私を抱き止められたのは坂野の叔母さんであった。私は始めて叔母さんの顔をつくづく見たのであった。束髪の前髪がふっくらとしておって、何処やら情け深いお顔のように思うた。健さん、今日は叔母さんに会いにお出でたの、そうでしょう、妾《わたし》もそれとは知らないものだから、お母さんに今日行きますと葉書を上げて置きましたから、お母さんが、何とかおっしゃって……エエ何とかおっしゃったでしょう、それをきかして頂戴な、さも物やさしゅう尋ねられた。お母さん……叔母さんのお供して……とまで言うと、叔母さんは、そうでしょうそうでしょう、いくら何でも妾に会いとうお思

いになるのは御尤もで、妾も実は会いとうて会いとうて、今度こちらへ来たのもお母さんに会いたいのが半分楽しみで来たのですもの、山田の姉さんには、余りおちかづきがないものですから、けれど姉さんが行かない方がよかろうとお留めになるのを無理に行かれもせず……お母さんにようよう妾の心持を話して下さいな、今では本当に……お母さんも困ったことになりました、妾は本当に悲しいのですよ、と言いながら叔母さんはハンケチで顔をかくされた。私もこらえにこらえた悲しさが一時にこみ挙げて、声を忍んで泣き入った。筒袖で顔をかくすようにしたけれど、涙は際限なし流れた。叔母さんは私をすかすようにされる程、なお悲しゅうなってないた。何で悲しいのやら知らんけれど、泣きとうて泣きとうてたまらなんだ。ようよう、これをお母さんに上げて下さいと、叔母さんが何やら紙に包んだものを懐ろへ差し込まれたので、気をとり直して帰る気にはなった。後を振り返って見たら、叔母さんは白いハンケチで顔を押さえていつまでも立っておられた。

私はお母さんを悪い者にした、与平と与平のお婆とが憎い、憎いと思うて、それはかり考えてあるいた。そしてもう家へは去にともないような、お母さんの顔を見るのも与平やお婆の顔を見るのも、なおイヤで堪らなんだ。自分にお銭でもあったら、この儘どこかへ逃げて行きたいというようなことも考えた。お側にいない方が決句心持がせいせいしてよかろうとも思うた。

夢中であるいていたら、もう家がそこに見えていた。気がつくと、日は西の方へおちか

かって、夕焼けのした雲が真っ赤に燃えていて、遠くに鶯の啼声もきこえている。帰ってお母さんに何というたものかと思い出した時、私はハタと立ち止まった。不図《ふと》叔母さんが懐ろへ差し込まれた物のことを思い出して、何であろうという気がしたけれ、すすまぬながら取出してみると、手からこぼれて何やらチリンチリンと大地に落ちた。見ると、大きな白い銀貨が三つ四つ足下に並んでいる。日の光できらきらと美しい色に見えた。私は喫驚してそれを両手で押さえながら誰も見ていなかったかと、あたりを見廻しながらすぐ拾ろた。お銭があったらどこかへ逃げてしまいたいと考えたことを思い出して、空恐ろしさに身震いさえ出た。包み紙になにやら書いてあると、広げて見ると

　出過ぎたことをいうとお叱りもございましょうけれども是非を悔いさえすれば罪も消えるということでありますからこの後を大事に遊ばさるるようくれぐれもお願い

　これはほんの申しますお土産ばかりであります

せつ

　姉上様

と走りがきに書いてあって、ようよう残らず読めた。私は二度繰り返し読んだ。三度読んだ、四度読んだ、読む度に何やら算術のむつかしい問題が解けたような心持になって、今一度読み返した時、胸がひらくような、闇の夜がかっと明るうなったような気になって、今迄気がかりであったことを一時に忘れてしもた。お母さんは悪いことをなさったのであるけれど、叔母さんのおっしゃる通り、後悔さえなされればそれでええ人になられる。それ

に違いない、と私は急に勇気がついて、駆け込むように家へ帰った。

中庭の這入口の壁に凭れて、弟の達坊がしくしくしゃくり上げて泣いていたのが、いっち目についた。私はかけよって、どうおしたんぞ、兄さんがもんたぞな、と言うと、私を一寸見て、今度は大きな声をして泣き出した。遊んでいた莚はその儘にあるけれど、げんげんの花と茅花がその辺一杯に散らかっている。げんげんの首も飛んだり茅花の白い腸もでておる、どうおしたんぞというても、容易に泣きやめない。口も鼻も一所にしてワイワイ泣き立てる。留守に一通りでないことがあったのかと胸騒ぎがするのであった。また言うことをきかんので、お母さんに叱られたのかときいても、そうじゃないそうじゃないとかぶりを振る。黒でも来たのかなと言うてもイイエと言う。もう兄さんがもんたけれ、おとなしくおし、というてもイヤじゃがイヤじゃがということを聞かぬ。そんなことをお言ると兄さんも知らんけれ、とあちらへ行こうとしたら、兄さんも知らんことじゃがと、袖をつかまえた。兄さんも知らんことて何ぞな。弟はしゃくり上げながら、与平じゃがと言い言い、与平と喧嘩した始終をきれぎれに話した。達坊が一人で遊んでいた後ろへ与平が来て、兄貴は何処へ行たと聞くけれ、城下へ行たと答えると、達坊には訳のわからんことを口の中でいうていたが、俺と茅花撒きしようかと言い出した。お前等とはいやじゃ兄さんとするんじゃと言うたら、与平が腹を立てて何やら大きな声をして叱りつけた。そうして与平が、俺はもうお前等の父親じゃからそう思え、父親をお前等なぞというと、これか

ら棒でなぐりつける。お父さんというのじゃ、と言うたけれ、アシのお父さんは外にあったのじゃ、今はお寺に行ておいでる、おまえじゃない、と言うと、小癪なこと言いくさる、と達坊の頭を拳骨で擲《う》った、達坊は負けていないで、泣きながら与平に手あたり次第物を投げつけたら、なお怒って坊をつき倒した。起きて見たらもう何処へ行たか姿が見えなんだ。余り歯痒いので、げんげん束や、茅花をむしりむしり泣いていたのじゃそうな。それで、達坊は、兄さん、与平がお父さんと言えというたぞな、と繰り返し繰り返し残念がって言うた。与平がまアそんなことを言うたのかと、私も口惜しゅうて堪らなんだ。達坊はなお、うちのお父さんはもっと背の高いええ人じゃったな、とせがむようにいうた。達坊でもお死にたお父さんのことは忘れないでいる。よく覚えているのに……どうして与平なぞをお父さんと私等から言えよう。どうして与平がそんなことをいうのかと達坊は知るまいけれど……それを考えると情けないつらい悲しいことばかりが胸に湧いて来る。私は達坊を抱くようにして、また泣かずにはおれなんだ。泣きやめていた達坊は、かえって私を慰めて、もうお泣きなや、と言うてくれて、明日また二人でげんげん摘みに行こうや、というた。私はなお悲しゅうなって泣き入った。

○

お母さんはお父さんのお死にた後、いろいろ苦しい中で唱歌の先生になられて、この桑

原村へ来られたのは一昨年の春のことであった。初めは一軒の家を借って居られたけれど、用心がわるいというので、その後この与平の内の間を借って、私と達坊と三人で移った。与平となかようしておられるのを見たこともあったけれど、去年の夏病気された時から、様子がおかしいと気づいたのであった。赤子が出来るのじゃと知ってから、どうしたことかと何がなし私は悲しゅう思うていた。今日も山田の伯父さんとこの話をしたら、お母さんは始めからしまい迄泣いておられた。私も泣きたかったけれど、もう涙は出なんだ。

（『ホトトギス』明治三十八年四月号）

ほねほり

高浜虚子

大福屋大福焼膨れの場

ドンと午砲が鳴ると腹の底でもグーと反響する。何となく勢が無いと思い思い歩いて来たのが空腹の為めであったのかと漸く気が附いた、といったような顔付をして立止まった男、駝鳥がカラーを着けたような首を真直ぐに立てて其辺を見渡す。あるある。先ず第一鼻前きにあるのが雑煮、しるこ、あべ川、大福、切餅、豆入、だんご、鉄砲巻などと際限も無く書並べたやつ。其隣りが天プラ、其隣りが馬肉、其隣りが縄暖簾、大福の焼ける匂い、天プラの揚る音、馬肉屋の煙、縄暖簾の人声、一時にドッと突喊《とっかん》して来るので空腹神経が古びた中折の尖《さき》から駝鳥の首を伝うてズックの靴尖迄ピリピリピリと鋭敏になる。漸くステッキを力に、リップが錆で真赤になった鳥銃を忘れて来たという形、膝頭をガクリガクリさせながら倒れるように大福屋の床几《しょうぎ》に腰を落し、

大福をおふれ。

と肩で息をする。

いらッしゃーい。おかえりなさーい。へーい。大福十銭おみやーげ。

と飴屋の笛の毒気を抜いたような声を出して居る小僧さん、駝鳥の首をズーッと見上げ見下し、ニヤリとして、

いらッしゃーい。

大ふふをおふ……。

大ふくー。はーい。生のですかー。焼いたのですかー。

焼いたふふふ……。

はーい。大福の焼きー。

汚ないおへぎに食み出すような大福を四つ載せて来る。忽ち一つは男の口に這入る。半分だけ這入って半分だけ食み出して居る。其食み出して居る半分に顔が隠れてしまって居る。男は二本の箸をあやつって如何に其の大福を食い切るべきかに苦心する。蟇《がま》が蚯蚓《みみず》を呑む時両方の手で顔を撫でるように。漸く食い切って其半分が箸に留まった時男の口は耳迄破れて居った。あんこが附いて。

四つを一息に食い終って男は隠しからハンケチを出して口のはたを拭う。あんこはハンケチに拭い取られて男の顔は奇麗になる。湯呑みの茶を飲んでチッチッと歯を仔細らしく鳴らす。四つの大福が胃嚢に落ちついて漸く我に帰ったという顔附きである。さっきは六十

許りの爺さんかと思った小僧さんは此時見るとまだ三十余りの若い男であったのに又ニヤリとする。

大福のお代り。

今度はゆったりしたものだ。

はーい。やはり焼きますかー。

男は巻煙草入れを取り出して一服吸いつけ悠然と其辺を見渡す。丁度焼けたのが種切れで小僧さんは新たらしいのを鉄板の上に載せる。さきには気が附かなかったが、黄いのや青いのや赤いのや白いのや、春の野の草のいろいろを鉄板の上にのッけたように美しい。飴屋の笛から毒気を抜いた小僧さんは瓶の底の白酒といったようなやつを今一寸嘗めてあとを筒ッぽの袖で横に撫でる。さっきから黙ってあんこを捏ねて居た姉さんは今思いッきり背延びをしてグタリと手をおろす拍子に櫛をあんこの上に落す。其処へドヤドヤと二三人這入って来る。

鉄砲巻きをくれ玉え。

鉄砲巻きー。はーい。

雑煮をくんねえ。

はーい。お雑煮お二人前ー。

青物の車を下して這入って来た男、鉄板の上の大福を両手に一つずつ鷲摑みにしてポンポ

ンと打合せながら、

親方、キャベツ買わねえかよ。チャンの野郎に二つ売りつけてやろうと思ったに、アン畜生一つほか買わねえ。やすくして置くよ。買っとくんな。

いらねえよ。生姜はねえか生姜は。

上等があるよ。

と食いかけの大福を腰かけて居る赤毛布の上に擲《ほう》り出して立上る。

これで一貫だ。やすいもんだ、すっかり買うときねえ。

赤毛布の赤い色は乞食の娘の頬の赤いが如く赤い。真黒に汚れて其上に白い埃が積もって居る。其処へ六十許りの目の腐った婆さんがいきなり来て腰を掛けてヨイトコナと背中の風呂敷包みをおろす。大福は其荷物の下になる。

八百屋は、

六百ではショーガねえや。

と古い洒落を言いながら戻って来て、

オヤオヤ

と其辺を見廻す。

オイ、婆さん。戯談《じょうだん》じゃアねえよ。

と風呂敷包みの下から大福を探り出す。大福は平べったくなって圧死人という見得である。

オーヤマア、すまないねえ。

と一銭銅貨を目の前でひっくりかえして居る婆さんはすましたものである。

鉄板の上には赤いのも白いのも青いのも黄いのも今は一斉に少し膨れて居る。中にも黄色いのの片隅が佐の市の瘤といったような形に膨れ上って其処からプスッと気を吐く。青いのも負けぬ気になって杉原検校のといったようなのを拵えて又プスッと気を吐く。

煙管で火をさがした親爺は片手で煙草を扭《ひね》りながら片手で大福を裏がえす。赤も青も黄も白も子供の芥子坊主のように真中だけ黒く焦げて、周囲に僅に名残の色を留めて居る。火力が俄に加わったので四つの大福は素敵な勢で膨れる。いずれも続けさまにプスプスプスと気を吐いて、今度は佐の市の瘤がサボテンの子のように鈴なりに出来る。しまいには其が一緒になって、瓢箪形になって、四つの瓢箪が手を組み合ってこれから瓢箪踊りというのを始めようとする処を、いきなり小僧さんに摑まれて、いずれも一世一代の大きな息をついておへぎの上に肩くまをする。

男は威勢よく煙草の吹いかすを踏みつけて先ず青いのを箸にはさんで眺める。大方青い色は無くなってしまった位に焼けて居る。中にも片面の焼け焦げは致命傷のいたでである。男は悠々乎として一口嚙む。暑いやつを舌の上に転ばしながら其食い切ったあとを見る。棕櫚の毛の大きいのが覗いて居る。グイと引くとあんこのからまった二寸許りなのが指尖にぶら下る。

奥様手水鉢御壊しの場

奥様のよそ行きの首は今ふだん着の中からニュッと出て居る。電話室でチリンチリンチリンと鈴が鳴る。

番町のヽヽヽ番。

台処で炭を出して居る婆やの独言。

また嬢様が電話をかけるだよ。どうしたら嬢様ああ電話が好きだんべえ。

姉さんかぶりを取り両方の袖をバタバタとはたいて、

アア痛てえ痛てえ。

と腰をのしながら、

二円ジャアやりきれねえや。

貞子さん一寸お呼び下さいな。アアモシモシ、あなた貞子さん。あたし！　わかって？

こないだは失礼。今学校から帰って来たばっかりよ。そうするとうちではねえ、

と大きな声をして、

姉さんが何処とかへ行くんだって仕度をして居るの。あたしも行くのかと思ったらねえ、

と又一段はり上げて、

お留守番だって。くやしいわッ。

と泣声をする。奥様の白粉の顔にはピカピカッと稲光りがする。パタパタパタッと雪隠にお這入りになる。

留守番ばっかりでも間尺に合わないわねえ。今度の日曜ねえ、こないだ約束した処へ屹度行きましょう。読売新聞に出ているねえ、あなた御存じ？ あれをするんですって。あなたも誰かお誘いなさいな。〇〇さんとあなたと私と三人でしょう。一人はんぱだわ。誰かねえ、大きい人が行ってくれると大変都合がいいのねえ。アッラムァー、あなたいらッしゃらないの？ 厭あねえ。あなたがいらッしゃらなければ〇〇さんも行かないとおッしゃるわ。そうするとあたし一人で困るわ。ねえ是非お母さんにお願い申していらッしゃいよー。

こんなに石があって仕方がねえや。

と婆やはお米をとぎながら、

ヤッコラセ、ヤットコショ。

と水道の栓を扭る。

そういえばねえ、△△の校友会には皆さんがいらしッてよ。□□さんの風がからッと違ってしまってまるで奥さん気取りよ。それをね、そらゝゝさん、御存知？ あの方がねえ何とかいってひやかしたの。それから二人で喧嘩なすってね。

とだんだん尻上りになって、

　そりゃもう大変だったのよ。あたしゝゝさんの方を加勢したの。アア、□□さんは泣いて帰ってよ。それからも一つ面白いのはねえ、○○さんのうちでピヤノをお買いなさるッてよー。百三十円だッて。それがアレヨ、ゝゝさんの話ではお古ですッてよー。

雪隠の戸があく。

　婆や、水が無いよ。

　はーい。今入れますべー。

婆やは手桶を重そうに提げて落花満地、美しい庭を惜気も無く汚ない下駄で踏んで来る。桜はまた今吹く風に花弁の雪を降らして、手桶の水の中、婆やのおばこの上、奥様の葡萄鼠の紋付羽織の上にハラハラハラハラと散りかかる。

　奥様、いいかね。

と出す手桶を奥様は、

　アイヨ。

と受取られて手水鉢にお移しになる。其時どうした機《はず》みか手水鉢は庭に落ちて石に当って微塵に砕ける。これは先大人の殊に愛翫された何とか焼きの大事の品という旦那様の口癖を婆やも聞き齧って居る。婆やは、

　ヒャッ。

といって奥様の顔を見る。奥様は、

　ハッ。

といって婆やの顔を御覧になる。

姉さんどうなすったの。アラマー大変ねえ。

と嬢様は奥様に鋭い目を向けられる。

何とか焼の真白な破片は桜の花弁よりも小さく砕けて、地に積む落花に隠れ顔に散らばッて居る。婆やは「私は知りましねえ、係わりはねえよ。」といった貌をして嬢様を見る。嬢様は「あなた貞子さん？　あのねえ、姉さんが今大事の大事のお手水鉢を割ってよ。」とお腹の中でもう電話をかけて居る。奥様の白粉の顔には血の気が無くなって居る。

　お待遠さまー。

と表に車屋の声がする。

石炭酸南無阿弥陀仏の場

　又棗の根だぜ。

と一人の墓掘りは頭のテッペンに鉢巻をしかえて鶴ッ嘴の泥を足で落す。

　ヨイショキタ。

と他の墓掘りは鉄挺を推し込んでウンとこねる。ムヤムヤムヤと音がして切れる。

　深けえ墓だ。中々ぶッからねえや。

と一人がタテ鍬を打込むと他の一人はシャベローで土を抄《すく》い出す。程なく土は周囲に積み上げられて平べッたい石が三尺許りの地底に現われて来る。

　寛政何年何月何日没す。これはまだ立派なお骨《コツ》が残っていなければなりませぬ。

と和尚様は横に倒れている石塔の字の土を手で払われる。何々院とある院の字に墓掘りのかんだ手洟がかかって居る。

大福の男と手水鉢の奥様は従兄弟同志。御先祖の墓を移すので立会うて居られる。

　あたし等の何に当るのだろう。

　何でもおばア様のおばア様とかだって。

更に二尺許りも掘ると大きな壺が半身を露出して来る。其蓋《おお》いの石を取り除けると薄暗い壺の中が見える。男も奥様も和尚様も墓掘りも皆一同に覗き込む。四本の上下腿骨が黒い泥の中にニョキッと突立って居る。

　マア。

と奥様は一足下がられる。

　あの壺の底の黒いものは肉なんでしょうか。

と大福のおくびを飲み込んで男は和尚様の顔を見る。

左様、お肉が四大空に帰したもので御座いましょう。

墓掘りは壺ながら引き上げようとする。忽ち縁が取れて壊れてしまう。

ショウがねえなあ。

骨だけ拾い出しねえよ。

墓掘りの手が障ると今迄天の逆鉾《さかほこ》のように突立っていた骨もボロボロボロと灰の如く壊れる。

始末に終えねえなあ。シャベローでしゃくい出しねえ。

石炭を溶かしたような肉泥は土の上に抄い上げられて其中に白い骨は小石の如くちらばって居る。墓掘りは其骨を拾って石油箱の中に投げ込む。

オヤオヤ貧乏徳利が出て来たぜ。

三河屋か。千年前の三河屋てえやつだな。こいつ仏様と一緒に成仏しねえで迷って出あがった。

とポンと蹴ると栓が抜けて、中からドブドブドブと出る。

酒だか水だか人間の汁だかわかったものじゃあねえ。妙な香がするぜ。

又た一人の墓掘りは肉泥の中から大きな雁首を拾出す。

ナール程。昔の人は体が大きかったてえが、これで見りゃ口も大きいや。

酒も好き煙草も嫌いでねえという贅沢な仏様だ。

墓掘りの拾い残した骨を丁寧に探して居られた和尚様は、小さい如露《ジョロ》で石炭酸を肉泥の上に蒔きながら、

　南無阿弥陀仏南無阿弥陀仏南無阿弥陀仏。

隣りの工場の窓からくすぼった顔が幾つとなく現われる。

　ヨイショ。

男は二階を見上げ続いて奥様の顔を一寸瞥見する。同時に奥様の目も男の顔を掠める。

二人は棗の木の下の椅子に腰を下して、

あなたとあたしをアノ何だと思ってるのだよ。お気の毒ねえ。

と奥様は膝にはさんだ赤いハンケチをグイと引く。

　そうかねえ。

と男は昔は自分の顔を見るのも嫌らった女が今になってお気の毒ねえも無いものだと、靴尖でポンと小石を蹶《け》る。奥様は両手をハンケチでくるんで考え込む。女学校を一番で卒業する。聊《いささ》か自分の才をも頼む。容色をも頼む。望みは富では無い、位では無い、唯人であった。しかも其人は自分の学友で才も自分より劣り容色も自分より劣った人と今は楽しき家庭を作って居る。嗚呼其は過し昔で取りかえしもつかぬが唯其時代が恋しいなつかしい。其頃冷かにもてあつかった人も今は其時代の片影かと見れば又なつかしい慕わしい、と振りかえって見ると男は靴の踵で土を掘って居る。

墓掘りは第二の墓に取りかかる。和尚様は如露を持った手を後ろに組んで二人の前に歩いて来られる。

お二人様にはお釈迦に説法ではありますが、御先祖様は大事にせなければなりませぬ。この間も愚衲《ぐのう》が九州を廻りました時、松浦小夜姫の石になったのを見ました。嗚呼小夜姫の一念は石になった。其を思えば昔からの御先祖様も必ず何かになって我等子孫を守っていて下さるに違いない、と思うと有難涙がホロホロとこぼれました。あなた方お二人様にあっても御先祖様代々のお墓を今度一つにお纏めになるのは、全く香花を絶やすまいとの御孝心から出たことと愚衲は有難いことに思って居ります。

男は奥様の葡萄鼠の羽織を偸《ぬす》み見て自分の色の焼けた背広を顧る。三十を過ぎて尚窮措《きゅうそ》大《だい》、妻も持たねば家をも持たぬのは情けないような淋しいような心持がして、上衣の胸を掻合せる。

奥様は和尚様迄自分等を夫婦らしく見られるのを何となく心ゆくように思う。自分の生涯はもう大きな縄で縛られて、古びた桜の木のある邸より外へは出られぬ体と極まってしまったものが、今は其大きな縄が俄にゆるんだのかとも疑って見る。

第二の墓も掘り終る。第三の墓も掘り終る。石油箱には朽木の如き骨屑が拾いためられて、更に第四の墓の骨が拾い込まれ擲げ込まれる。

もうこれでお骨はおしまいになりました。其棗の木の下へお納め申すことに致しましょ

う。

　号外イ号外イ。

と工場の窓から大きな声で表の号外売を呼ぶ。号外売はチリンチリンとお墓の中へ飛び込んで来る。窓からは受取ばさみをぶら下げた紐が下る。其尖きの銅貨を取って号外をはさむ。紐はスルスルスルとたくり上げられる。号外売はチリンチリンチリンと表に飛び出る。

　発掘はすんだかね。

と墓の上に首の出て居るのは背の低い巡査である。

　あなた方お二人が立会人ですか。其棗の下に御改葬ですな。よろしいです。……こら其処から覗いてはいかん。

と工場を見上げて、剣尖を墓石にぶッつける。

二人は棗の下の新らしい墓表に肩を並べて礼拝する。

巡査の帰るのを見送って又工場の窓から顔が出る。

　チェースト。

男はさびしく奥様のあとに跟いて墓石の間を通り抜ける。

日永の雲が西に落ちて雁の声が二声許り聞こえる時二人は寺の門前に立って北と南に別れる。奥様は忽ちアリアリと目の前に何とか焼きの手水鉢の破片を描き出して襟元から春寒

を覚えられる。男の腹の中の大福はもう消化し尽していた。

（『ホトトギス』明治三十八年四月号）

野菊の墓〔抄〕

伊藤左千夫

いつしか月も経って、忘れもせぬ六月二十二日、僕が算術の解題に苦んで考えて居ると、小使が斎藤さんおうちから電報です、と云って机の端へ置いて去《い》った。例のスグカエレであるから、早速舎監に話しをして即日帰省した。何事が起ったかと胸に動気をはずませて帰って見ると、宵闇《よいやみ》の家の有様は意外に静かだ。台所で家中夕飯時であったが、只そこに母が見えない許り何の変った様子もない。僕は台所へは顔も出さず、直ぐと母の寝所へきた。行灯《あんどう》の灯《ひ》も薄暗く、母はひったり枕に就いて臥《ふ》せって居る。

「お母さんどうかしましたか。

「あァ政夫能く早く帰ってくれた。今私も起きるからお前御飯前なら御飯を済ましてしまえ。

僕は何の事か頻《しき》りに気になるけれど、母がそういうままに早々に飯をすまして再び母の所へくる。母は帯を結うて蒲団の上に起ていた。僕が前に座っても只無言でいる。見ると母は雨の様に涙を落して伏向《うつむ》いている。

「お母あさんまアどうしたんでしょう。

　僕の詞《ことば》に励まされて母は漸く涙を拭き、

「政夫堪忍してくれ……民子は死んでしまった……私が殺した様なものだ……

「そりゃいつです。どうして民さんは死んだんです。

　僕が夢中になって問返すと、母は嗚咽び返って顔を抑えて居る。

「始終をきいたら、定めし非度《ひど》い親だと思うだろうが、こらえてくれ政夫……お前に一言の話しもせず、たっていやだと言う民子を無理に勧めて嫁にやったのが、こういうことになって了《しま》った……縦令《たとい》女の方が年上であろうとも本人同志が得心であらば、何も親だからとて余計な口出しをせなくもよいのに、此母が年甲斐《がい》もなく親だてらにいらぬお世話を焼いて、取返しのつかぬことをして了った。民子は私が手を掛けて殺したも同じ。どうぞ堪忍してくれ政夫……私は民子の跡追ってゆきたい……

母はもうおいおいおいおい声を立てて泣いている。民子の死ということだけは判ったけれど、何が何やら更に判らぬ、僕とて民子の死と聞いて、失神するほどの思いであれど、今目の前で母の嘆きの一通りならぬを見ては、泣くにも泣かれず、僕がおろおろしている所へ兄夫婦が出てきた。

「お母さんまアそう泣いたって仕方がない。

と云えば母は、かまわずに泣かしておくれ泣かしておくれと云うのである、どうしようもない。

其間で嫂《あによめ》が僅《わずか》に話す所を聞けば、市川の某《それがし》という家で先の男の気性も知れているに財産も戸村の家に倍以上であり、それで向うから民子を絶《た》っての所望、媒妁人《なこうど》というのも戸村が世話になる人である、是非やりたい是非往ってくれということになった。民子はどうでもいやだと云う。民子のいやだという精神《こころ》は能く判っているけれど、政夫さんの方は年も違い先の永いことだから、どうでも某の家へやりたいとは、戸村の人達は勿論親類までの希望であった。それで愈々《いよいよ》斎藤のおッ母さんに意見をして貰うということに相談が極まり、それで家のお母さんが民子に幾度意見をしても泣いてばかり承知しないから、とどの詰り、お前がそう剛情はるのも政夫の処へきたい考からだろうけれど、それは此母が不承知でならないよ、お前はそれでも今度の縁談が不承知か。こんな風に言われたから、民子はすっかり自分をあきらめたらしく、とうとう皆様のよい様にといって承知をした。それからは何もかも他《ひと》の言うなりになって、霜月半《なかば》に祝儀をしたけれど、民子の心持がほんとうの承知でないから、向うでもいくらかいや気になり、民子は身持になったが、六《む》月《つき》でおりてしまった。跡の肥立ちが非常に悪く遂にに六月十九日に息を引き取った。病中僕に知らせようとの話もあったが、今更政夫に知らせる顔もないという訳から知らせなかった。家のお母さんは民子が未だ口をきく時から、市川へ往って居って、民子がいけなくなると、もう泣いて泣いて泣きぬいた。一口まぜに、民子は私が殺した様なものだ、と許りいって居て、市川へ置いたではどうなるか知れぬという訳から、昨日車で家へ送られてきたのだ。

話さえすれば泣く、泣けば私が悪かった悪かったと云って居る、誰にも仕様がないから、政夫さんの所へ電報を打った、民子も可愛想だしお母さんも可愛想だし、飛だことになってしまった、政夫さんどうしたらよいでしょう。

嫂の話で大方は判ったけれど、僕もどうしてよいやら殆んど途方にくれた。母はもう半気違いだ。何しろ茲《ここ》では母の心を静めるのが第一とは思ったけれど、慰めようがない。僕だっていっそ気違いになってしまったらと思った位だから、母を慰めるほどの気力はない。そうこうしている内に漸く母も少し落着いてきて、又話し出した。

「政夫や聞いてくれ。私はもう自分の悪党にあきれて了った。何だってあんな非度《ひど》い事を民子に言ったっけか知ら。今更何程《なんぼ》悔いても仕方がないけど、私は政夫……民子にこう云ったんだ。政夫と夫婦にすることは此母が不承知だからおまえは外《よそ》へ嫁に往け。

なるほど民子は私にそう云われて見れば自分の身を諦《あきら》める外はない訳だ。どうしてあんな酷《むご》たらしいことを言ったのだろう。嗚呼可愛想な事をしてしまった。全く私が悪党を云うた為に民子は死んだ。お前はネ明朝《あした》は夜が明けたら直ぐに往ってよォく民子の墓に参ってくれ。それでお母さんの悪かったことをよく詫びてくれ。ねィ政夫。

僕も漸く泣くことが出来た。仮令《たとい》どういう都合があったにせよ、いよいよ見込がなくなった時には逢わせてくれてもよかったろうに、死んでから知らせるとは随分非度い訳だ。

民さんだって僕には逢いたかったろう。嫁に往ってしまっては申訳がなく思ったろうけれど、それでもいよいよの真際《まぎわ》になっては僕に逢いたかったに違いない。実に情ない事だ。考えて見れば僕もあんまり児供《こども》であった。其後市川を三回も通りながらたずねなかったは、今更残念でならぬ。僕は民子が嫁にゆこうがゆくまいが、只民子に逢いさえせばよいのだ。今一目逢たかった……次から次と果てしなく思いは溢ふれてくる。併《しか》し母にそういうことを言えば、今度は僕が母を殺す様なことになるかも知れない。僕は屹《きっ》と心を取り直した。

「お母さん、真《ほんと》に民子は可愛想でありました。併し取って返らぬことをいくら悔んでも仕方がないですから、跡の事を懇《ねんごろ》にしてやる外はない、お母さんは只々御自分の悪い様にばかりとっているけれど、お母さんとて精神《こころ》は只民子の為め政夫の為めと一筋に思ってくれた事ですから、よしそれが思う様にならなかったとて、民子や私等が何とてお母さんを恨みましょう。お母さんの精神はどこまでも情心《なさけごころ》でしたものを、民子も決して恨ではいやしまい。何もかもこうなる運命であったのでしょう。私はもう諦めました。どうぞ此上お母さんも諦めて下さい。明日の朝は夜があけたら直ぐ市川へ参ります。

母は猶詞を次いで、

「成程何もかもこうなる運命かも知らねど今度という今度私はよくよく後悔しました。俗に親馬鹿という事があるが、其親馬鹿が飛でもない悪いことをした。親がいつまで

も物の解ったつもりで居るが、大へんな間違であった。自分は阿弥陀《あみだ》様におすがり申して救うて頂く外に助かる道はない。政夫やお前は体を大事にしてくれ。思えば民子はなが年の間にもついぞ私にさからったことはなかったおとなしい児であっただけ、自分のした事が悔られてならない、どうしても可愛想で溜らない。民子が今わの時の事もお前に話して聞かせたいけれど私には迚《とて》もそれが出来ない。

などと又声をくもらしてきた。もう話せば話すほど悲しくなるからとて強《しい》て一同寝ることにした。

母の手前兄夫婦の手前、泣くまいとこらえて漸くこらえていた僕は、自分の蚊帳《かや》へ這入り蒲団に倒れると、もう溜らなく一度にこみ上げてくる。口へは手拭を噛んで、涙を絞った。どれだけ涙が出たか、隣室の母から夜が明けた様だよと声を掛けられるまで、少しも止まず涙が出た。着たままで寝ていた僕は其儘起きて顔を洗うや否や、未だほの闇《くら》いのに家を出る。夢のように二里の路を走って、太陽が漸く地平線に現われた時分に戸村の家の門前まで来た。此家の竈《かまど》のある所は庭から正面に見透て見える、朝炊きに麦藁を焚《た》いてパチパチ音がする。僕が前の椽先《えんさき》に立つと奥に居たお祖母さんが、目敏《めざと》く見つけて出てくる。

「かねやかねやとみや……政夫さんが来ました、まァ政夫さん能く来てくれました。大そう早く。さァお上んなさい。起き抜きでしょう。さァ……かねや……

民子のお父さんとお母さん、民子の姉さんも来た。

「まァ能くきてくれました。あなたの来るのを待ってました。兎に角に上って御飯をたべて………

僕は上りもせず腰もかけず、暫く無言で立っていた、漸くと、

「民さんのお墓に参りにきました。

切なる様は目に余ったと見え、四人《よったり》とも口がきけなくなって了った。……やがてお父さんが、

「それでもまァ一寸御飯を済して往ったら……あァそうですか。それでは皆して参ってくるがよかろう……いや着物など着替えんでよいじゃないか。

女達は、もう鼻啜《はなすす》りをしながら、それじゃァとて立ちあがる。水を持ち、線香を持ち、庭の花を沢山に採る。小田巻草千日草天竺《てんじく》牡丹《ぼたん》と各々《てんでん》手にとり別《わ》けて出かける。柿の木の下から背戸へ抜け槙屏《まきべい》の裏門を出ると松林である。桃畑梨畑の間をゆくと僅の田がある。其先の松林の片隅に雑木の森があって数多《あまた》の墓が見える。戸村家の墓地は冬青《もちのき》四五本を中心として六坪許を区別けしてある。其ほどよい所の新墓《にいはか》が民子が永久《とわ》の住家《すみか》であった。葬《ほうむ》りをしてから雨にも逢わないので、ほんの新らしいままで、力紙《ちからがみ》なども今結んだ様である。お祖母さんが先に出でて、

「さア政夫さん何もかもあなたの手でやって下さい。民子のためには真《ほん》に千僧の供養にまさるあなたの香花《こうげ》、どうぞ政夫さん、よォくお参りをして下さい……今日は民子

も定めて草葉の蔭で嬉しかろう……なア此人にせめて一度でも、目をねむらない民子に……まアせめて一度も逢わせてやりたかった………

三人は眼をこすっている様子。僕は香を上げ花を上げ水を注いでから、前に蹲《うずく》まって心のゆくまで拝んだ。真《しん》に情ない訳だ。寿命で死ぬは致方ないにしても、長く煩《わずら》って居る間に、あァ見舞ってやりたかった。一目逢いたかった。僕も民さんに逢いたかったもの、民さんだって僕に逢いたかったに違いない。無理無理に強られたとは云え、嫁に往っては僕に合わせる顔がないと思ったに違いない。思えばそれが愍然《あわれ》でならない。あんな温和《おとな》しい民さんだもの、両親から親類中かかって強いられて、どうしてそれが拒まれよう。民さんが気の強い人なら屹度《きっと》自殺をしたのだけれど、温和しい人だけにそれも出来なかったのだ。民さんは嫁に往っても僕の心に変りはないと、せめて僕の口から一言いって死なせたかった。世の中に情ないといってこういう情ないことがあろうか。もう私も生きて居たくない……吾知らず声を出して僕は両膝《ひざ》と両手を土地《じべた》へ突いて了った。

僕の様子を見て、後に居た三人がどんなに泣いたか。僕も吾一人でないに気がついて漸く立ちあがった。三人の中の誰がいうのか、

「なんだって民子は、政夫さんということをば一言も言わなかったのだろう………

「それほどに思い合ってる仲と知ったらあんなに勧めはせぬものを。

「うすうすは知れて居たのだに、此人の胸も聞いて見ず、民子もあれほどいやがった

ものを……いくら若いからとてあんまりであった……可愛想に………

三人も香花を手向《たむ》け水を注いだ。お祖母さんが又、

「政夫さんあなた力紙を結んで下さい。沢山結んで下さい。民子はあなたが情の力を便りにあの世へゆきます。南無阿弥陀仏々々々々々々。

僕は懐《ふところ》にあった紙の有りたけを力杖に結ぶ。此時ふっと気がついた。民さんは野菊が大変好であったに野菊を掘ってきて植えればよかった。いや直ぐ掘ってきて植えよう。こう考えてあたりを見ると不思議に野菊が繁ってる。弔いの人に踏まれたらしいが猶茎立って青々として居る。民さんは野菊の中へ葬られたのだ。僕は漸く少し落着いて人々と共に墓場を辞した。

僕は何にもほしくありません。御飯は勿論茶もほしくないです。此儘お暇願います明日は又早く上りますからといって帰ろうとすると、家中《うちじゅう》で引留める。民子のお母さんはもう溜らなそうな風で、

「政夫さんあなたにそうして帰られては私等は居ても起ってもいられません。あなたが面白くないお心持は重々察しています、考えてみれば私共の届かなかったために、民子にも不憫《ふびん》な死にようをさせ、政夫さんにも申訳のないことをしたのです。私共は如何様にもあなたにお詫びを致します。民子可愛想と思召《おぼしめ》したら、どうぞ民子が今

わの話しも聞いて行って下さいな。あなたがお出《いで》になったら、お話申すつもりで、今日はお出でか明日はお出でかと、実は家中がお待申したのですからどうぞ……

そう言われては僕も帰る訳にゆかず、母もそう言ったのに気がついて座敷へ上った。茶や御飯やと出されたけれど真似許りで済ます。其内に人々皆奥へ集りお祖母さんが話し出した。

「政夫さん民子の事に就ては、私共一同誠に申訳がなく、あなたに合せる顔はないのです。あなたに色々御無念な処もありましょうけれど、どうぞ政夫さん、過ぎ去った事と諦めて、御勘弁を願います。あなたにお詫びをするのが何より民子の供養になるのです。

僕は只もう胸一ぱいで何も言うことが出来ない。お祖母さんは話を続ける。

「実はと申すと、あなたのお母さん始め、私又民子の両親とも、あなたと民子がそれほど深い間《なか》であったとは知らなかったもんですから、

僕は茲で一言いいだす。

「民さんと私と深い間とおっしゃっても、民さんと私とはどうもしやしません。

「いィえあなたと民子がどうしたと申すではないです。もとからあなたと民子は非常な仲好しでしたから、それが判らなかったんです。それに民子はあの通りの内気な児でしたから、あなたの事は一言も口に出さない。それはまるきり知らなかったとは申

されません。それですからお詫びを申す様な訳…………

僕は皆さんにそんなにお詫びを云われる訳はないという。民子のお父さんはお詫びを言わしてくれという。

「そりゃ政夫さんのいうのは御尤です、私共が勝手なことをして、勝手なことをお前さんに言うというものですが、政夫さん聞いて下さい、理窟の上の事ではないです、男親の口からこんなことというも如何《いかが》ですが、民子は命に替られない思を捨てて両親《ふたおや》の希望に従ったのです、親のいいつけで背《そむ》かれないと思うても、道理で感情を抑えるは無理な処もありましょう、民子の死は全くそれ故ですから、親の身になって見ると、どうも残念でありまして、どうもしやしませんと政夫さんが言う通り、お前さん等《たち》二人に何の罪もないだけ、親の目からは不便《ふびん》が一層でな、あの通り温和しかった民子は、自分の死ぬのは心柄とあきらめてか、ついぞ一度不足らしい風も見せなかったです、それやこれやを思いますとな、どう考えてもちと親が無慈悲であった様で。……政夫さん察して下さい、見る通り家中がもう、悲みの闇に鎖《とざ》されて居るです、愚なことでしょうが此場合お前さんに民子の話を聞いて貰うのが何よりの慰藉《いしゃ》に思われますから、年がいもないこと申す様だが、どうぞ聞いて下さい。

お祖母さんが又話しを続ける。結婚の話からいよいよむずかしくなったまでの話は嫂が家での話と同じで、今わという日の話はこうであった。

「六月十七日の午後に医者がきて、もう一日二日の処だから、親類などに知らせるならば今日中にも知らせるがよいと言いますから、それではとて取敢《とりあえ》ずあなたのお母さんに告げると十八日の朝飛できました。其日は民子は顔色がよく、はっきりと話も致しました。あなたのおっかさんがきまして、民や決して気を弱くしてはならないよ。どうしても今一度なおる気になっておくれ。よ民や……民子はにっこり笑顔さえ見せて、矢切《やぎり》のお母さんいろいろ難有う御座います。長々可愛がって頂いた御恩は死んでも忘れません。私も、もう長いことはありますまい。

民やそんな気の弱いことを思ってはいけない。決してそんなことはないから、しっかりしなくてはいけないと、あなたのお母さんが云いましたら、民子は暫くたって、矢切のお母さん私は死ぬが本望であります、死ねばそれでよいのです……といいましてから猶口の内で何か言った様で、何でも、政夫さんあなたの事を言ったに違いないですが、能く聞とれませんでした。それきり口はきかないで、其夜の明方に息を引取りました………

それから政夫さんこういう訳です……夜が明けてから、枕を直おさせます時、あれの母が見つけました。民子は左りの手に絳絹《もみ》の切れに包んだ小さな物を握って其手を胸へ乗せているのです。それで家中の人が皆集って、これをどうしようかと相談しましたが、可愛想なような気持ちもするけれど、見ずに置くのも気にかかる兎に角開いて

見るがよいと、あれの父が言い出しまして、皆の居る中であけました。それが政さん、あなたの写真とあなたのお手紙でありまして……僕は一心に畳を見つめていた。

お祖母さんが泣き出して、そこにいた人皆涙を拭いている。

やがてお祖母さんがようよう話を次ぐ。

「そのお手紙をお富が読みましたら、誰も彼れも一度に声を立って泣きました。あれの父は男ながら大声して泣くのです。あなたのお母さんは、気がふれはしないかと思うほど、口説《くど》いて泣く。お前達二人が之れほどの語らいとは知らずに、無理無体に勧めて嫁にやったは悪かった。あア悪るいことをした、不憫だった、民や堪忍して、私が悪かったから堪忍してくれ。俄《にわか》の騒ぎですから、近隣《きんじょ》の人達が、どうしましたと云って尋ねにきた位でありました。それであなたのお母さんはどうしても泣き止まないです。体に障《さわ》ってはと思いまして葬式が済むと車で御送り申した次第です。

身を諦めた民子の心持が、こう判って見ると、誰も彼も同じことで今更の様に無理に嫁にやった事が後悔され、溜らないですよ。考えれば考える程あの児が可愛想で可愛想で居ても起っても居られない……せめてあなたに来て頂いて、皆が悪かったことを充分あなたにお詫《わび》をし、又あれの墓にも香花をあなたの手から手向けて頂いたら、少しは家中の心持も休まるかと思いまして……今日の事をなんぼう待ちましたろ。政夫さんどうぞ聞き分けて下さい。ねィ民子はあなたにはそむいては居ません。どうぞ不

憫と思うてやって下さい………

一語一句皆涙で、僕も一時泣きふして了った。民子は死ぬのが本望だと云ったか、そういったか……家の母があんなに身を責めて泣かれるのも、其筈であった。僕は、

「お祖母さん能く判りました。私は民さんの心持は能く知っています。去年の暮民さんが嫁にゆかれたと聞いた時でさえ、私は民さんを毛程も疑わなかったですもの。どの様なことがあろうとも、私が民さんを思う心持は変りません。家の母なども只そればかり言って嘆いて居ますが、それも皆悪気があっての業《わざ》でないのですから、私は勿論民さんだって決して恨みに思やしません。何もかも定まった縁と諦めます。私は当分毎日お墓へ参ります。………

話しては泣き泣いては話し、甲一語乙一語いくら泣いても果てしがない。僕は母の事も気にかかるので、もうお昼だという時分に戸村の家を辞した。戸村のお母さんは、民子の墓の前で僕の素振りが余り痛わしかったから、途中が心配になるとて、自分で矢切の入口まで送ってきてくれた。民子の愍然《びんぜん》なことはいくら思うても思いきれない。いくら泣いても泣ききれない。乍併《しかしながら》また目の前の母が、悔悟の念に攻められ、自ら大罪を犯したと信じて嘆いている愍然さを見ると、僕はどうしても今は民子を泣いては居られない。僕がめそめそして居ったでは、母の苦みは増す許りと気が付いた。それから一心に自分で自分を励まし、元気をよそおうて只管《ひたすら》母を慰める工夫をした。それでも心にない事は仕方のない

もの、母はいつしかそれと気がついてる様子、そうなっては僕が家に居ないより外はない。毎日七日《なぬか》の間市川へ通って、民子の墓の周囲には野菊が一面に植られた。其翌《あ》くる日に僕は充分母の精神の休まる様に自分の心持を話して、決然学校へ出た。

＊　＊　＊　＊

民子は余儀なき結婚をして遂に世を去り、僕は余儀なき結婚をして長らえている。民子は僕の写真と僕の手紙とを胸を離さずに持って居よう。幽明遥《はる》けく隔つとも僕の心は一日も民子の上を去らぬ。

（『ホトトギス』明治三十九年一月号）

嵐

寺田寅彦

始めてこの浜へ来たのは春も山吹の花が垣根に散る夕であった。浜へ汽船が着いても宿引きの人は来ぬ。独り荷物をかついで魚臭い漁師町を通り抜け、教わった通り防波堤に沿うて二町ばかりの宿の裏門を、やっとくぐった時、朧《おぼろ》の門脇に捨てた貝殻に、この山吹が乱れていた。翌朝見ると、山吹の垣の後ろは桑畑で、中に木蓮《もくれん》が二、三株美しく咲いていた。それも散って葉が茂って夏が来た。

宿はもと料理屋であったのを、改めて宿屋にしたそうで、二階の大広間と云うのは土地不相応に大きいものである。自分は病気療養のためしばらく滞在する積《つも》りだから、階下の七番と札のついた小さい室《へや》を借りていた。ちょっとした庭を控えて、庭と桑畑との境の船板塀には、宿の三毛《みけ》が来てよく昼眠《ひるね》をする。風が吹けば塀外の柳が靡《なび》く。二階に客のない時は大広間の真中へ椅子を持出して、三十畳を一人で占領しながら海を見晴らす。右には染谷《そめや》の岬、左には野井《のい》の岬、沖には鴻島《こうのしま》が朝晩に変った色彩を見せる。三時頃からはもう漁船が帰り始める。黒潮に洗われるこの浦の波の色は濃く紺青《こんじょう》を染め出して、夕日にかがやく白帆と共に、強い生々《いきいき》とした眺めである。これは美しいが、夜の欸乃《あいだい》は侘しい。

訳もなしに身に沁む。此処《ここ》に来た当座は耳に馴れぬ風の夜の波音に目が醒めて、遠く切れ切れに消え入る唄の声を侘しがったが馴れれば苦にもならぬ。宿の者も心安くなってみれば商売気離れた親切もあって嬉しい。雨が降って浜へも出られぬ夜は、帳場の茶話に呼ばれて、時には宿泊人届の一枚も手伝ってやる事もある。宿の主人は六十余りの女であった。昼は大抵沖へ釣りに出るので、店の事は料理人兼番頭の辰さんに一任しているらしい。沖から帰ると、獲物を焼いて三匹の猫に御馳走をしてやる。猫は三毛と黒と玉。夜中に婆さんが目を醒した時、一匹でも足りないと、家中を呼んで歩くため、客の迷惑する事も時にはある。この婆さんから色々の客の内輪《うちわ》の話も聞かされた。盗賊が紳商《しんしょう》に化けて泊っていた時の話、県庁の役人が漁師と同腹になって不正を働いた一条など、大方はこんな話を問わず語りに話した。中には哀れな話もあった。数年前の夏、二階に泊っていた若い美しい人の妻の、肺で死んだ臨終のさまなど、小説などで読めば陳腐な事も、こうして聞けば涙が催される。浦の雨夜の茶話は今も心に残っているが、それよりも、婆さんの潮風に黒ずんだ顔よりも、垣の山吹よりも深く心に沁み込んで忘られぬものが一つある。

宿の裏門を出て土堤《どて》へ上り、右に折れると松原のはずれに一際《ひときわ》大きい黒松が、潮風に吹き曲げられた梢を垂れて、土堤下の藁屋根に幾歳の落葉を積んでいる。その松の根に小屋のようなものが一つある。柱は竹を掘り立てたばかり、屋根は骨ばかりの障子に荒莚《あらむしろ》をかけたままで、人の住むとも思われぬが、内を覗いてみると、船板を並べた上に、破れ蒲

団がころがっている。蒲団と云えば蒲団、古綿の板と云えばそうである。小屋のすぐ前に屋台店のようなものが出来ていて、それによごれた叺《かます》を並べ、馬の餌にするような芋の切れ端しや、砂埃《すなぼこり》に色の変った駄菓子が少しばかり、ビール罎《びん》の口のとれたのに夏菊などさしたのが一方に立ててある。店の軒には、青や赤の短冊に、歌か俳句か書き散らしたのが、隙間もなく下がって風にあおられている。こう云う不思議な店へこんな物を買いに来る人があるかと怪しんだが、実際そう云う御客は一度も見た事がなかった。それにもかかわらず店はいつでも飾られていてビール罎の花の枯れている事はなかった。

誰れにも訳のわからぬこの店には、心の知られぬ熊さんが居る。

自分は浜辺へ出るのに、いつもこの店の前から土堤を下りて行くから熊さんとは毎日のように顔を合せる。土用の日ざしが狭い土堤いっぱいに涼しい松の影をこしらえて飽き足らず、下の蕃藷《ばんしょ》畑に這いかかろうとする処に大きな丸い捨石があって、熊さんのためには好い安楽椅子になっている。もう五十を越えているらしい。一体に逞《たくま》しい骨骼《こっかく》で顔はいつも銅のように光っている。頭はむさ苦しく延び煤《すす》けているかと思うと、惜しげもなくクリクリに剃りこぼしたままを、日に当てても平気でいる。

着物は何処《どこ》かの小使のお古らしい小倉《こくら》の上衣に、渋色染の股引《ももひき》は囚徒のかと思われる。一体に無口らしいが通りがかりの漁師などが声をかけて行くと、オーと重い濁った返事をする。貧苦に沈んだ暗い声ではなくて勢いのある猛獣の吼声のようである。いつも恐ろし

く真面目な顔をして煙草《たばこ》をふかしながら沖の方を見ている。怒っているのかと始めは思ったがそうではないらしい。いつ見ても変らぬ、これが熊さんの顔なのであろう。
始めはこの不思議な店、不思議な熊さんを気味悪く思うたが、慣れてしまうとそんな感じもない。松原の外《はず》れにこんな店があってこんな人が居るのは極めて自然な事となってしまって、熊さんの歴史やこの店のいわれなどについて、少しも想像をした事もなく、人に尋ねてみる気も出なかった。もしこれで何事もなく別れてしまったら、おそらく今頃は熊さんの事などはとうに忘れてしまったかもしれぬが、ただ一つの出来事のあったため熊さんの面影は今も目について残っている。

一夜浜を揺がす嵐が荒れた。

嵐の前の宵、客のない暗い二階の欄干に凭《もた》れて沖を見ていた。昼間から怪しかった雲足はいよいよ早くなって、北へ北へと飛ぶ。夕映えの色も常に異なった暗黄色を帯びて物凄いと思う間に、それも消えて、暮れかかる濃鼠《こいねず》の空を、ちぎれちぎれの綿雲は悪夢のように果てもなく沖から襲うて来る。沖の奥は真暗で、漁火《いさりび》一つ見えぬ。湿りを帯びた大きな星が、見え隠れ雲の隙を瞬《またた》く。いつもならば夕凪《ゆうなぎ》の蒸暑く重苦しい時刻であるが、今夜は妙に湿っぽい冷たい風が、一しきり二しきり堤下の桑畑から渦巻《うずま》いては、暗い床の間の掛物をあおる。草も木も軒の風鈴《ふうりん》も目に見えぬ魂が入って動くように思われる。

浜辺に焚火をしているのが見える。これは毎夜の事でその日漁した松魚《かつお》を割《さ》いて炙《あぶ》るの

であるが、浜の闇を破って舞上がる焰の色は美しく、そのまわりに動く赤裸の人影を鮮やかに浮上がらせている。焰が靡く度にそれがゆらゆらと揺れて何となく凄い。孕《はらみ》の鼻の陰に泊っている帆前船の舷灯の青い光が、大きくうねっている。岬の上には警報台の赤灯が鈍く灯って波に映る。何処かでホーイと人を呼ぶ声が風のしきりに闇に響く。嵐だと考えながら二階を下りて室《へや》に帰った。机の前に寝転んで、戸袋をはたく芭蕉の葉ずれを聞きながら、将《まさ》に来らんとする浦の嵐の壮大を想うた。海は地の底から重く遠くうなって来る。

　こう云う淋しい夜にはと帳場へ話しに行った。婆さんは長火鉢を前に三毛を膝へ乗せて居眠りをしている。辰さんは小声で義太夫を唸りながら、あらの始末をしている。女中部屋の方では陽気な笑声がもれる。戸外の景色に引きかえて此処《ここ》はいつものように平和である。嵐の話になって婆さんは古い記憶の中から恐ろしくも凄かった嵐を語る。辰さんが板敷から相槌をうつ。いつかの大嵐には黒い波が一町に余る浜を打上がって松原の根を洗うた。その時沖を見ていた人の話に、霧のごとく煙のような燐火《りんか》の群が波に乗って揺らいでいたそうな。測られぬ風の力で底無き大洋をあおって地軸と戦う浜の嵐には、人間の弱い事、小さな事が名残《なごり》もなく露《あら》われて、人の心は幽冥の境へ引寄せられ、こんな物も見るのだろうと思うた。

　嵐は雨を添えて刻一刻につのる。波音は次第に近くなる。

室へ帰る時、二階へ通う階子段《はしごだん》の下の土間《どま》を通ったら、鳥屋《とや》の中で鶏がカサコソとまだ寝付かれぬらしく、ククーと淋しげに鳴いていた。床の中へもぐり込んで聞くと、松の梢か垣根の竹か、長く鋭い叫び声を立てる。このような夜に沖で死んだ人々の魂が風に乗り波に漂うて来て悲鳴を上げるかと、さきの燐火の話を思い出し、しっかりと夜衣《よぎ》の袖の中に潜む。声はそれでも追い迫って雨戸にすがるかと恐ろしかった。

明方にはやや凪《な》いだ。雨も止んだが波の音はいよいよ高かった。

起きるとすぐ波を見ようと裏の土堤へ出た。

熊さんの小屋は形もなく壊れている。雨を防ぐ荒莚は遠い堤下へ飛んで竹の柱は傾き倒れ、軒を飾った短冊は雨に叩けて松の青葉と一緒に散らばっている。ビール罎の花も芋の切れ端も散乱して熊さんの蒲団は濡れしおたれている。熊さんはと見廻したが何処へ行ったか姿も見えぬ。

惻然《そくぜん》として浜辺へと堤を下りた。砂畑の芋の蔓は掻き乱したように荒らされて、名残の嵐に白い葉裏を逆立てている。沖はまだ暗い。ちぎれかかった雨雲の尾は鴻島の上に垂れかかって、磯から登る潮霧と一つになる。近い岬の岩間を走る波は白い鬣《たてがみ》を振り乱して狂う銀毛の獅子のようである。暗緑色に濁った濤《なみ》は砂浜を洗うて打ち上がった藻草をもみ砕こうとする。夥《おびただ》しく上がった海月《くらげ》が五色の真砂《まさご》の上に光っているのは美しい。

寛《くつろ》げた寝衣《ねまき》の胸に吹き入るしぶきに身顫《みぶる》いをしてふと台場の方を見ると、波打際《なみうちぎわ》にしゃ

がんでいる人影が潮霧の中にぼんやり見える。熊さんだと一目で知れた。小倉の服に柿色の股引は外にはない。よべの嵐に吹き寄せられた板片木片を拾い集めているのである。自分は行くともなく其方《そっち》へ歩み寄った。いつもの通りの銅色《あかがねいろ》の顔をして無心に藻草の中をあさっている。顔には憂愁の影も見えぬ。自分が近寄ったのも気が付かぬか、一心に拾っては砂浜の高みへ投げ上げている。脚元近く迫る潮先も知らぬ顔で、時々頭からかぶる波のしぶきを拭おうともせぬ。

何処の浦辺からともなく波に漂うて打上がった木片板片の過去の歴史は波の彼方に葬られて、ここに果敢《はか》ない末を見せている。人の知らぬ熊さんの半生は頼みにならぬ人の心から忘られてしまった。遠くもない墓の閾《しきい》に流木を拾うているこのあわれな姿はひしと心に刻まれた。

壮大なこの場の自然の光景を背景に、この無心の熊さんを置いて見た刹那《せつな》に自分の心に湧いた感じは筆にもかけず詞《ことば》にも表わされぬ。

宿へ帰ったら女中の八重が室の掃除をしていた。「熊公の御家はつぶれて仕舞ったよ」と云ったら、寝衣を畳みながら「マア可哀相にあの人も御かみさんの居た頃はあんなでもなかったんですけれど」と何か身につまされでもしたようにしみじみと云った。自分はそれに答えず縁側の柱に凭れたまま、嵐も名残と吹き散る白雲の空をぼんやり眺めていた。

(『ホトトギス』明治三十九年一月号)

七夕さま

野上彌生子

一

お君さんの手鞠は六ッ桔梗にかがってある。

〽お夏なつなつ夏帷子を

とお君さんがつきながら歌う。私も歌う。一緒に大きな声をして歌う。

〽何に染めようかと清十郎に問うたら

　浅黄に駒がた駒がえし、

　　しんしんしょうが…………

となげあげたのを受け損ねると、それた手鞠はお椽《えん》からお庭の踏石にはねて、ころころと刈り込みの躑躅《つつじ》の中にころげ込む。

「あらあらあら」

と二人ともお椽から飛び下りる。手を延ばしても届かぬので、お君さんが刈り込みの下に

這い込む。

お下げの毛が躑躅の枝にひっぱられて、痛い痛いと云いながら右の手で向《むこう》の手鞠をかきよせて居ると、

「まあ、お前たちは何をしてるのな。」

とおばさんの声がする。見ると簾のかげからおばさんの顔が半分窺いて居る。軒の風鈴がちりんちりんと鳴って、下に立ったおばさんの髪に短冊がさわる。

「お君、まあ何という事な、そんな所に這い込んだりして。早う出らんし。お鈴さんもそんな炎天に出て居るとまっ黒になりやんすで。さあお君、いう事きかんのな。」

とおばさんはとうとう簾から椽側に出て来て、躑躅の下のお君さんを少し叱ると、

「あい、あい、とれたとれた。」

と云いながら、お君さんは手鞠を抱えてやっと出て来る。浴衣の袖が肩までまくれて、顔がまっ赤に汗じんで居る。

「まあ何という風じゃろかのう、さあさ、みんな此方に御坐んし。」

とおばさんが先に立って茶の間の方に行く。お君さんも私もついて行く。

おばさんは長火鉢の前に坐ってかき餅をやいてくれる。向の板敷には杉が南瓜やら里芋やら蕗やら、いろんな野菜物を入れた籠の横に俎をおいて、茄子をきって居る。ヘタを取って二つに切って、一つ一つに細くギザギザを入れて行く。夫《それ》をまたまん中から二つに割

って、前の桶の中にちょぶりんと投げ込む。桶の中には水が八分目ほど入ってて、その中に切った茄子がぶくりぶくり浮いて居る。お君さんが手を入れてその浮いた茄子をぽっと桶の底へ沈める。私もお君さんの真似をする。沈んだ茄子はまたすぐぽくりと浮き上る。夫がおもしろいから又沈める。又浮き上る。余り何度もしてたらだぶりと桶の水がこぼれた。

「あらまあ、あんた方は困りやんすな。」

と杉は笑いながら小言を云って、雑巾を取りに下りる。お君さんはその間に杉のおいた庖丁をとって、茄子の皮をそぐ。濃紫のつやつやしたのを一寸ほど取って、

「ほら、私もお嫁さんじゃ、鉄漿《かね》つけた。」

と夫を口の中に入れて、上手に歯根《はぐき》にくっつけると、おばさん達の通りに黒い歯になる。お君さんは顎をさし出して杉にその黒い歯を見せる。

「ホホホホこりゃいいお嫁さんで御坐んすな、どれお鈴さんにも杉が作って上げやんしょ。」

と私にも同じ様に作ってくれる。

「いくら鉄漿ばかりつけても、もちっと温順《おとな》しゅうせにゃ、どうもお嫁さんになれそもない。なア杉。」

「そうで御坐りやんすとも、茄子をいじって水こぼしたり、喧嘩して泣いたりするお嫁さ

んでは、なもし。」

「あら、今日はまだ喧嘩すりゃせんなお鈴さん。」

とお君さんは茄子の皮を吐き出しながら云う。

「ああ、今日はまだ一度も喧嘩すりゃせんわな、昨日はしたけども……」

「ああ昨日はしたけども……」

とお君さんは小い声になって私の顔を見る。私もお君さんの顔を見る。昨日飯事《ままごと》の時にした喧嘩を思い出して、妙におかしくなったので莞爾《にっこり》すると、お君さんも莞爾する。じっと二人の顔を見て居た杉は、

「ホホホホホ」

と横の籠にうつ伏して笑う。

「泣いたり笑ったり、罪のない人達じゃ。」

とおばさんも笑う。

二

「御免なさりやんし。」

と土間の暖簾をくぐって我家《うち》のかねが来た。姉さんが明日の七夕さまの歌をかくから帰れ

と迎いに来た。

「ああそうじゃそうじゃ、我家のは何時《いつ》書くのなえ？」

とお君さんが急に身をもみ出す。

「何時って、今に兄さん達が学校から帰ればすぐ書くわな。かねやん、まあかけさんし。」

「ええ、有りがとう御坐りやんす。」

とかねは框《かまち》に腰を下ろして、

「まあ美事な南瓜じゃな。」

と杉の籠をのぞいて見る。

「昨日祇園洲の平作がもって来たのじゃわな、大きかろ。」

と杉は籠の中からわざわざその南瓜を出しかけて見せる。卵子色の肌に粒々が研いだように光って、向の竈に並んだお釜の蓋よりかも大きそうだ。かねはヘタをもちあげて見て、

「重いな、さぞ甘《うま》かろう。」

という。おばさんは焼けたかき餅を赤い絵のかいたお小皿に入れて、

「折角やけたのじゃから、これ食べてからお帰らんし。」

と云ってくれる。お君さんにも対のお小皿に入れてくれる。杉にもかねにもやる。おばさんも食べる。お君さんと私は側の袋戸に張ってある錦絵を見ながらぱりぱり食べる。錦絵は何所かの御殿の雪降りの所で、柴折戸《しおりど》の下に三味線をもった母さんと小い女の子が坐っ

て、その雪の中に泣いて居る。可愛想な絵である。

かねは南瓜を膝にのせて、その上にまた貰ったかき餅をのせて、杉と何か話をして居る。

「そんならいよいよ、玉津屋にお出でるのじゃな？」

と杉がいう。

「ああ、この秋の末頃じゃという話じゃが……」

とかねがいう。

「じゃ今度はほんとに極《き》まったのな？」

と今度はおばさんがきく。

「ええ、今度こそはほんとで御坐りやんしょ、毎日もうお支度で大変で御坐りやんすからな、皆上方《かみがた》から下しやんすので、大した事で御坐りやんすわな。」

といろいろ話す。先刻《さっき》からのおばさん達は姉さんの御祝言のことらしい。姉さんは今度玉津屋の勝兄《かつにい》さんにお嫁入りするのである。

「そりゃまあ何でもお目出度い事じゃな、さぞみなさんがお悦びじゃろな」

「ええ、皆様はもう大はずみなんで御坐りやんすが……」

とかねはもじもじ南瓜のヘタをいじる。お君さんは話のわけが分らないものだから、

「何の事な、え？」

と不審らしい顔をする。

「我家《うち》のお静姉さんがお嫁に行くのじゃわな。」

と教えてやると、

「お静姉さんが？　いつ？」

「何日か知らんけどもな、簞笥やら長持やらもういくつもいくつも買うたわな。衣《べべ》もどっさり、この間も京からいいのが下ったで。私の衣も一緒に。」

「あらお鈴さんも行くのな？」

「私はお嫁じゃないけどもな、お客に行くのじゃわな。その衣きて、袖の長い長い御紋付で。」

「御紋付？」

「ああ、姉さんと婆やとで毎日毎日縫うて居るわな。そしてな、その切れ端が出来るとな、夫で私の人形の衣作ってくれるというたわな。」

「いいな、いいな！　母さん、私にもお鈴さんのような桃色の衣作ってくれんし、え、え、母さん。」

とお君さんは後むいておばさんの右の袖をぐいぐい引く。おばさんは何か一心にかねの話をきいて居るので、お君さんにはただうわの空で、

「ああ、わかったわかった。」

と云いながら、すぐ又かねとの話に戻って、

「可愛想なわけじゃな。」

と何かしら分らぬ事をいう。

「ええ、あんな内気な優しいお方で御坐んすからな。」

とかねも一緒に分らぬ事をいう。

「じゃその弟の清《せい》さんは、何の学問をしてお出でるのな？」

とおばさんは又きく。

「ええ、何とやら云いやんしたがな、なんでも年中星ばかり見て居る学問じゃとか申しやんすが……」

「へえ、星ばかり見て居るな？」

「ええ。」

「大学校という所は、いろいろ妙な学問をしやんすのじゃな。」

と杉は今度は里芋の皮をむきながら、仔細らしく首を傾げる。

「さればさあ。」

と云い云いかねは簪をぬいて、銀杏返しの前髪をかく。おばさんは黙まって火鉢の灰をならして居る。

　遠くのお店の通りでは笹売りが通る。

　　笹や、ささ、

七夕ざさは買わんナ――

と呼んで行く。一人行く、二人行く。三人目はおじいさんの声だ。その後から馬の鈴がしゃんしゃん通る。

三

姉さんのお部室に行って見ると清兄さんが来て居た。

姉さんはお部室のまん中に机をもち出して、ちゃんとお庭の方にむいて坐って居る。清兄さんは横の柱にもたれて御本をよんで居る。そこいら一面は式紙やら短冊やらがきれいに散らかってて、後の小屏風にはいろ糸が五色、赤から白まで色をそろえてある。夫と並んで端に折鶴が吊してある。金と銀で十三羽の小い鶴がひらひらと舞って居る。私は姉さんと向いあいに机の前に坐ると、

「ようく丁寧にかくとな、今に学校に上ってから字が上手になるで。」

と姉さんが紙と筆をくれる。硯はあいあいこにして使う。

「鈴さんは何と云って書くんだ？」

と清兄さんは御本から顔をあげてきく。

「いろいろ書くのじゃわな、この間から教わったのを皆書くのじゃな姉さん。」

「ああ、みんな念を入れてよう書かんしゃ。」

と姉さんは前にあけたお本を見ながら、さらさらさらさらと短冊に書いて行く。私は赤い式紙に、

　たなばたさま
　たなばたさま
　たなばたさま

といくつも書く。

「晴明の頭の上や星の恋――この句おぼえておりやんすな？」

と姉さんは一寸筆をとめて清兄さんを見る。

「知ってますとも、いい句だな、――晴明の頭の上や星の恋か。」

と清兄さんは再びくり返す。

「ちょうど清さんの事で御坐んすわな。」

「そうですか、ハハハハハ」

と笑う。私には何の事だかちっとも分らぬ。

「あの、天文台の眼鏡で見る七夕様はな、どんな風に見えやんすの？」

「どんなってね、普通の星と何にも変りはありませんよ、ただ肉眼で見るよりかも、少しは大きく見えるけども……」

「夫がこう画にかいた様な花の舟だの、緋の袴はいた織姫様だのが見える眼鏡だったら、さぞ美しゅう御坐んしょうにな。」

「お静さんが窺いたら見えるかもしれませんよ。」

と云いながら清兄さんは後向いて、床にたてかけてあるお琴の糸をびんとはじく。姉さんは眼もと許りで笑って、またさらさらさらさらと書く。私は今度は青い式紙に、

　　あまのがわ
　　あまのがわ
　　あまのがわ

とかく。清兄さんはお琴の糸をびんびん弾きながら、

「上手だ、旨い旨い。」

と笑う。

「笑うたりすりゃもう見せぬわな。」

と袖をひろげてかくと、

「じゃ笑わないからお見せ、なんだ天の川ばかり書いてるんだね、ちょっと筆を貸して御らん、兄さんがいいのを書いてやる。」

と横から私の筆をとりあげて、

　へのへのもへの、すずさんのかお

とかく。

「いやいや、こんな事かくならもう筆かさぬわな、戻さんし。」

と取り返えそうとすると、

「ちょっとお待ち、ね、今度は真個のをかくからサ。」

と何やら私のよめない漢字ばかりを書いて姉さんに見せる。姉さんは筆をもったまま高島田の鬢《びん》を少し傾げてその短冊をよむ。

「何と書いてあるのな？」

と上から窺くと、

「支那の歌じゃ。」

と云ったきり、黙ってお庭の上を見る。お庭には一株の紅萩と並んで白芙蓉が沢山咲いて居る。花が大きくて人の顔ほどある。姉さんはいつまでもいつまでも黙ってその花ばかり見つめて居る。清兄さんも黙ってお琴の糸をびんびん弾く。

四

「宵七夕でお酢もじが出来やんすから。」

と母さんから引きとめられて、清兄さんはお客になった。晩御飯がすむと一緒に中座敷の

椽側に出て、廻り灯籠に灯を入れる。灯籠は桃太郎のお話の画で、六角になって居る。六角のかどかどが二分ほどな赤い絹で縁をとってある。赤い縁が灯に透いて美しい。その間々の白い地に黒い影法師が一枚一枚写って居る。お婆さんが川に洗濯に行って桃を拾って居る所から、桃太郎がえらくなって、鬼ヶ島の宝物を分捕って帰る所までつぎつぎに廻る。二寸ほどな桃太郎の腰に黍団子がどっさり結びつけてあって、犬だの雉子だのお猿だのが、お供になって居る所が一等おもしろい。

向の離室にはランプが明るくともされて、お父さんの碁を打って居るのが、植込みごしによく見える。一人は分家のおじいさんである。おじいさんの髯は先き細りになって、碁盤の上まで届きそうなほど長い。夫を左の手でしごきながらパチリパチリと打つ。清兄さんは、

「また始まったな。」

と云いながら、軒から高く葡萄色の空をあおいで、

「ほら、鈴さん、七夕様がもう出たよ。」

と横の土蔵の上に指をさす。指の先には夫と斜になって、天の川が長く長くながれて居る。その両側に二ッ斜《はす》ッかいに並んで居る青い星が七夕様じゃという。下にざわざわと葉ずれのおとを立てて靡くのは、夕方たてた歌笹である。

「分るかい、見えるだろう?」

「ああ、あの星の中に七夕さまが居るのじゃな。」

「フフ、まあそうだ。」

「そして明日の晩あの天の川を渡るのじゃろ？」

「ようく知ってるね。」

「夫でもな、明日の晩に雨が一雫でも降るとな、天の川の水が一ぱいになって、渡られぬようになるって。」

「鈴さんは誰からそんな事を聞いたんだ？」

「姉さんから。そしてお君さんとこのおばさんからもきいたわな。」

「そうかい。」

と云いながら、清兄さんはふり向いて右のお廊下を見る。お廊下には姉さんが手燭《てしょく》をもったまま立ち止まって此方を見て居る。持った手燭がぽーッとあかって、暗いお廊下のまん中に、姉さんの顔ばかりが白くかげ絵のように浮いて居る。姉さんは今お湯殿から出て来たのであろう。

「姉さん早う来んな、七夕さまが見えるで——。」

と招くと、

「あい、あい。」

と足早にすらすら来て、

「どれ、何所にな？」

と私の横に並ぶ。

「ほらあしこに。」

と清兄さんから教わった星を指すと、

「ああ見える見える、今宵はようく見えるな。」

と姉さんは椽先に右の手をついて、一心に大空を見上げる。初秋の夜風がすーッと渡って、歌笹が又一しきりざわざわと鳴る。廻り灯籠は廻りながら大きくゆれる。

「ゆれる、ゆれる。」

と清兄さんは風のあとを見送る。

天の川の両側には、数えきれぬほどの小い星が七夕様をとりまいて、南京玉をちらしたように光って居る。紅い星もある。緑の星もある。紫の星もある。なぜみんな、めいめいの色が違うのかと清兄さんに聞いたら、姉さんに聞けという。姉さんにきくと、夫は清兄さんが誰よりかもよう知ってのはずじゃという。

「じゃ清兄さん話してきかせせんな、え、え。」

と首に巻きついてせがむと、

「困ったな、じゃ話そうか、こーッと夫はね、お星様のきてる衣《べべ》がみんな違うからだ、ね、紅い衣をきてるお星様だと紅く見えるし、青い衣だと青いお星様になるのサ」

という。姉さんは
「ホホホホホ」

と笑って私の髪をなでてくれる。

「そんならあの桃色のお星様は、私と対のお衣《べべ》じゃな。姉さんのは紫だから……。」

「まあ鈴さん、そんな事いうものじゃないわな。」

と姉さんは妙に私の言葉を遮って、暗い方をむく。するとお座敷の方から、

「お静や、ちょいと、ちょいと。」

とお母さんの声がする。姉さんは、

「あい、あい。」

と返事をしながら、灯のない手燭をもって立って行く。

お座敷には父様の高い笑声がして、サラサラと碁石をよせる音がする。清兄さんはじっと私の顔を見詰めて、

「姉さんの衣《べべ》はもう京から来たの？」

ときく。

「来たわな、もうこの間、清兄さんはまだ知らんのな？」

「うむ。」

「私のもそれと一緒に来たので。花車がすーッと裾についてきれいじゃわな。見しょう

な、え、見しょうな？」

「何所にあるんだ？　姉さんのと一緒にあるの？」

「ああ、すぐお納戸だけども暗いから、姉さんにそう云ってな、ランプつけて貰うて見よう。そして帯だのなんかいろいろ見よう、な。」

というと清兄さんは頭をふって、

「姉さんに云っちゃいけない、鈴さんと二人でそっと見ようや。ああいい事がある。暗きゃこれをもって行こう、ねえ、いいだろう。」

と爪立てて、軒から吊した廻り灯籠の紐を放す。次の仏間に出て、六畳の中の間をぬくればすぐお納戸である。私は行きなり唐紙をあけて這入る。お納戸はこの頃姉さんのお道具で一杯になって居る。箪笥でも長持でも鏡台でも、勝兄さんとこにもって行くものはみんな此所においてある。鏡台の上の鏡が、誰がしたのか蓋がとったまま立ててあったので、這入りしなにぴかりと光って恐《こわ》かった。私の御紋付はその横の箪笥の上に、縫いかけのまま風呂敷に入って居る。

「ほらな、いいじゃろがな、花車がいくつも、牡丹と百合花と、これはなでしこ、な、ちょうちょうも居るわな。」

と両方の袖を引っ張って見せると、清兄さんは点首《うなず》きながら凝《じっ》と向の衣桁《いこう》を見る。衣桁には姉さんの御紋付が、白無垢緋無垢を重ねたまま掛けてある。昨日縫い上げた時、みんな

が姉さんに着せて見たのが、そのままにしてあったのであろう。清兄さんの右の手にさげた灯籠の灯が、三枚重ねの裾模様に柔かいかげをおとす。立て褄から斜にぼかした朧染が、地の藤紫を白に反して、裾は乱菊の大模様になって居る。褄先には網代垣《あじろがき》を泥描《でいが》きにしてある。金泥が暗い火かげの下に沈んだ光りを漂わせる。清兄さんは瞬《まばたき》もせずその三枚重ねを見つめて石のように立つ。

「姉さんのもいいな。」

「うむ。」

「私も大きく成ってお嫁に行く時にはな、又こんなのを作って貰うのじゃわな。」

桃太郎がぐるぐると乱菊の上を廻る。鏡がぴかり、ぴかりと光る。黙って居た清兄さんはその時急に、

「彼方へ行こう。」

と私の手を引く。清兄さんの手は冷い。私は手を引かれながらとんとん跳ね廻って次の間に出ると、其所の唐紙のかげに姉さんが立って居た。両袖を顔に当てて黙って居たので、私はあっと喫驚《びっくり》した。清兄さんはしらぬ顔をしてすーッと行ってしまう。

　起きて見ると、夜明けに通り雨がしたのじゃと云って、歌笹がめちゃめちゃになって居る。式紙も短冊もみんな色が褪めて、汚なくなってしまった。中には笹から落ちて、屋根

の上だの軒の下だのに散って居るのもある。赤ばかりで一丈ほどもついだ長短冊がお庭におちて、松の枝から側の芙蓉の上に長くたれかかって居る。花の中の露が赤くそまって、紅をといたように溜って居る。姉さんは椽側に立って、悄然《しょんぼり》とお庭をながめて居る。よわい朝日が姉さんの重い瞼を照して、鬢の縺《ほつれ》に風が吹く。どこでか蟬がじーとなき出した。お君さんとこの歌笹もめちゃめちゃになったと云ってお君さんが来る。一緒に又手鞠つきをして遊ぶ。今日は私のをつく。

私の手鞠は重ね紅葉にかがってある。

〽お夏なつなつ夏帷子を――

と二人で大きな声して歌いながら遊んで居たら、清兄さんがいつになく洋服をきて来た。お昼の汽船で急に東京に帰ることになったと云って、お暇乞いに来た。

清兄さんは暑中休暇で帰って居たのである。

（四十年五月三日了／『ホトトギス』明治四十年六月号）

大内旅宿

高浜虚子

大阪の人力車は塵取《ちりと》りを立てたようだ。上が開いて下がつぼんで奥行が浅い。殊に平生は幌が無くて後ろに赤や青の布団が縛りつけてあって、其上毛布の膝掛けというのが無くて小窓の日覆のような布切れが一寸かかっている許りだ。乗るが早いか狭い町をガラガラガラと無暗に走り、下ろす時は梶棒を投げるように下ろす。余は五年前の内国博覧会の時に一月余り此地に滞在していて厭や厭やや《（ママ）》乍ら常に此車に乗っていた。其後西に行く用事があっても常に梅田を素通りして五年の間此地を踏んだ事が無かった。今度暫く振りで来て見ると前は厭や厭や乗っていた此塵取車に今度は一種のなつかしい感じが加わって、同じくあまりすきで無い大阪の町にもどこやら久闊《きゅうかつ》を叙するような心持で二つ井戸の粟おこしの赤い梅鉢の紋もあざやかに目に映じた。

車夫は例によって花屋小路の大内《おおうち》（旅宿）の前に梶棒を投げたので、下り乍ら上を見上げると以前の通り軒ランプは真赤に染めたガラスに、白く「大内旅宿」と抜いてある。前には「大内ツネ」とあったように覚えて居たが其のツネが除かれて「大内旅宿」になっている。

狭い路次のような処を敷石伝いに奥に這入ると、其処に初めて玄関があって沓《くつ》ぬぎの上に粗末な女下駄が一足ぬぎ棄ててある。左り手の帳場には生れて五六ヶ月の子供をだいた乳母らしい女が一人居る。前は此の沓ぬぎの石は常に美くしく水で洗われて居て、帳場には番頭が筆を耳に挟んで景気よく客に応接していたものだ。

「お客様だっせー。彦ドーン」

と乳母はじろじろ余の顔を見ながらのろい声を出す。二階梯子の音がトントントンとしたと思うと見た事の無い若い番頭が「おいでやす」と敷台に前膝を突く。

「昨日電報を打って置いたが」

「松山はんだっか。お待ち申してました」

と番頭は車夫から荷物を受取ってさきに立つ。二階の六畳の間には座布団が敷かれて、火鉢が置かれて、其火鉢には火もつがれていて傍に茶器まで置いてあって誠に余を待受けていてくれたものらしい。

此宿の主人はもと余と同国のもので、余の兄からしてが常に定宿としていたので、余の子供の時分兄に連れられて大阪見物に来た時はじめて泊って、其から国を出て京都に遊学して後ちも此地に来る度には一二泊するのが常であった。お髪はいつでも余を「松山はんの坊ンち」と呼んでいた。五年前に来た時は其の「松山はんの坊ンち」が初めて「松山はん

の旦那」になって、其「松山はんの坊ンち」時代おかっぱサンであった貰い娘のおたかチャンが新蝶々を結った美くしい娘盛りになっていた。此おたかチャンは郷里の温泉宿の娘であったのをお髪が貰い受けたので、宿屋の事を一切仕込んで、行く行くは自分の男の子の女房にして跡を取らす積りであったのだ。此前来た時は下女同様座敷の事を働らいて、着物も畳めば給仕もする、時には用事が済んでも火鉢の向うに坐って話し込むこともある。「どうだ、おっかさんはきついか」と聞くと、だまって笑っていて返辞をせぬ。「お前の旦那様になる人は何処に居るの」と聞くと、「きらいな人、又そんな事を聞いて」とついと立って座敷を出てしまう。三十日の間には女中頭のお梅ドンと三人で一度博覧会を見に行った事もあった。単衣《ひとえ》を一枚縫うて貰った事もあった。十日程同宿した山田はおたかサンをお丸サンと呼んで、其お丸サンを相手に晩酌の徳利を一本過ごすのが常であった。山田の重くるしい口で洒落をいうのをお丸サンはキャッキャッといって興がっていた。そういう時は美くしい顔が愈《いよいよ》光って見えた。

其おたかチャンに就て余は近頃或風説を聞いた。其は一昨年お髪が死んで後、息子とおたかチャンを夫婦にしようとした処、息子がおたかチャンを嫌ってお光という他の女を女房にした、其でもおたかチャンが居ないと営業に困るので此頃はおたかチャンは帳場と台所とを引き受けて働いては居るものの、ふさぎ込んでいて一寸も客には顔を見せず、ひまのある時は隠れて裁縫許りして居るそうだ、只《ただ》折節古い馴染客が行くと座敷に挨拶に来る事

もあるそうだ、可哀そうな身の上だ、と斯ういう評判で、現に此を話した人も先日泊った時、青ザメた浮かぬ顔をしていたおたかチャンを一寸物かげで見た許りであった、との事で、君は古い馴染だ、序《ついで》があったら是非一泊して慰めてやり玉えと熱心にいった。今度の旅行の目的は他の土地に在るのだが一寸此の地にも用事があるので五六泊する積りで立寄る。そういう話しを聞いて来て見ると軒ランプにお髪の名であった「ツネ」という字が省かれていたのが第一目にとまり、次に玄関の落寞《らくばく》としていたのが心を牽《ひ》き、子供を見てこれはお光に出来た子であろうと想像し、其の青ザメた失恋のおたかチャンを一層哀れに覚えて早く遇い度《た》いような気がしながら座布団の上に坐って煙草を吸う。其処へ障子を開けて顔を出したのは知らぬ下女（お藤どん）であった。

「旦那はん東京だっか」

余は其には答えずに、

「お梅ドンはまだいるか」

「居やはります。お梅ドン知ってやはりまんのか」

とお藤どんは余の羽織を畳みながら一寸余の顔を空目で見る。余は机に肱をもたせながら庭を見ると狭い庭の中心になっている松の木が枯れて居る。

「松が枯れているね」

「あれな旦那はん、妙な事があるもんだっせ。前の御寮人サンがおかくれになる前からそろそろ枯れかけて、おかくれになるのと一緒に枯れてしまいました。本間に不思議やおまへんか」

「そうか、其は不思議だな。いいお髪サンであったが気の毒な事をした」

といいながら尚庭を見ると其枯れた松の木により添うて二三輪尚お花をとどめた海棠《かいどう》が立って居る。おたかサンを思い出す。

「おたかサンは機嫌かね」

「御寮人サンだっか」

「御寮人サンじゃないおたかサンサ」

「ㇹㇹㇹㇹ」

「何がおかしいの、おたかサンがどうかしたの」

「いいえ、別にお変りおまへん。いまも旦那の事を仰しゃっていやはりました。ちいさい時分から知っている方やて」

「実はおたかサンに逢い度くて来たのだ。此頃は色が悪いそうだが、別に病気では無いのかね」

「ㇹㇹㇹㇹ、つやつやしていやはりまんがな」

余は「はてな」と思う。

「お光サンとかいうのは別嬪か」

「別嬪だっせ」

「おたかサンとどちらが別嬪だ」

「其りゃ好き好きだす、旦那はんなら御寮人サンの方が好きだすやろ」

「なぜ」

「なんででも、わざわざ逢いに来やはったんだすやろ」

不思議な事には御寮人サンというのがお光で無くておたかサンらしい。どうも合点が行かぬので念の為め聞いて見る。

「御寮人サンというのはおたかサンの事か」

「いやな旦那はん。外に御寮人サンがありますかいな」

「こりゃ驚ろいた。下に子供が居たが、あれは誰の子だ」

「御寮人サンに去年の十月に出来やはったのだす」

「驚ろいたナー、これは驚ろいた」

「何をそないにびっくりしやはるのだす。おかしい旦那はんや」

とお藤どんは笑いながら出ていってしまう。

そんな筈では無かったと思う。これで見るとおたかサンは失恋どころか子供迄出来て居る。

東京で聞いた風聞は全く根無し草であったのだろうか。おかしいなあと思っている処へお

たかサンの笑い声が聞こえる。

今お藤どんの締めて行った障子がすぐ又がらりと開く。

「お出でやす」

という勇ましい声はおたかサンに相違無いが、面ざしは見違えるように変って居る。大きな丸髷《まるまげ》に赤いテガラが華やかで、歯を染めて居るのが色白の顔に照り映えて意気だ。

「やア暫く」

「本当にお久し振り。山田の旦那はん御機嫌だっか。そうだす一昨年の春一寸来てくりゃはりました。あんたはん此の前お出でやしたのは博覧会の時だすな。もう五年になりますな」

と敷居の処に膝を突いたまま昔の通りいきいきとしたもののいいようをする。

噂に聞いた沈鬱な面影は少しも見えぬ。立派な大阪風の御寮人様になりすまして、黒い襟のかかった袷の下に喉をつめるように合わした襦袢の襟にも赤い色が沢山見えて派手だ。

「大変変ったのねえ。其にもう赤チャンが出来たそうだね。お目出度う」

おたかサンは「オホホ」と笑い消して、

「あんたはんもお変りやした。なんでそないにお髯をはやしやはりましたんや」

余は顎髯を撫でながら暫くだまっている。

「時にね、お母サンが御不幸であってね、嘸《さぞ》……」

「有難うございます」

と口ではいったがあまり心には留まらぬようだ。

「お縫《ぬい》嬢《とう》サンは御機嫌だっか」

「アア機嫌だよ。アレモ去年の暮嫁入りしたヨ」

「そうだっか。それはお目出度うございます。矢張り東京の方へだっか。そうだっか。芳雄坊サンも大きくおなりやしたろ」

斯ういう話の間も後ろを通る下女と話し合って笑ったり、袂の中に手を突込んで何やら探したり、少しもしっとりした処がのうて、話しにも実が入らぬ。

「まアこちらへお這入りな」

と余は座布団を火鉢の向う側に敷く。

「有難うございます。今度はどちらへお出でやすの。お国へお帰りだっか」

と少し膝を浮かし加減にして、

「そうだっか。お藤ドンお湯はまだか。そうか。すぐお風呂があきますさかい、どうぞ御ゆっくり」

と急がしそうに立って行ってしまった。給仕が済んでも火鉢の向う側に坐っておかしくも無い事をおかしがってひまをつぶしていた人なつこい昔のおたかサンとはガラリと変って

しまって居る。

湯殿も昔の通りであったが湯がぬるかった。転がって居った石鹸箱《しゃぼんばこ》の中の花王石鹸を一通り体に塗って二十分許り湯槽の中につかって漸《ようや》く温まって出る。

部屋に帰って茶を飲む。見るともなしに復《ま》た庭の枯松を見る。軈《やが》て其目を古びた障子に移して、此障子は此冬張替えなかった許りで無く此前の冬も張替えなかったのであろうかと考えている時膳を運んで来たのはお梅ドンであった。

お梅ドンは昔の通りのっそりとして居る。図抜けて長い体に裄丈《ゆきたけ》の短い着物を着て、縮れっ毛の狭い鬢《びん》に小さい丸髷をのっけて居る。

「御機嫌よう」

「お前も変りは無いかね」

余が此宿に来始めた時分にもう居た女中で初めて見た時から今日迄少しも変らぬ。いつも愛嬌の無い口数の少ないぶっきら棒だ。

「お髪サンが居なくて淋しくなったね」

「淋しゅうおまっせ」

「病気は何やらだったたね」

「脊髄だした」

「永らく煩ったかね」

「三月許り」

といって暫くしてから

「別府の温泉で死にやはりました」

という。根掘り葉掘り問うた末、漸く、蔵の梯子から落ちて腰を打って其から脊髄病になって別府の温泉に三月許り湯治をしていたが、終《つい》に帰ることも出来ぬ程の重体となって其処で死んだという事がわかる。

「そういうわけだと其当時随分あとが困ったろう。おたかサンはどうかね。お髪サンのあとつぎが出来そうかね」

お梅ドンは笑っていて何ともいわぬ。

「此のお汁はまずいな。お髪サンは料理が上手であった。こんなまずいお汁なんかは食わさなかった。これはおたかサンの料理かい。これはまずい」

と散々にくさしてやる。お梅ドンは相変らずだまって居る。

「ねえお梅ドン。今ではおたかサンが帳場も台所もやっていると聞いたがそうかね。おたかサンは商売に熱心かね。熱心で無けりゃ困るわけだが実際熱心かね」

「はア熱心だす」

とお梅ドンは簡単な返辞をして

「おぶかけまっか」

片手に茶椀を乗せた盆を持って、片手に土瓶を上げてのろりと人の顔を見る。

「夫婦中はどうかね。亭主は僕は見た事が無いがおとなしい人かね。おたかサンはいくつやらになったね。こーっと此前来た時が十八であったのだから、そうか二十三か。亭主の方はいくつ？」

と茶漬を掻き込みながら畳みかけて聞く。お梅ドンは相変らずだまっている許りで取り合わぬ。

「実はねお梅ドン、斯ういう事を東京で聞いたのだ」

と委細を話して、

「是非行って慰めてやり玉え、とまでいわれたので、其為めわざわざ来たようなわけだが、扠《さ》て来て見ると非常な相違で少々つまれ気味なのだ。全体どうした間違いなのだろう。何かそういうけぶらいが少しでもあったのかね。第一おたかサンが色を青くして鬱《ふさ》ぎ込んでいるのを見たといったのだが」

「其は身もちであった為めだすやろ」

とお梅ドンは初めて明快な答えを与える。

翌日は朝八時頃迄朝寝をして、お藤サン（下女）のお給仕で朝飯を掻き込みながら此地の

用事をいろいろ考え出す。飯が済むと早速車を命じて表に出る。出がけにおたかサンは居ないかと帳場を見る。居ない。亭主らしい男も居ない。昨日見た若い番頭が頭を両手で支えて新聞を読んで居る。今朝顔を洗う時から気をつけて居るがおたかサンは影も見えぬ。声も聞こえぬ。此の日は夜遅く帰ると帳場にはお梅ドンが眠むそうな目をして待っていてくれた。

三日目もおたかサンの姿が見えぬ。

廊下を隔てて余の部屋と向い合っている部屋は客室では無いようだ。手を拍《たた》いても返辞が無いので重ねて荒々しく手を拍いたら此部屋から人が出る気配がして、其草履の音が梯子段の下に消えたと思ったら程なくお藤ドンがやって来た。

「お梅ドンが見えぬがどうかしたのかね」

「台所をしていやはります」

「ハハアお梅ドンがお料理の方をするのか。それでは御寮人サンは」

「歯がいたいというてもう一週間も寝ていやはります」

「それでも此間一寸来たぜ」

「あの時は歯医者に行く序《つい》でだしたんや」

「子供は」

「お乳母《うんば》サン任せだす」

「気楽だナア、随分客があるようだが寝ていられりゃ結構だ」

お藤ドンはまだ何かいいたそうな口を無理につぐんで帰って行った。

向うの部屋では碁が始まっているようだ。其に時々若々しい女の笑い声も聞こえる。此日は殊に此部屋に人の出這入りが多いようだ。

昼前に出かけて夜に入って帰る。寝ながらきょうお藤ドンの話した事を思い出す。いくら歯がいたくても一週間も寝ているのは呑気過ぎると思う。お梅ドンが料理をするのであったら此間お汁の悪口をあんなにお梅ドンの前でいうのでは無かったと気の毒に思う。

翌朝異様な物音で目が覚めた。何物かが段梯子から落っこちた音で同時に皿や茶椀の壊れた音がする。つづいて人々が駆けつける気配である。

「お藤ドンか、怪我せえへなんだか」

「気分が悪いか、水を酌んで来てあげようか」

「えらい音やったナ、お藤ドンの大きな体が落ちたんやさかい其りゃ其筈や」

「サア立ち立ち。立てんか。腰をうったか」

「そら打ったやろ、何でも大分上から落ちたような音やった」

「うっかりして上ってるとひょっと踏み外ずすものや。気をつけんとえらい怪我をしまっ

せ」

「皿か茶椀の罅《か》けを踏まんようにしなはれ、又其れを踏んで怪我すると事や」

お藤ドンはウンウンと唸って居るようだ。其れを取り囲んで番頭や他の女中や客人などは呑気な事をいって居る。

「彦ドン、お藤ドンを起こしてやりなはれ。いつまでもそこにいたてて仕様がない、あちらへいて少し休みなはれ」

これはお梅ドンの声だ。

「サアお藤ドン立ち、わたいの肩につかまり。そやそや、アア重いこっちゃ」

これは番頭の声だ。

「お藤ドンが笑ろてる」

と一人の女中が頓狂な声を出すと皆ドッと笑う。

「ひどい怪我やのうて好かった。あれなら向う臑を磨りむいだだけやろ」

「お梅ドン此あとを早く掃除せんとあぶないで。茶椀がこまこうこまこう罅けてるがな」

多勢のものはお藤ドンについて行ったらしくあとには二人許りの客人の声がした許りであったが、其も其々部屋に帰ったらしい。其あとで瀬戸物の壊れたのを掃き集める音がする。お梅ドンの襷をかけて長い腕を出して掃除をしている様が想像される。

向うの部屋は朝の間は静かであったが程なく又騒々しくなる。今日は彦ドンの声もする。

碁の音も昨日の通り聞こえる。其隣の部屋を掃除している一人の女中が、

「彦ドン朝から八番に這入って何していなはる。ランプ掃除もせいでずぼらしていてもええのか」

態《わざ》と大きな声をしてドタドタと箒を使って居る。彦ドンは始終此部屋で縫物をしているらしい他の一人の女中と声を合わしてくすくすと笑って居る。

「彦ドン、僕の靴磨いといてンか」

「いつお出なはる。ランプ掃除がすんだらすぐ磨きまほ」

「アア急ぎやしない、今日はどうしても松木君におごらさんならん、どうや松木君、今度は中押やろう」

此の日もおたかサンの声を聞かなんだ。

翌日は向うの部屋も珍らしく静かでよく喋舌《しゃべ》る隣の部屋の客人も立ってしまった。隣の客許りでなく此間からの暴風模様に乗船を見合わして逗留して居った客が皆今日の天気に立ってしまったようだ。昼飯の給仕にお梅ドンが来てゆっくりと腰を据えて話し込む。其話しでこういう事がわかる。

東京で聞いた噂は全く根が無い事でも無かったのだ。というのは元来此うちには息子が二人あるので、其二人の女房にする積りで死んだ髪サンがおたかサンとお光サンの二人を貰

い受けて世話して居った。お光サンはおたかサンより五ツも年下だから無論兄の方におたかサン、弟の方にお光サンという心積りであったのが、お髪サンが死んで後兄の方はおたかサンを嫌ってお光サンの方で無けりゃ厭やだといい出した。此兄の方は道楽ものでおたかサンもお光サンも嫌って居ったのだからおたかサンは却《かえっ》て仕合せなのだが災難はお光サンだ。余程厭やらしかったがもと素直な娘であったので終に結婚をした。そこで嫂《あによめ》であるべき筈であったおたかサンの方が却て弟嫁となって、其弟夫婦が此商売の方をやって兄夫婦は神戸で別の商売をやっている。それでお光サンの方にも一人子供が出来、おたかサンの方にも一人出来、今では両方共中よく暮らして居る。斯ういうわけであったのが誤り伝えられて、東京で聞いたような噂になったらしい。

「そこで其弟というのは兄サンと違って大人しいのかね」

「大人しゅうおます」

「年はおたかサンより下なのか」

「一つ下だす」

「それでは嬶《かかあ》天下というわけだな。おたかサン万歳だな」

お梅ドンは笑って居る。

「そこで親爺サンはどうしたかね」

「お髪サンが亡うなった年の暮若い若いのを貰やはったんだっせ」

「ハハアそして此処にはいないのか」

「別にいやはります」

「そうすると此処はおたかサン夫婦のものだね」

「やっぱりおとっさんのもので、今の処借って遣ってやはるようなものだす」

何だか混雑した家庭らしい。序でにお梅ドンに向うの部屋には誰が居るのかと聞いて見たら、お梅ドンは、御座敷の明いて居る時だけうちのものが居ますと簡単に答えた。


翌朝お藤ドンが来た。

「怪我はどうだった」

と聞くと顔を赤くしてだまっている。余は新聞を受取って題目だけをひろい読みしながら、

「今日は大変静かだね」

というと、

「今朝は十二番サンも立ちやはったので旦那お一人ぎりだす」

という。

「それでは暇だね。マア話して行きたまえ」

「おおきに」

と茶盆を引き寄せて新たらしく茶を入れてくれる。

「きのうお前の怪我をした時にも御寮人様の声がしなかったようだが、まだ寝ているの」

「ハア」

「大変な歯痛と見えるね。其とも不精でなまけているのかね」

お藤ドンは意味ありげに余の顔を見て、

「お梅ドンが何ぞこぼしていやはりましたか」

と聞く。お梅ドンの口からは何も不平を聞かぬ。併し余は
「ウン」

と首を縦に振って見せる。

「そうだすやろ。お梅ドンがあるので此家は持っているのだっせ」

「そうだろうとも」

「外の女中衆もお梅ドンがあるので辛抱して居りますのだす。御寮人サンは歯ばっかりやおまへん。何とかいうては朝寝をしたり出歩いたりしてちっとも商売に身が入りませんのん。其でちっとも傭人《やといにん》に情けが無いのだすもの。私がこれで三年許り続けて居る許りで他の女中衆は皆半年とは続きやしまへん。旦那だっか。旦那も毎日やらこい着物を着てぞべぞべと出歩いて許りいやはりまんがな。本間だっせ。只お梅ドンがナア、あんなに無愛想でいて心がやさしいわかった人やさかいに陰日向になって私等もかばってくりやはるし、自分の事のようにして働かはるので此家の為めにもなりますし、お梅ドンが無かったら疾《と》

うにもう廃業してる処だっせ」

とお藤ドンはだんだん毒舌を振って来る。お梅ドンは二十年一日の如く忠実に働いているので已《すで》に其人柄はわかっていたが、そんなに此家の柱石であるという事ははじめて知る。

「それでもナア旦那、お梅ドンにも一寸面白い話しがありまんのや」

「どんな話しが？」

「あんたはんお梅ドンにいやはるからやめや」

「いっていけなけりゃいわない」

「それでも止めまひょ」

「そんな人の悪い奴があるか、いいかけて置いてじらすのはひどい」

「そんならいいまんがナ、きっとお梅ドンにはいいなはんな」

といってニヤニヤ笑いながら、

「前の御寮人サンが死なはってから親旦那の後添いサンの話が起った時、お梅ドンにナアちっとは気がありましたんだす。それが今の御寮人サンが出来てから一時はナアお梅ドンの機嫌が悪うて、お暇を貰うようにいうていやはったが、此頃はもうそんな事は少しも根にもたいでもとの通り親切に働いてやはります」

としまいには又真面目な顔をしてお梅ドンをほめる。

あのお梅ドンにそんな色話があるのは失笑を禁じ得ない。併しすぐ其怨を忘れてもとの忠

実な老婢に戻ったのは感心だと思う。

松の木の枯れた障子の古びた、玄関の沓脱ぎに水の打って無い、帳場に老実な番頭の見えぬ、向うの部屋のだらしが無く騒々しい此宿の消息が、どうやら日を追うて判明して来る。歯痛で一週間も寝て居るおたかサンの境遇も曲折の多いもののように考えられて来る。

翌日はもう此地の用事は無くなったが雨で立つ勇気もない。お梅ドンに文楽座に行こうかというとだまって居る。おたかサンも歯痛がまぎれるかも知れん、三人で一緒に行こうじゃないかと、いうと、客の居ない隣の部屋の襖を開け放してそちらへ掃除に行く。行こうとも行かぬともいわぬ。例の通りのっそりしたものだ。昨日のお藤サンの話を思い出して竹細工のようなお梅ドンの長い手足を見て居ると興が深い。

お梅ドンはゆっくりと隣の間を掃除してしまってから、

「一寸たんねて来ますわ」

と初めて挨拶をして下りて行った。暫くしてお藤ドンが来て、お梅ドンは支度をして下で待っています、という。余も羽織を引っかけて下りて行って見るとお梅ドンは矢張り裄丈のつまった小ざっぱりした着物を着て玄関に立って居る。縦から見ても横から見ても宿屋の女中に相違無い。

「おたかサンは」

と聞くと、

「まだ歯痛が癒《な》おらんさかい」

といって済まして居る。おたかサンに話したら歯痛が癒おらんからよう行かぬといったのか、まだ歯痛が癒おらんから話しても無駄だと思って話さなかったのか、其辺が少しも要領を得ぬ。此前三人で博覧会に行った時とは大変趣きを異にして居る。

文楽座で忠臣蔵を聴く。四段目の津太夫に聴き惚れて紋十郎の由良之助に見惚れて居ると、後ろですすり泣く声がする。お梅ドンが泣いて居るのだ。

「お前義太夫が好きかい」

と聞くと、

「はあ好きだす」

という。五段目も六段目も七段目もお梅ドンは泣き通した。茶屋場の掛合が済んでから表に出て直ぐ近処の天麩羅屋で晩飯を食う。お梅ドンの前の盃はいつ見ても空だ、なかなかいける口と見える。それでも十杯許りで目の縁を少し赤くしてもう飲まぬと盃をふせてしまう。併しいつもよりは少し能弁で、問わず語りに斯んな話をして聴かす。

若い後添いを貰って別居している親爺は何もせずに只遊んで居る。其れで此頃は二三十万円の金持になって福々として居る。其わけはどういうわけだか充分にわからぬが何でも或後家サンか何かの世話をして居った処、其後家サンが中風になって口もきけねば手も動か

ん、外に身内が無いので其財産をすっかり親爺の手に預ったのだという評判だそうな。何にせよ二三十万の俄分限になったのは事実で、神戸の長男夫婦は固よりこちらの次男夫婦もこれを知って居る為めかあまり仕事に勉強しない。宿屋も止めるわけにも行かぬからまアやって居る位のことで、おたかサン夫婦とも少しの熱心も無い。自分ももとのお髪サンの七年が済んだら暇を貰う積りで居る、というような話であった。

何故おたかサンなどが商売に気乗りがせぬのかという事がこれですっかりわかった。おたかサンなどは恐ろしい渦の上に乗って居る椿の花のような境遇であるわい、と酔の廻った頭にも哀れを覚える。

枯れた松の木、古びた障子、取散らした沓脱ぎ、人の居ない帳場、もう其等許りでは無い、破れた上草履、用を為さん電鈴、返辞の遅い下女、粗末な茶、粗末な菓子、何も彼も一々合点が行く。一々明瞭な意味が読める。

翌日はいい天気だ。此なつかしかった、そうして今はなつかしいというよりも寧《むし》ろもの哀れに覚える此宿を今日愈見棄てる事にする。

彼の赤い軒ランプの下で簡単な荷物を股に挟んで例の塵取のような車に乗る。

お梅ドンもお藤ドンも彦ドンも他の女中も皆車を取巻いて、

「左様ナラ」

「御機嫌よう」

と口々に挨拶する。車夫が梶棒を上げた時カラカラと下駄の歯を鳴らして駆けて来たのはおたかサンだ。

「旦那お帰りだっか。御機嫌よう」

と生き生きとした顔に黒く染めた美くしい歯を光らして梶棒のすぐ傍に立つ。車夫がかまわずに引き出した時、

「お縫嬢サンに宜しゅう」

と後ろから追うように附け加えた。塵取車はかまわずにがらがらと駆ける。

(『ホトトギス』明治四十年七月号)

そらだき〔抄〕

大塚楠緒子

10

益夫さんは第一高等学校へ入学する事になったが、脚気《かっけ》の気味があったので、ずっと遅れて九月も末になってから東京へ行くことになった。明日立つという前の日であった。庭の無花果《いちじく》の樹蔭へ立って二人はこんなことを語った。

「東京へ往っても手紙は下さいよ」

「一週間に一度で好いでしょう」

「不可《いけ》ません」

「それなら二度としましょう」

「いけません」

「それなら三度で」

「いけません、そんなことを言わずに一週間に七度《ななたび》書いてお送越《よこ》しなさい。それでもまだ

私は足りない。不意とあなたに逢いたくなったらどうしましょう」と私は益夫さんの紺《こん》飛白《がすり》の袖を自分の藤色の袂に搦《から》んだ。別れる益夫さんに見せようと、私は初めて高島田に結った日である。

　益夫さんは麗わしい面を挙げて、腕《かいな》を延ばして黙って無花果を一つ拗断《ちぎ》った。枝がばさりと弾《は》ねかえる。熟した無花果を二つに割って、

「これを食べて御覧なさい、甘いから」と出して、

「僕が半分、あなたが半分、僕の食べる無花果の半分を、僕はあなたでなければ誰れにも遣りはしない。ね、解ったでしょう雛江さん」と我顔を見つめながら、その唇を甘い雫に濡らして薄紅の無花果の実を嚙む、私はぞっと慄《ふる》えるように情が迫って、益夫さんの胸に縋《すが》り付いた。

　抱き締められる優しい男の手を背《せな》に感じた。玄関の格子戸が再びがらりと開く。幻から離れて雛江は再び花嫁の身に返る。

　途端に伯母がまた開戸から顔を出して、

「雛江さん、荷物の宰領《さいりょう》が今帰って来ました。さすが、北内家だねえ、ご祝儀なんぞも大したものだったとさ」

「そう」

「それから、明日の迎えの馬車は四時にこちらへ廻しますと」

「馬車」と雛江は弾返《はねかえ》るように窓から身を離した。自分は明日は馬車に乗って北内家へ迎えられるのである、と思うと何となく胸が踊る。黒地に若松の模様を裾に引いて、綴織《つづれおり》を背にしたら、馬車の動揺《ゆらぎ》にどのような光が身に添おう。嫁ぐであろうか嫁がぬであろうか、嫁ぐとしたらどのような良人《おっと》をと、さんざ評判したらしい友達にそのさまを見せたい。

「雛江さんが馬車にお乗りだったら、どんなにかよくお似合だろう」と、莞爾《にっ》と笑って伯母は、パタリと開戸を閉めて去った。雛江は茫然《ぼんやり》と見送ったまま、苦しいほど、過去の追想と明日からの一身の変化に思い乱れる。

「益夫さんは東京へ往《い》ってから、間もなく脚気の衝心《しょうしん》で死んだのである。益夫さんの死ぬと共に我恋も死んだはずである」と、われとわが胸に念を押して見る。

死んだ恋人にいつまでも執着する雛江ではない。仙台の高等女学校を卒業してから東京へ出て、それぞれ専門の師に就いて和漢洋の学を、深いというより寧《むし》ろ博《ひろ》く学ぶうちに、折々雑誌などへ寄稿する筆の端から、追々学才を世間に認められるようになり、ことに容貌の麗わしいのが人目に立って、結婚を申し込んだ者もたくさんあった中に、二人三人《ふたりみたり》の熱心家が出来て、愚々《ばかばか》しいほど競争するのを、雛江は半ば可笑《おか》しく半ば面白がっていよいよ得意になって、なるべくは独身の生活を長く続けるつもりで、好んで人中に立ち交らい、婦人会の書記を勤めたり女学雑誌の記者をしたり、家庭教師になって貴族社会にまでも交際が広くなるにつけて、次第に希望も理想も高くなり、名誉心を満足させようと思うに忙

しくって、なかなか昔の恋人を思い出している暇《いとま》はなかったものを、明日婚礼という今日になって、なぜ益夫さんが附いて廻って離れぬのであろう、と雛江はほとんど不思議に思う。

「ああ、あの日……私は十七であった。益夫さんは我良人《おっと》となった。別れ別れになっても、互に他《ほか》の女を愛したり他《よそ》の男を恋《おも》うたりせぬように、二人の胸に誓の鍵を掛け合わそうと、語り合うたもその夜である」と雛江は逆上《のぼせ》る頬を押えて果しもなく茫然《ぼんやり》と己が膝の上を見詰めていると、

「馬車」という声が耳元に響く。驚いて周囲《あたり》を見返ったが何事もない。

やがて立ち上ったは、日の蔭る窓の辺《ほとり》に顔ばかり熱《ほて》って肌が冷えると、羽織でも着んためにかと思えば、そうではなくて益夫の写真を手箱の許《もと》へ取りに寄るのであった。

（『東京朝日新聞』明治四十一年五月五日）

春〔抄〕

島崎藤村

汽車が白河を通り越した頃には、岸本は最早遠く都を離れたような気がした。寂しい降雨の音を聞きながら、何時来るとも知れないような空想の世界を夢みつつ、彼は頭を窓のところに押付けて考えた。

「ああ、自分のようなものでも、どうかして生きたい。」

斯《こ》う思って、深い深い溜息を吐いた。玻璃《ガラス》窓の外には、灰色の空、濡れて光る草木、水《みず》煙《けぶり》、それからションボリと農家の軒下に立つ鶏の群なぞが映ったり消えたりした。人々は雨中の旅に倦《う》んで、多く汽車の中で寝た。

復《ま》たザアと降って来た。

（『東京朝日新聞』明治四十一年八月十九日）

小鳥の巣〔抄〕

鈴木三重吉

十吉は今、小さい万千子が自分を導いて、窃《そ》っと夕方の門口《かどぐち》に出て、二階の屋根裏の巣に、暗い燕《つばくろ》の姿を指《ゆびさ》す声を耳に浮べた。それは、いつあの屋根裏に附けた巣で、幾年《とし》来馴れた燕か。毎年《とし》、裏の榎の枯葉がはらはらと、倉の屋根を越えて庭に落ち敷く頃になると、もう彼等はいつの間にか残らずいなくなって、淋しくかかる巣に冬が来る。小さい二人は祖母の炬燵に寝せられる。門《かど》の小鳥は、ずっと南の方の遠い国へ、親子みんなで、いくつも海を渡って帰ったのだと祖母がいう。二人はそれきりで、去った燕を忘れてしまう。そのうちに正月もすむ。狐につままれぬ呪《まじな》いに、白いげんげの花を一つ袂に入れて、旧城の原に土筆を摘んで暮して四月も尽きる。祖母は毎年冗戯《じょうだん》に、膳の蓋ほどの藁畚《わらふご》へ、数えるばかりの蚕を飼う。十吉と万千子とは、祖母に言い附けられて、その僅の蚕のために、裏の無花果の木の下や垣根の隅に自然に生えている桑の若葉を探しに行く。そのついでに、隠居所のはずれから、裏の濠を覗いて見ると、雨上りのあとに殖《ふ》えた薄黒い水に、小さな青い藻が、一面に出て漂い浮いている。茨の花がところどころ、向うの堤の青草の中に仄白《ほのじろ》く見える。そうした五月が来る

と、忘られていた屋根裏の小鳥が、いつしか去年の古巣に帰って来る。それを或日万千子が、舞扇を胸帯に挿した、踊りの稽古の帰りに見出したのである。

　翌日門口《かどぐち》へ出て見ると、帰って来た燕は、壊れかけている去年の古巣の脇へもう一つ巣を附けようとして、頻《しき》りに忙しく働いている。二匹が代り代り飛び出して、しばらく置いて射るように帰って来ては、糸にでもつかまり下ったような恰好をして、古巣の直き側の榱《たるき》へ、何か口で一寸《ちょい》と喰っ附けると、また直ぐに、追いかけるように飛んで行く。ちっ、ち、と叫んで駆け出ると、もうどこへ逸《そ》れたか影も見えない。

　すると、もう一つが、ついと、日の当る中を斜めに切って帰り着いたと見ると、ぴたりと小屋根に泥土が垂れ落ちる。燕は少しずつ泥を銜《くわ》えて来ては附けるのであった。この次には先《せん》の分が帰るのだと待ち受けていると、なぜだか今度は少し間《あい》がある。と、一寸とほかの事を考えているうちに、燕はふいと下から足元を抄《しゃく》うて巣に飛び附く。髪毛のようなものを銜えて来たようである。それと入り代り帰った一匹は、前のに駆け後れまいとするように、直ぐまた急いで後《あと》から飛んで行く。

　このようにして二つの小鳥は、時日が切れでもするように、小休みもしずにせっせと忙しく巣を作る。

　間《ま》を置いて再び出て見ると、最早大分円い壁が附きかけて来た。そうかと思うと、その次に外からの帰りに見れば、折角あれほど心配して少しずつ積み足して行ったのが、いつ

の間にか、げっそりと下側が崩れ落ちて、その泥が小屋根にびたりと固まっている。何だか自分の事のようにじれったい。燕も心には悔しがっているのであろうけれど、彼等は子供たちがそういう場合にするように、どうにも仕方のない事を、仕事を止めて考え挫けはせぬ。そのくらいの事は計算に入れてあるように、やっぱり小止みもなく工事を続けて、終日《いちんち》、雨の足ほど往っては帰る。それで夕方になれば、再びおよそ半分ばかり巣の形が出来ている。薄暗くなってしまえば、もう古巣の中に這入っているのか、仕かけた作業を黄昏に置いといて、鳥は徐《そっ》と消えたように影を亡くしている。

「もう寝たのだろうかのい。」と、小さい万千子と十吉はそう言って家《うち》へ這入る。

二人はそれで再び一日二日《いちにちふつか》鳥の事を忘れている。鳥はその間に巣を仕上げて、もとの巣の入口の側に、もう一つ口をつけた。丁度外見が、どちらからでも同じ一つの室《しつ》へ這入れるような恰好になっている。これで彼等には一と仕切作業がすんだのである。

しばらくの間は、彼等は毎日昼は巣を外にしてどこへか飛んで行っている。十吉は、下女が筍を買いに行くのに附いて出て、向いの材木屋の物干の横木に、二つ棲《とま》っている燕を、自分の家のだろうと思いながら歩いていると、町角を曲った下駄屋の小屋根にもまた二匹いる。町筋を行けば、また二三匹、例のちいちいと啼《な》きかわして、往来を抄うて往きかえりして飛んでいる。本町筋へ這入ると、そこには何十匹と群になって、電線に並んで棲っている。入り代り飛んではまた来て棲る。一つが大勢の中へ割り込んで這入って固まりを

広がらせたり、左と右と入り換って見たり、くるりと向きを変えたりして棲っている。

　すると間もなく、屋根裏の巣に再び忙しい昼が来る。燕は巣の作業の時分のように、何回となく往き返りをして、頻《しき》りに藁屑を運び入れる。ふとすると、自分の丈《たけ》よりも何倍も長い、一本の全《まる》での藁を銜えて、引き摺るようにして飛んで帰って、巣に這入り余ったのをその儘に、しばらく入口へ下《さが》らせている或日もある。こうして小鳥は子をする仕度をするのである。いつの間に卵を生んで、二人でどうして鳥にするのだか、それは十吉等の目には見られない。

　五月も半《なかば》になると、裏通りの町々を女が頭に籠を載せて莢豆《さやまめ》を売りに来る。その莢豆も追々にすっかり実が入《い》って、家では最早莢を剝いで煮る。万千子は板の間で、祖母と二人でその豆を莢から扱《しご》いて、ぱたんぱたんと膝の上の錫《すず》の小盆に溜める。十吉は竹箸を削ってその豆粒で弥次郎兵衛を拵えて、指の先に止めて門口に出て行くと、屋根裏がちいちいとさわがしいので、目を上げて見ると、知らない間に孵《かえ》った五六匹の雛鳥が、まだ毛の生え切らぬ、嘴ばかりのような頭をてんでんに突き出して、親を待ち苛《いら》って啼き立てているのである。見ていると、しばらくして親鳥が例の抄った飛び方をして帰って来て、巣の口にぶら下るような恰好をして、口に銜えて来た餌を子鳥の口へ分けてやる。子は互に先に取ろうとして、南瓜の花のような大きな黄色い口を裂き開いて、重なり合って争いさわぐ。親はそのいくつもの口へ順々に嘴を配ると、またつぃと飛んで餌を取りに行く。小鳥はこ

れで三度目の忙しい昼を見るのである。

このようにして雛が段々と羽根が整うて来ると、二つの親鳥は外から巣の口に近づいて、銜えた小虫を突き出しては、中の子供を引き出そうとする。子が餌に飛びつくかと思うと親はさっと後《あと》へ退《ひ》く。そうしている拍子に、子の一匹が力限りに飛びかかって、巣から三四寸立ち離れると、足の附くところがないのに愕《おどろ》いたように、あわてて中へ引き帰す。こういう風にして子鳥はだんだんと飛びたつ事を習うのであった。そのうちには親の後《あと》へ附いて、辛うじて向うの屋根まで出るほどになる。水に溺れかけたような恰好をして、弾条《ばね》仕かけのようにじりじりと危く飛んで行って、やっと向うの屋根に足場を得る。そうしてそこで親の取って帰る餌を待ち受ける。

十吉と万千子とは、祖母の両脇に坐って、各々が見た、そういう小鳥の課業を、一々、競《きそ》うて祖母に話し誇るのであった。祖母は二人の言い窮《つま》る言葉を補いつつ、これまで自分の少しも知らなかった事のように聞いてくれるのであった。

子鳥が最早独りで自由に餌を漁《あさ》るようになると、屋根の巣はいつしか蜘蛛の巣に鎖《とざ》される。鳥はみんなで巣を捨てて、どこで夜《よる》を寝るのであろう。昼は本町筋の電線に集って、二町も三町も黒く続いて棲《とま》っている。どれが子か親か、もう区別もなくなっている。

やがてその小鳥の群が毎日濡れて並ぶ雨の日が、何日となくじめじめと続く。十吉は門《かど》口《ぐち》の雨落溝の附木《つけぎ》の舟を糸で引いて、ほろろさびしい日を送る。それがすむと、裏の枇杷

の鈴が熟れて、間もなく蜻蛉が出る。月夜草が咲く。浴衣を汚しては洗わせて、着換え着換えするうちに、追々と、星の低い秋の夜となって、それからとうとう木の葉の落ちる時分となる。十吉等はもう燕の事は疾《とっ》くに去年の事のように忘れてしまっている。その間《あいだ》に彼等は、二人の気づかぬ間に、暖い南の国へ、いくつもの海を越えて帰ってしまうのであった。

それは最早何年の昔になるであろう。母のない十吉が、格子の外の、小さびしい日向の中に、万千子と二人で小さい影法師を並べて遊んでいた頃の事である。今でも小鳥はやっぱり同じ屋根裏に巣を喰うて、毎年、水に浮藻の漂う五月を尋ねては、昔に変らず来るのであろうか。十吉は、もう五六年以上も、門口の巣に燕の影を見る機会を持たなかった。彼等の往きかいを記憶に探れば、いつも万千子と二人でいた時分の事がそれからそれへと目に浮んで来る。十吉は更に、一羽の燕を交えた二人の恋を、恰《あたか》も消えかけた画の一部分を見るように思い浮べた。

（『国民新聞』明治四十三年三月三日〜十月十四日）

老猫

内田百閒

　小庭の桜の蕾の尖《さき》が赤らんで、手水鉢の水に小さい塵の浮ぶ頃になると、雪隠の屋根や、塀の上などに、近所の猫が集って来て変な声をする。

　宵月が隣の台所の煙突に懸って、庭の沈丁花の葉のきら〳〵と光って居たある夜、私は厠《かわや》で例の声を聞いた。出てから手を洗いながら母家の小屋根を見ると、猫が三匹、三方から向き合って、頸《くび》を太くして居る。ぎゃおうふうっ、と鳴き合うばかりで三匹とも、少しも動かぬ。見て居る内に、下隣の二階の窓からまた一匹出て来た。矢張この仲間に這入って、ぎゃおう、をやることゝ思うと、その猫は隣の母家の壁根に身を擦りつける様に、のそ〳〵と歩いて来て、私方の屋根にかゝると、丁度、睨み合いをして居る三匹の猫に気づかれまいとする風で同じく壁のつけ根を、する〳〵と走って上手へ逃げた。あ、床屋の猫だ、あれだ、と私は思うた。ふっ、と云って、三匹の内の二匹が咬み合うたと思うと、二匹とも小庭へ落ちた。落ちて猶《なお》睨み合って居る。手水鉢の水をかけてやったら、一匹は桜の幹をがり〳〵と攀《よ》じて、塀に上った。一匹は座敷の椽《えん》の下へ這い込んだ。

　私方から四軒目下に床屋がある。町はずれの事だから御得意は大方百姓や田舎官吏、町へ買物に出た序《ついで》にと、杓子の束や、燐寸《マッチ》の大袋を庭の隅において刈って帰ると云う連中が多い。這入った右手は一面に新聞紙を貼った壁で、真中辺に硝子《ガラス》面の凸凹した鏡が二枚掛けてある。鏡の下には見世物や、軽業や、芝居や、角力《すもう》などの古い広告や番附などがぶら下って居て、裏の方から吹き通す風にぱた〱と鳴る。

　左手の壁には、表についた方に明治三十年頃の新聞の絵附録が、硝子の額に入れて掛けてある。昔風の美人が二人列《なら》んで歩いて居る絵だ。顔が煤《すす》けて茶色になって居る。その額と並んで、金縁の剝げた鏡が懸って居る。向側の広告や、番附の凸凹の鏡面に写って、何かの模様のような、わけの解らぬものになって居る。鏡の下には棚を釣って、剃刀《かみそり》や、砥《と》石《いし》や、この内の爺さんの眼鏡や、銀杏の盆栽や、岩松の砂鉢などを列べ、その下には、錆びた錻力《ブリキ》の金盥《かなだらい》がおいてあって、反古籠《ほごかご》の代用をして居る。而《しか》して、この側の壁には上塗がしてあるけれども、真中のあたりが著しく、膨れて裂目が出来て居るので、そこへ新聞紙を貼って、古池の句と、「鶯の雫となるや春の雪」と云う句とが書いてある。

　這入った正面は茶色になった破れ畳の二畳敷で、隅の方の、貸本の講談や、表紙の千切れた季寄せなどの重って居る傍に、よくこゝの老いぼれ猫が寝て居る。白と黒との斑《ぶち》が汚れて灰色になって、目からは絶えず目脂を出して居る。汚い猫だ。時には、その畳の上に飯粒の様な虫を落して居ることもある。もう十二三年も生きて居ると云う。

主人は三十七八の中脊《ちゅうぜい》の男で、額が広くて頬のすいた、血の気のない顔をして居る。笑い顔を見せる事は滅多にない。客に対しても愛想がよいとは云えぬ。将棋《しょうぎ》が強くて、この近所に、こゝの主人に勝つものはないと云われて居る。また、発句が上手で、開巻《かいかん》へ行っては、晒木綿や、焜炉《こんろ》などを貰って来ることも屢あると云う。その主人の父親に六十位の爺さんがある。頭が禿げて少し傴僂が出て居る。息子とは違って、人さえ見れば頭を下げる。腰の低い人の善い爺さんだ。昔はちょん髷《まげ》結いをして居たとかで、今でも稀には、真中の方の禿げてしまって居る天保頭の、短い、五六寸ばかりの髪をこの爺さんに引張られて、一寸ばかりも延びた長い毛が一本だけ突き出て居る眉を、ぴり〳〵と上げたり下げたりして居る古風な隠居を見受けることもある。猶、この外に去年の秋はじめに死んだおすみさんと云う娘が一人あった。

　おすみさんはこゝの主人の娘ではない。——主人はまだ独身だ。おすみさんは爺さんのおと子で、去年十九であった。色が白くて、円顔でそして何時も昔風の髪を結うて居た。赤い帯をして、赤い襷をかけて、よく掃除をして居た。

　夏の晩、豆腐売が、水を撒いたあとへ草鞋の型をつけて行くころ、この床屋へ行く。往来へ長い腰掛を出して、それに跨って主人は将棋をさして居る。敵手は近所の菓子屋の煎餅焼で、鍛冶屋の弟子や、米屋の丁稚やその外四五人も盤を取りまいて助言をして居たけ

れども、直に敗けてしまった。

私を見て、つまれるのかな、と云う。うん、と答えると、黙って家に這入って、用意をする。昼来られゝ、あえゝのに、と不愛想な事を云うて、ジャッキを私の頭にあてた。おすみさんが団扇を持って出て来て、後から扇《あお》いで呉《く》れる。白い浴衣に赤い帯が目だつ。刈るのがすんで、顔剃りにかゝるとき、洋燈をつけた。顔剃りは爺さんの受持ちだ。椅子をかわって、今度は表の方へ向いて腰をかける。外はまだ暮れ切っては居ない。蚊柱のわあんと唸って、軒を上下して居るのが見える。爺さんの皺の寄った、節の高い手が目の前を遮った。仕方がないから、目を閉じて、じっとして居ると、遠くの方に、「蚊ふすべに、蚤とり粉」の、節をつけた売声が聞える。何となしに悲しい様な気持になった。おすみさんは椅子の下をぱた〳〵と扇いで居る。

頭を洗うのがすむと、爺さんは、手拭を二三度ふるうて、私の肩にかけた。椅子をはなれて煙草に火をつけに振り返ったとき、隅の方に例の猫が寝そべって居るのを見た。眵《めやに》の出た目をにちゃくちゃさして居る。ほんまに汚い猫じゃなあ、と思うて帰った。

七夕もすみ、盆も過ぎて、夕貌《ゆうがお》の花の日に日に小さくなる頃となった。

ある夜、例の床屋へ行く。すいて居たので直ぐ刈ってくれた。奥から爺さんが、瓦の火入れに蜜柑皮をくすべて持って来て、私のかけて居る椅子の下へ入れた。そして、直ぐま

た奥へ這入った。青い煙が胸掛けの布に纏《もつ》れて上って、ふわり〳〵と顔を掠める。主人は無言で、じょき〳〵と刈る。洋燈の心《しん》の剪《き》りようが歪んで居るのか、火屋《ほや》の一方が真黒に煤けて、油煙《ゆえん》が盛《さかん》に上って居る。表の溝の辺で、蚯蚓《みみず》が頻《しき》りに啼《な》く。今日は猫も見えぬ。帰りに、初秋の夜風が刈立ての頭を撫でゝ冷々とした。星月夜である。天の川が白く流れて、空の北の隅に稲妻がぴかり〳〵と光って居た。

その夜、宅へ帰って、丁度、話しに来て居た近所の仕立屋のお伯母さんにおすみさんは、四五日前から病気で寝て居ると云うことを聞いた。

　鶏頭の花の尖々が少しばかりくちて、褐色の実のちょい〳〵見える頃となった。二百十日は雨は降ったが、無事にすんだ。二百二十日も三四日の内となった。灰の様な雲が、朝から空を流れて、生温い風のふうと吹いて居た日の午後、私は床屋の例の猫が、宅の小庭の塀をのそ〳〵と伝うて居るのを見た。隣の屋根に越すとき、後を向いて、変な、力のない声でぎゃおとないて、屋根伝に上手の方へ行ってしまった。その日は、赤蜻蛉が、二三匹ずつ集って、往来の、地面から五六尺はなれたところを、漂うように飛んで居た。

　あくる日になって、おすみさんはその夜死んだと云う事を聞いた。

二百二十日が丁度、その葬式であった。空のどん底まで晴れた様な好い天気であった。

昼過ぎから、表を白い着物を着た男がうろ〳〵し出した。赤い旗が行く。棺が行く。二時頃になった。床屋の前には、白い着物が五六人、棺の舁棒《かきぼう》に腰をかけて皆、煙草をふかして居る。花籠も三つ四つ来た。白い旗と、赤い旗とが吹く風に縺れ合って、軒を流れて居る。向側の家の軒蔭に、紋附の羽織を着た男が、四五人踞《しゃが》んで何か頻りに話して居る。赤い旗の、日光を一杯に受けて、ひらと飜るとき、それ等の男の顔は、ぱっと一時に映える。洟を垂らした十ばかりの男の子が三人、今先から床屋の前に起って、何か珍らしそうに眺めて居る。その中の一人は、真青な柿を、ばり〳〵と頬張って居た。

四時過になって、葬式は出た。供が二三十人、後からぞろ〳〵とついて行た。扇をつかいながら、はゝゝと笑いながら行くものもあった。一の蝙蝠傘に二人這入って、声高に話しながら行くものもあった。かくて、おすみさんの葬式は、わけもなくすんだ。

裏の灰汁《あく》たれ桶に柿の落葉が黒く朽ちた。蚊が一つ二つ、微に鳴いて椽の下から迷い出る頃になった。

肌寒き秋風の砂を捲いて、町外れの淋しき往来を走る夕、私は、あの床屋へ行た。空には、灰黒色の雲が一面に漂うて居た。

主人は、四十格好の百姓の頭を刈って居た。外に、近所の魚売と、この家の裏に居る新聞配りとが来て居る。わしは今朝は起きられんかと思うた、と魚屋が云う。お前が昨夜一

番よう飲んだぜえ、五合位やっとろうがな、と主人が云うた。五合やそこらじゃあないぜ、と新聞配りが口を出す。一生懸命に仕事ばかししたて、ちいたあ楽しみもなけりゃ張り合がないからのう。と主人は云った、のう、そうじゃろうがな、と云い足して、あはゝゝと笑った。

間もなく、爺さんが、何所からか帰って来た。皆に叮嚀《ていねい》にお辞儀をする。何所へ行とられたら、と魚売が尋ねる。組合の寄り合いがありましてなあ、一日から二銭上げにすると云うんですけれども、私方は外並には行けませんから、うちだけは一銭上げと云う事にして貰いました。外とはお得意が違いますからなあ、と爺さんは云って奥へ這入った。刈って貰ってすんで外へ出たら、灰色の空から冷い雨がぽつり〳〵と降って居た。

それから、二十日ばかり経った頃、床屋の主人が爺さんと父子喧嘩をして家出をしたと云う話を耳にした。

散髪に行って見ると、如何にも爺さんが一人で仕事をして居る。裏の新聞配りが顔を剃って居た。今日一円やられた。消毒のしようが悪いちゅうて。凌げた話じゃない、と爺さんが云う。うん、せえで今日巡査が来とったのかな、と新聞配りが応じた。一円が仕事をしようと思えや、大概な事じゃない、と爺さんがこぼした。隣の畳屋の婆さんが黙って這入って来て、奥へ行って、暫らくするとまた黙って出て行った。台所を手伝って居ると見える。間もなく、新聞配りはすんで、私の番になった。爺さんは刈るのは下手だ。ジャッ

キが何遍も髪を食うて痛かった。

その後、四五日たってこの家の前を通った時見たら、主人が仕事をして居た。

それから少したって後、この床屋に一人の女が現われた。肥えて居ると云うではないけれども、顔や、手足が張って居る様に見える。脂肪の多いせいだろう。二十七八の、脊の高い、楕円形な顔をした色の白い女だ。初めの内は誰も知らなんだが、後にこれは、こゝの主人の嫁であると知れた。晩などには、大股に歩いて豆腐を買って帰って居るのを屢々見受ける。

裏庭の枯菊の根元の犬糞に、毎朝淡く霜のおく頃となった。昨夜は、横前の空家の高野槙で、木菟《ずく》が鳴いて居た。

この頃は、また床屋の主人が見えぬ。聞けば、もう二十日ばかりも病気で寝て居るとの事だ。それから二週間程たって、散髪に行ったら、主人が青い顔をして、煙草を吸うて居た。もうよろしいかな、と尋ねたら、えゝ、まだすっかりは癒《なお》りませんけれども、然しもう大丈夫です、と答えた。その日は、主人が刈って呉れた。刈って居る時、例の猫が奥から、のそ〳〵と出て来て外へ行った。まだすまぬ内に、近所の油屋の亭主が来た。こゝの主人に見舞を云って、頻りに煙草を吹かして居る。間もなく、私はすんで、顔剃りの方の椅子へかわった。油屋の亭主は私の後へ行って、刈り始めた。その時、こゝの主人は、仕

事をしながら、油屋の亭主に、どうもこの頃は儲がない。迚《とて》も床屋ではやって行けぬから、何か商売換えをしようかと思うて居る、と云う様な事を話して居た。

ところが、その頃からまた、嫁の姿が見えぬようになった。あれはもういいんだんじゃ、と近所で噂をして居た。その後、再び顔を見せなんだ。

それからまた一月程過ぎた。新の大晦日は、もう十日ばかりとなった。

木枯に電柱のひゅうと鳴って夜鳴き饂飩《うどん》の落した火の、ころ〳〵と道を転って居る夜、私はまた、例の床屋へ行った。火鉢の右側に爺さんが腰をかけて、煙草を吸うて居る。正面には、主人が頸巻をして、火鉢に手を翳《かざ》して居る。左側には例の猫が、火鉢に身を摺りつけて寝て居る。

主人は直ぐに刈って呉れた。裏から、新聞配りが出て来て、主人の座って居たあとへ座った。木枯が砂を巻いて、表の硝子障子をぱり〳〵と打つ。今日、寄り合いがあって行たら、また一日から二銭上げると云うんじゃがなあ、と主人はジャッキを動しながら、新聞配りに話しかけた。うん、またや、と新聞が応じた。今度も、内だけは、一銭上げと云うことにして貰うたけれども、これでは御百姓は来んようになってしまう。在は去年からまた、一銭はか上げとらんからなあ、と云う。新聞配りはふうん、と云う。いっその事、床屋を止めてしまおうかと思ようる、と主人は云い足した。

奥から女が出て来た。中脊の、丸顔の、額に大きな黒子《ほくろ》のある三十恰好の女だ。火鉢の

側に寝て居る例の猫の頸根を摘んで、ひょいと庭へ投げて、そのあとへ座った。そして、主人に、今、火があるから、今日の鰤《ぶり》を焼いときましょうか、と云う。主人が、うん、と答えると、へ、と答えて、長煙管《きせる》で煙草を吸い出した。また、嫁だな、と私は思うた。

その夜、頭を洗う湯がぬるかったので、私は風をひいた。

旧暦の正月が近づいた。黄襷の餅搗《もちつ》きが、忙しそうに表を行たり来たりして居る。新はもう一月の終りだ。

ある日、床屋の爺さんが私方へ来て、正月から饂飩屋を始めますから、何分よろしゅう、と云って帰った。

果して、正月から床屋を止めて、饂飩店を開いた。始めは、相当に繁昌して居る様子であったが、一月半ばかりたつと、突然、饂飩屋を止めて、また床屋を始めた。そして、その頃から、二度目の嫁が、また姿を隠した。床屋の嫁は、またいんだてえ、と近所で噂を始めた。

その後、私は一度その床屋へ散髪に行ったけれども、ふとある人から、床屋の主人は肺病に罹って居る、と云う話を聞いたので、もうそれきり止めてしまった。

かくて世は、花が散って、若葉が茂って、夜々、胴の黄色な蚊が四匹、五匹と出はじめる候になった。

一週間ばかり前、町内の世話方が、床屋のお爺さんがむつかしいから、と云うので、御祈禱の銭を集めに来た。けれども、その後、何の話もない。多分折り合って居るのだろう。

猫はまだ生きて居る。昨晩も見た。小庭の塀の途中で、一寸起ち止まって、嚔《くしゃみ》をして、左手で顔を撫でゝ、それからまた、のそ〳〵と歩いて、隣の屋根を上手へ隠れた。

（『六高校友会誌』明治四十一年六月　ひやくケン生名による）

佐渡が島

長塚　節

一　浜茄子の花

佐渡は今日で三日共雨である。小木の港への街道は真野の入江を右に見て磯について南へ走る。疎《まば》らな松林を出たりはいったりして幾つかの漁村を過ぎてしとしとと沾《ぬ》れて行く。真野の入江は硝子《ガラス》板に息を吹っ掛けた様にぼんやりと曇って居る。其平らな入江の沖には暗礁でもあるものと見えて土手のように真白な波の立って居る所がある。遠くのことであるから只《ただ》真白に見えて居る丈《だけ》でちっとも動く様には見えぬ。此入江を抱えた台が鼻の岬が遥かに南へ突出して霧の如く淡く見えて居る。沖の白い波が遠ざかってしまって更に幾つかの村を過ぎると対岸の長い台が鼻の岬もだんだんに後へ縮まって外洋がぼんやりと表われ出した。だらだら坂を上ったらすぐ足もとに小さな漁村があった。汀《みぎわ》には家をめぐって林の如く竹が立ててある。竹は枝も払わずに立ててあるのであるが悉《ことごと》く枯れて居るので葉は一葉もついて居らぬ様である。此所は既に外洋を控えて居るので潮風を防ぐために此《かく》

の如きものが一杯に立てられてあるものと見える。佐渡は到る所が物寂びて居るが此の漁村はまた格別である。秋といってもまだ単衣《ひとえ》で凌げるのに此浜は冬が来たかと思う程荒涼たるさまである。村へおりると穢《きたな》い家ばかりで中に一軒夫婦で網糸のようなものを縒《よ》って居る所があった。そこで土地の名を聞いたら亭主が皺嗄《しわが》れた声で西三河という所だといった。ふと檐端《のきはし》を見ると板看板に五色軍談営業と書いてある。軍談師が内職に糸を縒って居るので軍談師だから声が変なのだと思った。夫《それ》でも五色軍談が了解されぬので再び聞いて見ると三味線なしで語るのが只の軍談で三味線のはいるのが五色軍談だといった。余は更にそれでは此の女房が三味線を弾くのだなと心の中に思った。

　此の漁村についてすぐに徒渉しえらるる程の小川があって形ばかりの橋が架って居る。橋を渡ると海中には突兀《とっこつ》として岩石が峙《そばだ》って居る。あたりのさまが此のなだらかな一帯の浦つづきには極めて稀である。左は丘陵が直ちに海に迫って急に低くなって居る。低い所が汀でそこに街道が通ずる。路傍を見ると漸《ようや》く乳房のあたりまであるかなしの灌木がむらむらと簇《むら》がって居る。其灌木の真青な葉には赤い花が咲き交って居る。此が玫瑰《はまなす》の花で玫瑰の木は枝も葉も花も一切薔薇の木と異ならぬ。只海辺に自然に生長して居るだけ枝も葉もひねびて一段の雅致を帯びて居る。枝には刺があるので余はそっと指の先で花を折ったら花がほろりと草の中に落ちた。腰を屈《かが》めて落ちた花をとろうとすると何だか世間が急に静かになった様な気がした。不審に思うて立って見ると世間が復《ま》た素の如くにざあ

と騒がしい。此は歩いて居る間は雨が笠に打ちつけるので耳もとが絶えず騒がしかったのだが腰を屈めると笠が竪《たて》になったので急に静かさを感じたのであった。笠が竪になるまで空を仰いで見たら矢張り静になった。浜茄子の花は採れるだけ採って雨の湿《うるお》いを拭って手帖へ挟んでシャツの隠しへ押し込んだ。

小木の港へ辿りついたのは黄昏近くであった。相川の町では木賃のような宿へ泊って流石に懲り懲りしたのであったから此所では見掛の一番いい宿へ腰をおろした。女が表の二階へ案内する。軈《やが》てランプを点けて来る。室内が急に明るくなる。此宿はまだ建築して間もないと見えて木柱から畳から頗《すこぶ》る清潔で心持がよい。掃除したランプのホヤが殊に目につく。女は更に茶を出して呉《く》れる。気がついて見ると此女は驚くばかりの美人であったのだ。まだ二十には過ぎまいと思う。佐渡のような予想外に淋しい島へ渡ってこんな美人に逢おうとは全く思も掛けぬ所であった。美人という以外に此女を形容の仕様はない。余は一日雨を凌いだ為め単衣もズボン下も濡れきって旅装が一層みすぼらしくなって居るので此女に対して何となく極《きま》りの悪いような心持がした。障子を開けて女の出て行く所を見ると紺飛白《こんがすり》の単衣の裾に五分ばかり白いものの出て居るのが目についた。女の出て行ったあとで余は直ちに帯を締め直した。然し一日尻端折《しりはしょ》った単衣の縮んだのはどうしてもうまくは延びなかった。そうして余は手帖に挟んであった玫瑰の花を出して一つ一つランプの下に並べた。障子を開けて出ると帳場がすぐ下に見おろされる。此帳場というのは天井を一

つぶち抜いてあるので其天井は二階の天井と一つに成って居る。夫故《それゆえ》二階の客間から出ると勾欄《こうらん》があって勾欄の下に帳場が見おろされるので劇場の桟敷《さじき》から土間を見るように出来て居るのである。帳場のさきには勝手が見える。竈の側ではさっきの女が串へ立てた魚の切身のようなものを焼いて居たがそれを箸でおさえて皿の上で串を抜いたら襷を外して四つに折って帯の間に挟んだ。左にお鉢を抱えて右に膳を持って立ち上った。余はそっと障子を締めて蒲団の上へ坐った。此夜は客というのは余一人であるので別に支度もしなかったから冷たくなったが此で我慢をして呉れというて茶碗には小豆飯が堆《うずたか》くつけてある。女を見ると紺飛白の単衣に白地を重ねて居るのであった。さっき裾から白く見えたのは此白地の丈が長かったからに相違ないのだ。紺飛白も幾度か水をくぐって紺が稍《やや》うすぼけて居る。此野暮臭い支度をして居ながら女は端然として坐して居る。やっぱり美人である。余が箸を手にした時に女は玫瑰の花に気がついてそれを手にとると共に何処で採った花かと聞くので余は途中の西三河の海岸でとったのだというと「美しいものでございますノ、花というものは、花を見て居るとなんにも要《い》らんような気が致しますノといいながら指の先で花弁を掻き分けながら鼻へあてたりして「こういう花が海辺にひとりで咲くのでございましょうかといって驚いて居る。女は指の先までも色が白い。「葉も賤しい葉ではございませんノといって感に堪えたさまである。花を抱えるような形に出た葉はぎっしりと幾重にも重って居て其青さはともし灯の光に更に鮮かである。余は此女が葉の美しさを褒め

ようとは寧《むし》ろ意外であった。余は小豆飯へ箸をつける。箸は杉の太い丸箸で本もうらもない。堆い小豆飯には殆んど困却した。小豆飯の塊が思わずぽろりと膝へ落ちた。見られはしないかと思ってみると美人は玫瑰の花を手にした儘落した小豆飯には気がつかぬ様子である。

二　美人

翌朝女が茶を持って来た処を見ると折目のついた紺飛白の単衣に帯をきりっと締めて裾に白地が覗き出しては居なかった。二言三言いい交した後女は余を導いて三階にのぼった。三階は雨戸が立てきった儘で闇《くら》い。障子だけがほのかに白い。雨戸の隙間から細くさしこむ日光は障子へ赤く映って居る。女は南の戸袋の所でサルを外して戸を一枚あける。雨の湿りで戸は意外に堅くなって居る。両手へ力を入れて漸くのことで二尺ばかりあけた時に女の手の平は赤くなった。外を見ると明るい空は青く澄んで一片の雲翳《うんえい》もない。佐渡は漸く晴れたのである。三階の下からは瓦屋根がつづいて其先は小さな入江である。碇泊《ていはく》して居る船の檣《ほばしら》が汀に近く五六本立って居る。昨日の浦というのが此の入江のことである。入江の右は畑らしい岡が岬のように出て其先に樹立の繁茂した小さな島がある。女は岡を指して「アレは畑でございますがノ、アノずっと出ました先の蔭の所は磯でございまして

アノ島は矢島経島と申しましても一つは此所からでは隠れて見えませんが其島と丁度向合になって居ります所に冷たい水が湧いて出ますので夏になりますと小木のものがあの磯へ素麺冷しにまいりますというた。必ず素麺を持って遊びに行くというのは感じがいい。余は此の女に白地の浴衣を着せて白い手拭をかぶせて素麺をさらさして見たいものだと思った。三階から見る小木の港は新築した家ばかりで三階のすぐ下には僅ばかりの空地があって焼木杙《やけぼっくい》が立って居る。傍には小さな土蔵が焼け残ったというように壊れた荒壁が赤く焦げて居る。女のいうに小木の港は遠からぬ前に大火があった。火は此の焼木杙の辺から発したので此宿は真先に焼けて家人は何一つ救うことが出来なかったとのことである。「単衣位でございますとノ、どうもなりますが冬の物はよう出来ませんと女はいうのである。女の衣物も丸焼になったのである。女は余が今日の行く先を尋ねるので余は赤泊の浜まで行く積《つもり》であるが途中に大崎という所がある筈だから其所で博労の家をたずねようと思うのである。其博労というのは此佐渡へ渡航の汽船で知己になって夷《えびす》の港では枕をならべて泊ったことがあるのだということまで噺をすると赤泊ならばもう近い所故ゆっくりしても決して大事ないといって更に「博労さんというのは小柄で大きな声を出す人でございましょうといった。そうだそれで反歯《そっぱ》な男だというと「アノ博労さんが何時か途中から雨に逢うたと申しまして簑を頭からかぶって参ったことがございます。佐渡には道中簑と申すのがございましてノ、大きな荷物の上から掛けましても荷物が濡れんように出来て居りますの

でございます。博労さんは頭から冠りましても泥を引き擦るようになりますので簑が歩くようだと申してみんなが笑いましたのでございますと女は思い出して堪らぬという様に笑った。余は思わず女を見ると女も同時に余を見た。見た目にはまだ笑を含んで居る。余等は二尺計に開けた雨戸の間から体の擦れ合うた儘外を見て居たのである。向き合うて見るとあんまり近いので急に何だか面ぶせに感じたので余は視線を逸らして其口もとを見た。口には鮮かに紅がさしてある。余は此の如き場合の経験を有して居らぬので只兀然《こつぜん》として女のいうことを聞いて居るのである。女は只無邪気に恥らう所もないような態度である。それ丈余は更に平気で居憎い気持がした。譬《たと》えていえば女は凌霄《のうぜんかずら》である。凌霄はふしくれ立った松の幹でも構わずに絡みかかる。松の幹がすげなく立って居てもずんずんと偃《は》いのぼって枝からだらっと蔓を垂れて其処に美しい花を開く。其花は此女が一つ噺をしては又噺をするように落ちては開き落ちては開いて自ら飽くまでは其赤い大きな花が咲いて止まぬ。余は自ら凌霄にからまれた松の幹のような感じがした。凌霄のようだと思いながら復た女を見ると此度は四本の指を前へ向けて勾欄へ両手を掛けて一心に焼木杙を見おろして居る。余は其白い横顔をしげしげと見守った。そうして此優しい静かな昨日の浦を前にして何時までも只立って居たいような心持がした。其時丁度帳場で呼ぶ声が幽《かす》かに聞えた。飽かぬ美人は三階を去ってしまった。余も二階へ還って冷え切った茶を啜った。

両掛《りょうがけ》の荷物を手に提げて梯子段をおりて行くと女は既に洗濯してすっかり乾かした脚《きゃ》

絆《はん》を出してくれた。底の抜けた足袋も一所に置いてある。足袋にはまだぬくもりが残って居る。今まで火へ翳《かざ》して乾かしてあったに相違ない。女は更に土間へおりて新しい草鞋の紐を通して小さな木槌で其草鞋をとんとんと叩いて呉れた。そうして余の後ろへ廻って両掛の荷物の上から蓙を着せてくれようとする。然しこの着せて貰うことだけはしなかった。何故だか黙って着せてもらうことがしえなかったのである。其時の心持は後では自分にも分らぬ。蓙だけは昨日の雨でぬれた儘強《こわ》ばって居る。草鞋の代が幾らかと聞いたら此は一足進上するのであるから代は要らぬということであった。女は又赤泊の街道へ出る処まで教えてくれるというので二三町余と共に跟《つ》いて来た。電信柱から左へ曲ると此からは一筋道で赤泊より外には何処へも行きようはないからどうぞゆっくりお越しなされと辞儀をする。余は此時もしみじみ美人だと心に深く思いながら女の姿を見た。

街道は磯へ出る。薄霧の中に越後の弥彦山が真向に見えてそれから南へ下って稍遠く米山が見える。共に大きな島の如くに聳《そび》えて居る。海は極めて平らな〓である。沖の岩のめぐりに纔《わずか》に動く波が日光を受けて金の輪を嵌めたようにきらきらと光る。汀に近い蕎麦畑には蕎麦の花が真白に咲き満ちて居る。さらさらと軽くさし引く波が其赤い茎のもとへ刺し込んでは来ないかと思う程汀に近い畑である。

三　南瓜

街道は小山の間に入る。羽茂川に添うて行くと少しばかりの青田があって青田へは小さな滝が落ち込んで居る。滝の側からは杉の大木が聳えて其杉の木には蠟が流れたように藤の実の莢《さや》が夥《おびただ》しく垂れて居る。丁度そこへ来かかった老人が頻《しき》りに合掌して其滝を拝んで居る。余は此老人に大崎はまだ遠いかと聞いたらウン此かこれは御来迎の滝だといった。老人は耳が遠いのである。大崎の博労の家はまだ遠いのかと大きな声でいったら老人はにこにこ笑いながら此から少し先へ行けば大崎になる。牛でも買に来たか、まだ二十にはなるまい、能《よ》う来たのうといい捨てて去った。羽茂川に添うたまま街道は狭い峡間になる。路傍に大桶へ箍《たが》を打って居る桶屋があったので聞いて見ると博労の家ならば後へ戻って坂の上の高い所に見えるのがそうだといった。桶屋のいうままに戻って見ると住み捨てた大きな草家の側に坂がある。坂をのぼり切ると二本の梨の木が両方からすっと空へ延びて其梨の木には梯子が掛って居る。梨の青い葉がばらばらと散らばって居る。博労は丁度日に近い縁側に足を投げ出して梨を噛って居る所であった。余の姿を見ると能う来たのうと例の大口を開いて反歯を剝き出しながら驚いたといったような顔をしていった。彼と夷の港の宿屋で別れたのは四日前である。別れる時に若《も》し自分の土地へ通りかかったならば立ち

寄ってくれと彼はいった。余は屹度《きっと》と誓った。彼は其後毎日他出をするのであるからあとへこういう人が来たなら滝へ案内をして返せといい置いては出たのだといって独《ひとり》で悦んで居る。縁に腰を懸けて庭を見ると一枚の筵《むしろ》につややかな著莪《しゃが》の葉をならべて其上に赤く染めた糸が二括りばかり干してある。筵の先には乱雑に手を建てた隠元《いんげん》が下葉は黄色に枯れて莢はまだなって居る。博労は板の間に蓙を敷いて「赤泊は俺が案内してあげる。赤泊の宿屋のとっつぁんは能う物を知って仰山話が好きだ。丁度赤泊へは越後の仲間が牛買に来て明日あたりは帰るといって居たから俺が話をして其船へ乗せてあげる。まあゆっくり休息して行けというので兎にも角にも草鞋をとってあがる。部屋のうちは仕事衣やら穢い着物が乱雑に引っ掛けてある。天井からは煤が垂れて居る。其煤の天井から吊ってある籰棚《わくだな》も漆で塗ったようである。其棚には蝮蛇の皮を剝いて干したのが竹串に立ててある。此部屋で白いものは此の蝮蛇の串ばかりである。今とった梨だといって博労が籃《かご》のまま余が前に梨を薦める。自分はさっきの噛りかけを一寸手でこすって皮の儘むしゃむしゃと噛りつづける。余は拇指の爪が非常に延びて居たので其爪の先でぽつりぽつりと皮をむいて見た。鋲の頭のような小粒が一つ一つ板の間へ落ちる。博労は気の長いことをするのうと見て居たがアア庖丁を出すのであったと此時漸く穢げな庖丁を手でこすりながら出して呉れた。梨はがりがりと石のような梨であった。博労の娘らしい十三四の子が裏戸から南瓜を抱えてはいって来た。博労はああ丁度いい処だ生憎婆さんが居ないからと自ら立って炉へ榾《ほた》を

焚きつける。炉は余が居る板の間に近く一段低く造ってある。娘は黙って南瓜を切りはじめる。堅い南瓜は小さな手の力では容易に刃が立たぬ。布巾で庖丁の脊を押したら漸く二つに割れた。娘は自在鍵を一尺ばかり下げて鍋を懸ける。黄色に刻んだ南瓜が鍋一杯に堆くなって蓋はぬれた儘南瓜の上に乗せてある。焔は鍋の尻から四方に別れて鍋蔓の高さまで燃えあがる。遥かなる地の底からでも出るような微かな湯気が黄色な南瓜の中から騰《あが》りはじめる。鍋は沸々として煮立つと突き上げられて居た蓋が自ら鍋と平らにさがる。娘は榾の先を長い火箸で突っ崩して榾を先へ出したら焔が一しきり燃えあがった。娘は小さな体へ小さな筒袖を着て突き膝をして居る。赤い襟から白い可愛らしい顔を出して居る。此が博労の娘かと思う程可愛らしい子である。火箸を持った手を見ると指の先が赤く染って居る。鍋は更に沸々として汁のとばしりが四方に飛ぶ。余は南瓜が佳味《うま》そうだといったらこんなものが好なのだろうかと不審相に娘がいった。不味いものが好なら佐渡の婿になって十日も居るがいいと博労は大きな口を開いて笑いながらいった。榾の煙が靡《なび》いたので娘は長い火箸へ手を掛けたまま笑ってる目をしかめて遥か後ろへ斜めに身を反らした。

四　牛の荷鞍

博労に跟いて小山を辿る。素足に草鞋を穿いた博労の踵《かかと》には赤く腫物が出来て居てぽっ

ちりと白く膿を持って居る。其腫物を見ながら跟いて行く。博労は此日も向う鉢巻である。夷の港へ渡る汽船の甲板でも遂に此鉢巻はとらなかった。博労の立ち止った所から下に深い谷が開けた。遥かに木立の繁茂した間から一括りの白糸を又幾つかに裂いて懸けた位な瀑《たき》が見える。瀑は随分の長さのようであるが上部も下部も枝に遮られて見えぬ。此が博労自慢の白岩尾の瀑である。博労は瀑壺まで行く気があるかと聞くので余は是非共行って見たいものだというと彼はすぐに蕎麦の花を掻き分けておりはじめた。蕎麦の畑は頗る急斜面で曲りくねっておりなければ足の踏み処がしっかとしない。谷へおりると水を渉って行く。水流は至って狭い。石があれば石から石を跳ねて行く。水の深い所は岸の芒の根へ草鞋を踏んがけて行く。芒の根は草鞋が辷る。博労の辷ったあとは更に辷る。其辷った時には薊《あざみ》でも芒でも攫《つか》んで体を支えねばならぬ。佐渡貉《むじな》という位で此辺にはむじなの穴が仰山あったものだがみんな猟師が打ってしまって今では一つも居なくなったと博労が独言のようにいいながら行く。漸く瀑の下まで行きついた。仰いで見るとここではさっき木の枝で遮られた下の部分だけが見えるのであとはちっとも分らぬ。惜しいことには水が足らぬというと雪解の頃ならさっきの処から見るのに水は多し木の葉はなしそれは立派なものだと博労は弁解する。荊棘《けいきょく》の間をもとへもどる。体を屈めると荷物がぶらっと胸へさがって蓙が前へこける。からげた尻へは岩打つしぶきが冷々とかかる。博労は別な方向をとって芒の中をのぼる。手で押し分けた芒は足で二足三足踏みつけて進む。余は芒が再び閉じ

ないうちと博労の後へくっついて行く。うっかりすると博労の蓙で目をこすられる。漸く小径へ出た時には余の指からは血が少しにじんで居た。小さな水田のある所へ出た。小山の上であるから水田といっても籾《もみ》の筵を五六枚干した位しかない。荷物は其田の畦へ捨て博労の導く儘に木に縋《すが》り乍《なが》ら行くと瀑の落口へ出た。瀑は此の田の傍を走る巾二尺ばかりの流の水である。大きなしなの木が瀑の上から谷へかけて斜めにさし出て居る。小柄な博労は猿の如くすらすらとしなの木の梢にのぼった。余もつづいて登って見た。二人の重量で梢はゆさゆさと揺れる。足のうらは直に深い谷で恰《あたか》も宙に乗ったような感じである。此の深い谷の向の瀑に相対した処はさっき瀑へおりた山腹でびっしりと蕎麦の花がさいて居る。一帯に山々は蕎麦でなければ豆が作ってある。然らざれば茫々たる芒である。博労のいう所によると「山を墾《は》り倒いて置いて枯れた所で火を点けてそこへ蕎麦でも豆でもばらっと撒いておくのだということである。そう思えば蕎麦の花の中には焦げた木が所々立って居る。宙に乗って見おろす瀑は上部の僅かが見えるだけである。此の瀑は孰《いず》れにしても厄介な瀑であるといわねばならぬ。瀑を後にして行くとすぐに小さな池がある。池には太藺《ふとい》が茂って其下には盥《たらい》を伏せた位な小さな島の形がある。此島というのは由来のある島なので此小さな島から不思議にも清水が湧いて出るがいくら旱《ひでり》でも此の水だけは決して乾かぬと博労がいった。更に博労が語る。此の池のほとりで一人の山伏が呪文《じゅもん》を唱えて居たことがあった。其時丁度牛を曳いて草刈に来て居た子供等が其呪文を聞いて居たことであ

ったが山伏が去ってから牛の荷鞍を卸して其荷鞍を叩きながら山伏の真似をして呶鳴《どな》って居ると荷鞍が草の上から踊り出して其儘水中で島に化してしまったという其荷鞍の島はこれである。

五位鷺が一羽おりて太藺の蔭にじっとして居る。折柄俄雨が一方から水面を騒がしてさあっと降って来た。鷺がすうっと飛び出して岸から垂れた小枝へ移った。雨の脚が過ぎると水面は復た一方から静かになる。汀には木の葉の滴りが水に大きな輪を描いて水馬が小さな輪を描いて居る。

五　漁村の能

俄雨のあとの草にはきらきらと日の光がさす。両方から小径を埋めて傾いた芒の穂を蓙ですって行く。博労の跳ね返した穂が時々ひやりと頬へあたる。だんだん小山の頂を行くと芒の穂の上に海洋が表われてやがて一目に見えるようになった。海洋は日光のさし加減と見えて只紺碧である。あなたには弥彦山が皺一つ一つも数えることが出来る程近く見えて其後ろに連亘《れんこう》して居る越後の山々も今日は明かである。余等が歩いて居る小山の裾に迫って三角形の真白な帆を掛けた船が一つ徐《おもむ》ろに其紺碧の水を辷って走る。白帆も日光のさし加減と見えて眩きばかりかがやく、博労は明日も日和だといった。芒の穂を分けながら

山をおりる。海が一歩ずつ狭くなって木立のあなたに全く見えなくなった時に僅かばかり水田のある所へ出た。博労は突然ああ能があるといいながら駈け出した。余は合点が行かなかったが一所に駈け出した。田に添うて茂った深い木立に入ろうとした時に余の耳に幽かな笛の音が聞えた。木立に入ると大きな寺がある。本堂の廊下には人が一杯になって見える。沓脱《くつぬぎ》の左右には婆さん達が小さな店を出して通草《あけび》や菓子を並べて置く。平内さん能う来たがもう二番済んだと其の内の一人の婆さんが博労を見掛けていった。アアそうかと博労は口癖の大声を出して俺が赤泊へお客さんを案内して来たといいながら素足の草鞋をとる。余もごたごたと一杯に転がって居る下駄の間に足を踏ン込んで草鞋の紐を解く。両掛の荷物を手に提げて段を昇ろうとして見ると立ち塞った人の頭の上に紙が貼りつけてある。番組と書いてあって三番目には三井寺とある。博労は荷物をここへ頼むがよいといって余の荷物をとって自分の草鞋と余の草鞋とを一つに括って婆さんに渡した。ぎっしりと詰った人の後に二人は漸くに立った。見ると此の本堂というのは新築したばかりでまだ壁の上塗もしてない。中央の板の間を残して左右はそこにも人がびっしりと坐って居る。廊下も前の人は皆坐って居る。女や子供も交って居るが膝へ抱かれた子供迄が大人しくして居る。正面には白の幔幕《まんまく》が張りつめてあってチョン髷《まげ》結った七十以上と見えるひょろひょろした老人と若者とが麻裃《あさがみしも》をつけて端然として居る。鼓が足もとに置いてある。幔幕の際には此外坐って居るのが四五人ある。板の間のこちらの隅には青竹を折り曲げて櫓《やぐら》の形

に組んだものが立って居て小さな釣鐘の形が下って居る。釣鐘からは長い紐が板の間へ垂れて居る。本堂のうちは此丈である。軈《やが》て老人が鼓を膝へとると若者は鼓を左の肩へとる。赤い紐がだらっと老人の膝からさがる。老人は笹の葉を押し揉んだような掛声をしぼり出して右の手を徐ろに一杯に挙げて打おろすと鼓はパチッという音がする。若者は太い声を掛けて斜に打あげると此れはボンと鳴った。互に鼓を打って居ると左の方の幔幕がまくれあがったと思ったら網代《あじろ》の笠をかぶって右の手に青笹を担いで一人表われた。此が三井寺の狂女というのだと心のうちに思う。狂女は造りつけたような姿勢でそろそろと歩く。二間ばかりで板の間へ出る。板の間へ出るとこちらを向いて以前の速度を以て歩いて来る。狂女の衣装は燦《さん》として美しい。然かも古色を帯びて居る。左の手は四本の指を揃えて袖口をぎっと押えて突っ張って居る。板の間を擦って一歩々々と踏み出す白い足袋の先が目につく。青笹も笠もとって捨てた所を見ると下は温い相貌を含んだ仮面である。白く塗った仮面はこれも古色を帯びて居る。仮面に鉢巻した紐がぱらっと後へ垂れて居る。仮面から少し下へ顎が出て見えるが其顎から汗がぽたぽたとこけて来る。後ろの幔幕について居る男が時々白紙を以て後から汗を拭いてやる。狂女は白い足袋の先を踏み出し踏み出し蛙声の如き謡《うたい》につれて板の間を舞いめぐる。極めて鈍い運動であるが骨が折れるかして舞いながら手元が絶えずぶるぶると震えて居る。「三井寺では子役が居ないのですかという声が余の耳もとで聞えたので振りかえると余の側に立って居た一人が相手に噺をしかけたので

ある。これがそうですと相手はすぐ眼の前を指す。白衣の子役は閾《しきい》一つを隔てて見物と並んで坐って居るのであった。相手は更に「アレは小木の桶屋だ相ですねと狂女をさしていった。余は此を聞いてさっき博労をたずねる時分に大桶へ箍を打込んで居た桶屋のことを思い出してああいう職人仲間にこんなものがあるのかとゆかしい心持を禁じえなかった。軈て狂女が二三歩すさって中綮《ちゅうけい》持った右の手と右の足とを突き出して腰をぐっと後へ引いて仮面が屹《きっ》と青竹の櫓を見あげた時に「アアいいと際どい声が又余の耳もとで響いた。見ると博労が向鉢巻をした首を曲げて反歯の口を開いて見惚れて居るのであった。三井寺が済むと本堂一杯であった見物が一斉にわあわあと騒がしくなった。更に番組は鉢の木が済むと板の間の四隅には荒縄を引っ張ってランプが吊された。見物が漸く動いて余等の前は疎らになった。余は閾際まで進んだ博労を見ると何時の間にか胡麻塩頭の男と噺をして居たが余を見ると明日は此人が牛を越後へ積んで帰るというから乗せていって貰うことにしたがよいと其男に余を紹介した。二人は牛がどうとかいうことを符貼《ふちょう》交りに云うて平内さんが相手の袂へ手を入れて二人で握り合うたと思ったら平内さんは其癖の大声を出してそりゃあんまり安く買ったなあといいながら口を鉗《つぐ》んで向鉢巻した頭を横に曲げた。又鼓が鳴って船弁慶がはじまった。板の間に居る弁慶と幔幕がまくれて出た静とが悠長に応答をする。弁慶は八字に髭のある大柄な男で時々瞼をぱちぱちと叩く。静が板の間の中央に蹲《うずくま》ると後ろの幔幕の際に居た男が金烏帽子をかぶせた。其男がどうも見たことのある

顔だと思ったら此れは小木の宿屋の主人であった。袴をつけて端然たる姿が余り変ったので一寸見には分らなかったのである。余は此の博労に話すとアア鉢の木の仕手を舞うたのがそうだ。どうも能う舞うといった。烏帽子をつけた静が白い足袋の先をそっと出し出し舞いめぐる。四隅に吊ったランプの光が烏帽子に輝き衣装に輝いて美しい。「アレは小木の石屋でワキなら何でも務めるのだと博労が語る。静が去って知盛の幽霊が薙刀を振り廻して出た。薙刀は時々ランプを叩き相になる。其度毎に薙刀の刃がぴかぴかと光る。能く見ると銀紙が貼ってあるので処々皺がよって居る。長い髪をかぶって伏目に荒れ廻る知盛の顎は赤い布で包んである。弁慶が頻りに数珠を押し揉んでは押し揉む。博労は此時突然「此弁慶珠数の房を振るすべ知らんと叫んだ。余は弁慶に聞えはせぬかと心配した。板の間近く膝に抱かれて居た子供が薙刀に驚いたはずみに持って居た梨を落した。梨はころころと板の間の中央まで転って行った。外はまだ黄昏である。婆さん達の店が片づけにかかって居る。余は先程婆さんの箱の中に椿の葉へ乗せた米饅頭のあったのを見ておいたのでそれを一包買ってやった。婆さんは此れは椿ダンゴというのだといった。草鞋も足袋も手に提げたまま博労に宿へ案内されて行く。本堂の庭から石段をおりる。途々聞くと佐渡には二派の能の先生があった。此の博労の平内さんも若い時分には先生に跟いて歩いたことがある。其後平内さんの先生の方は衰微してしまって今日の一味だけが立派に立って居る。然し平内さんの先生には名作の翁の仮面が秘蔵してあった。百両の値打はあると一口にい

って居たのであるが五六年前の洪水で家も蔵も流されて其仮面も一所に失ってしまった。それは海へ落ちたのであったと見えて後に磯へ打ちあげられたのを漁夫が拾ったけれど其時には鼻も欠けて元の姿はちっともなかったというのである。余は実際能を見たのは生来此の日がはじめてである。然かもこういう孤島の僻邑《へきゆう》に能の催しがあろうなどとは夢にも思い設けなかった所である。其見物人というのが大抵は百姓や漁夫のようなものであるだろうがそれが子供に至るまで静粛にして居たのは意外であった。其役者というのが桶屋や石屋や宿屋の主人などでありながら相応に品位を保って見えるのも向鉢巻をとったことのない博労の平内さんが能の智識のあるのを見ても此の島の人の心に優しい処のあるのが了解される。博労が遭うた其日から懇切であるのも宿屋で出掛に必ず草鞋を一足くれるのも小木の宿屋の美人が洗濯をしておいてくれたのも皆此の優しい心の発動でなければならぬ。佐渡というと昔は罪人の集合所であったように思って居たのであるが清潔なる島の空気は彼等の感化のためには穢れなかったと見えるのである。博労は此の夜も余と共に泊ってしまった。

此の所は越後の寺泊と相対した赤泊の漁村である。

六　草鞋

夜明にうとうととして居るとばらばらと雨が廂《ひさし》を打つ。又うとうととしてふと枕を擡《もた》げると博労は既に起きて蒲団の上に煙草をふかして居る。まだ雨だろうかと聞くと日和だ日和だと障子を開けて見せる。さっきのは通り雨であったのだ。客がみんな炉の側に聚《あつま》った。越後の博労だという胡麻塩頭の男も此の宿に泊ったと見えて炉の側へ来て居る。客の膳が悉く炉のほとりへ運ばれる。宿の亭主も一所に飯をくう。亭主というのは五十格恰《かっこう》の恐ろしい噺好きの男で一箸目には喋舌《しゃべ》って居る。相手が皆去ってしまったら余を攫《つかま》えて喋舌る。佐渡という所は気候がいい上に桑が自然に生えて居るのだけれど惜しいことに養蚕に熱心するものがない。まあ気候がいいから何も知らずに飼っても二年や三年は当るが其うちに癖がはいるともう呆れてしまうというので情ないことだ。本当に此所へ来て養蚕をしようと思うものがあれば五枚や十枚の種紙ならば人が手伝っても桑位は摘んでやる。兎に角人気がいいのだから人の桑だって少しばかり摘んだのでは泥棒だなどと騒ぐものはないとこんなことを喋舌る。客の膳が引かれて給仕の女房がお鉢を隅へ押しつけて去ったのも知らずに喋舌る。亭主は一人でお鉢を引きつけて盛っては喰い盛ってはくい五杯六杯とくうのである。余は博労の平内さんと宿の裏へ出る。うらはすぐに汀で船が一艘繋いで

ある。牛がぞろぞろと曳かれて来る。孰れも人の腹あたりまでしかない小さな牛である。孤島の産物は孤島相応の体格しか持つことが出来ないものと見えて此間中から見る牛は殆んど狗《いぬ》ころでもあるかと思う程小さなものばかりである。亭主は此所でも喋舌りはじめた。佐渡の牛は藁沓を穿かなくても自由に山坂を歩く。それが便利だというので仰山飛騨の国へ売れる。飛騨の国へ牛を曳いて行ったものは谷を籠で渡されることがあるが渡しの途中で綱がだんだんたるむとみんな真蒼になって籠が向へついた時にはもう死人のようになってしまう。此所の人はどこへ出るにも船だから海はちっとも驚かないが飛騨の籠渡しでは慄《ふる》えてしまう相だと亭主がいった。岸から船へ板を渡して水夫が三人ばかりで牛を船へ引っ張り込む。牛は板を渡っても船へはどうしてもはいるまいとする。そうすると一人の水夫が後から牛の臀《しり》をぐっと持ち揚げて押し込む。一杯に糞のついた臀でも構わずに持ちあげる。牛が悉く積まれた時余は平内さんに別を告げて船へ乗った。平内さんは此時は鉢巻はして居なかった。水夫の一人は余の草鞋を汀の水でざぶざぶと濯いで舷へ括りつけてくれた。十一反の白帆が檣に引き揚げられると船はゆらりゆらりと岸を離れる。舳《へさき》からとり舵《かじ》と船頭が大声で呶鳴ると舵がぎいっと鳴って舳が稍南の米山へ向いた。船はゆるやかに揺れて揺れる度に赤泊の漁村の上に五寸一尺と連山が聳えて来る。両方の舷から屋根を葺《ふ》いたような櫓というもので船は掩《おお》われて居る。其櫓の中心から檣が立って居る。余は櫓へ乗って檣のすぐ下で横になる。空は水の如く澄んで居る。海は空の如く静かである。空気

は冷かである。此の冷かな空気を透して日光がじりじりとさす。白帆は余がために日覆《ひおおい》の如く此日光を遮るのである。白鳥の翼でなでるような軟風が時々そよそよと渡って来る。白帆はふっと膨れると耳もとで帆綱がぎりぎりっと鳴ってやがてばさばさとたるむ。船頭は余の近くで舵へ手を掛けて悠然と煙草を燻《くゆ》らして居る。余は日のあるうちに寺泊へつけるかと聞いたらいいや此牛は柏崎へ積んだのだ。そうさ此の塩梅では夜中でなければ柏崎へはつけまいというのである。赤泊を出帆する時に舳を米山に向けたのを変だと思ったのであるが此れは以ての外の失策をしてしまった。寺泊へ渡って日頃目について居た弥彦山へ登ろうと思って居たのであるが柏崎からでは十一里も戻らねばならぬ。もう悔いても間に合わぬ諦めるより外はない。余は荷物を枕にしてうとうととなる。海は極めて静穏であるが沖へかかってからはノタという波が大きく揺れるので船が大きくゆらりゆらりと揺れる。揺られながらうとうととなって居ると帆綱が絶えずぎりぎりっと軋っては白帆がばさばさとたるむ。酔醒に水は毒だようと舵取の唄う追分の声が耳に響く。突然にもう国境は越したかなと一人の水夫が呶鳴った。余はむっくり起きて見ると佐渡は驚く許り遠くなって土手のように山が連って居る。弥彦山は岩の崩れた趾も明かに見えるように近よって居る。米山はまだぼんやりとして南方遥かに遠い。櫓の下で牛がどたどたと騒ぎ出した。水夫が三人同時に覗き込んで際どい声で怒鳴りつけた。牛はぴったり静かになった。余も櫓から覗いて見ると牛はひしひしと二側につめられて角がぎっしり舷の所で横木に括られて

ある。此時まで余と枕合になって居た胡麻塩頭の博労がむっくり起きて突然にどうだというと舵とりの男は佐渡あらしならいいが南だからどうも駄目だ。出雲崎へ向けて見ても煽られるんだから今日は柏崎は御免だ。出雲崎へつける位なら一層寺泊の方がよかろうというと運賃が十五円ばかり狂うがいいや仕方がねえと胡麻塩頭のフケを掻き落しながら博労がいった。どうやらこれでは寺泊へ行けるらしい。最初の目的が達せられるかと思うと心中窃《ひそか》に悦ばしさを禁じえなかった。あんまり弥彦山が近くなって居たと思ったのも道理であった。寺泊へついたのは五時頃である。磯へつくと船はぐるっとめぐらされて艫《とも》が波打際まで突きあがる。余は笠と蓙を投げ出して草鞋と荷物とを手に提げたまま波の引いた途段に磯へ飛びおりた。一日の航海中牛は遂に一声も鳴かなかった。

佐渡を見ると悠然として海を掩うて長く横たわって居る。大きな馬盥に水を一杯に汲んで鍋蓋を浮べれば鍋蓋のとっ手を横から見たのが佐渡が島である。鍋の底から燃えあがった焔のような夕焼の空が佐渡を包んで平穏な海一杯にきらめいて居る。佐渡は余がためには到底忘れられぬ愉快な境であった。三日は雨であとの一日丈が晴れたのであるが其雨の日に相川の金坑を見てこんなことがあった。初めは工場の殺風景に驚いたのであったが泥を溶いたように濁った濁川という小さな渓流の岸に沿うて行くと高い支柱を建てて大きな箱《はこ》戸《と》樋《い》が連って居る。箱戸樋は渓流について屈折して走る。所々僅に紅した蔦の葉が支柱に絆《から》んで戸樋を偃うて居る。疎らに立った芒の穂が戸樋に届こうとして傾いて居る。白い

雨が蔦の葉をぬらして芒の穂に打ちつける。余は秋寂びた雨の中に立って此の戸樋を流れるものは何であるかと思った。戸樋は泥土の如く粉砕された鉱石が水と共に送られて居るのであった。即ち金銀の水であるということが出来るのである。自分の頭の上を金銀の水が絶えず流れて居るのかと思うと金山が急に美化されてしまったように感ぜられた。佐渡は此の如くにして到る所余がために装飾されて居るかとも思われる。外見は凡《およ》そ佐渡ほど寂びた所は少なかろう。然しながら仔細に味おうて見ると余はまだ佐渡ほど美しい分子を有して居る所に逢うたことがない。佐渡は博労だけでも十分であるが只博労だけでは鼠地の切れのような感じを免れぬ。佐渡が島では小木の港で美人に逢うた。美人は鼠地へ金糸銀糸で刺繍った牡丹の花である。そうして博労の娘はつややかな著莪の葉へ干した染糸で刺繍った莟《つぼみ》でなければならぬ。美人は夜ちらりと見て朝は別れてしまったので何という名かそれも知らぬ。宿屋の娘であったか女中であったかそれもしかとの判断は出来ぬ。余は何故匆卒《そうそつ》に其宿を立ってしまったのであったかとそれも分らぬ。毎日々々不快な宿を遁《に》げるように立ち去るのが旅中幾十日の習慣になって居たからであったろう。然し兎にも角にも昨日の浦を見おろしながら美人と噺をした。其噺は飽気《あっけ》なかった。惜しいはかないような思が心の底に潜んで居る。牡丹の花のうらを返して見ると金糸銀糸は乱れて居る。余が美人を憶《おも》う時には心に幾分の乱を生ずる。其心の乱れは刺繍の金糸銀糸が乱れて居る如く只美しくあるべき筈の乱れである。余はこういう想に耽《ふけ》りつつ船が磯へ掻きあげられるま

で荷物と草鞋とを手に提げたまま呆然として立って居た。水夫の濯いでくれた草鞋はすっかり乾いて居る。佐渡の形見として余の手に残ったものは小木の宿屋の美人がともし灯のもとにゆかしがった手帖の間の玫瑰の花と此の草鞋とのみである。草鞋も小木の美人が槌で叩いてくれた草鞋である。紺飛白の裾から白地の覗き出した美人の姿がすぐに眼前に浮ぶ。然しそれはもう過去の記憶である。現在のものは此の草鞋のみである。歩いて歩いて底が抜けて足のうらが痛くなってならぬまでは此の草鞋は穿き通して見たいように思う。草鞋の底が抜ければ髪の毛の乱れのように藁が両方へ喰い出す。それでもぎっしり結んだ紐は手で解かねばいつまでも足について決してとれるものではない。此草鞋の紐はどうしてもぎっしり結んで置かねばならぬ。余はこう思いながら静かに暮れ行く寺泊の磯の砂浜へ笠も蓙も荷物も投げ出して徐ろに草鞋の紐を結んだ。

（『ホトトギス』明治四十年十一月号）

黴〔抄〕

徳田秋声

一

笹村《ささむら》が妻の入籍を済したのは、二人のなかに産《うま》れた幼児の出産届と、漸《ようや》く同時くらいであった。

家を持つということが唯《ただ》習慣的にしか考えられなかった笹村も、其頃《そのころ》半年弱《たらず》の西の方の旅から帰って来ると、是迄《これまで》長いあいだ厭や厭や執着していた下宿生活の荒《さび》れたさまが、一層明かに振顧《か》えられた。彼方此方《あっちこっち》行李《こうり》を持廻って旅している間、笹村の充血したような目に強く映ったのは若い妻などを連れて船へ入込んで来る男であった。九州の温泉宿では亦《また》、無聊《ぶりょう》に苦しんだ揚句、湯に浸《つか》りすぎて熱病を患《わずら》ったが、時々枕頭《まくらもと》へ遊びに来る大阪下りの芸者と口を利《き》くほか、一人も話相手がなかった。

「どう云うのが好《え》いのんや。私が気に入りそうなのを見立てて上るよって……東京ものは蓮葉《はすば》で世帯持ちが下手《へた》やと言うやないか。」笹村が湯に中《あた》って、蒼《あお》い顔をして一ト先《まず》大阪

の兄のところへ引揚げて来たとき、留守の間に襟垢《えりあか》のこびりついた小袖《こそで》や、袖口の切れかかった襦袢《じゅばん》などをきちんと仕立直しておいてくれた嫂《あによめ》は斯《こ》う言って、早く世帯を持つように勧めた。

笹村はもう道頓堀《どうとんぼり》にも飽いていた。齷齪《せせこま》しい大阪の町も厭《いと》わしいようで、直に帰支度をしようとしたが、長く離れていた東京の土を久振で踏むのが楽いようでもあり、何だか不安のようでもあった。帰路立寄った京都では、旧友がその愛した女と結婚して持った楽げな家庭振をも見せられた。

「我々の仲間では、君一人が取残されているばかりじゃないか。」

友達は長煙管《ながきせる》に煙草《たばこ》をつめながら、静かな綺麗《きれい》な二階の書斎で、温かそうな大振な厚い蒲団《ふとん》のうえに坐って、何やら蒔絵《まきえ》をしてある自分持の莨盆《たばこぼん》を引寄せた。そこからは紫だったような東山の円《まる》ッこい背《せなか》が見られた。

「京の舞妓《まいこ》だけは一見しておきたまえ。」友はそれから新樹の蔭に一片二片《ひとひらふたひら》ずつ残った桜の散るのを眺めながら、言いかけたが、笹村の余裕のない心には、京都と云うものの匂《におい》を嗅《か》いでいる隙《ひま》すらなかった。それで二人一緒に家へ還《かえ》ると、細君が敷いてくれた寝所《ねどこ》へ入って、酔のさめた寂しい頭を枕に就けた。

東京で家を持つまで、笹村は三四年住古した旧《もと》の下宿にいた。下宿では古机や本箱がまた物置部屋から取出されて、口金の錆《さ》びたようなランプが、また毎晩彼の目の前におかれ

た。坐りつけた二階のその窓先には、楓《かえで》の青葉が初夏の風に戦《そよ》いでいた。

笹村は行がかり上、これ迄《まで》係《たずさ》わっていた仕事を、漸く真面目に考えるような心持になっていた。机のうえには、新しい外国の作が置かれ、新刊の雑誌なども散かっていた。彼は買つけの或《ある》大きな紙屋の前に立って暫《しばら》く忘られていた原稿紙を買うと、また新しくその匂いをかぎしめた。

けれど、ざらざらするような下宿の部屋に落着いていられなかった笹村は、晩飯の膳《ぜん》を運ぶ女中の草履《ぞうり》の音が、廊下にばたばたする頃になるといらいらするような心持で、ふらりと下宿を出て行った。笹村は、大抵これまで行きつけたような場所へ向いて行ったが、何処《どこ》へ行っても、以前のような興味を見出さなかった。始終遊びつけた家では、相手の女が二月も以前に其処《そこ》を出て、根岸《ねぎし》の方に世帯を持っていた。笹村はがらんとした其楼《そのうち》の段《だん》梯子《ばしご》を踏むのが慵《ものう》げであった。他の女が占めている、其部屋へ入って、長火鉢《ながひばち》の傍へ坐ってみても、可懐《なつかし》いような気もしないのに失望した。聞なれたこの里の唄《うた》や、廊下を歩く女の草履の音を聞いても心に何の響も与えられなかった。

「山田君が今度建てた家の一つへ、是非君に入って頂きたいんだがね。」と友達に勧められた時、笹村は悦《よろこ》んで承諾した。

編者附記　徳田秋声の自伝的小説「黴」は我国の文壇に於て自然主義が最も高潮に達し

た時期である、明治四十四年の八月一日から東京朝日新聞誌上に連載された。これはその第一回である。由来自然主義とはその文芸上のアイディアに於て自ら相扞格《かんかく》するところあった漱石は、その後大正四年に読売新聞紙上に発表された同じ作者の「あらくれ」については、「文壇このごろ」という文章の中に文学的意義或いは人生的意義の観点から明らかに不満を述べ、且つその反証として白樺派の武者小路実篤の作風を挙げている。秋声の芸術論としての妥当は姑《しばら》く措き、漱石が偶見した一個の文芸作品を俎上にのせて自ら自己の芸術上の所信を洩らした好個の資料として他の諸作に対する所感と共に巻末に掲げて置いたから併せ読まれたい。

銀の匙〔抄〕

中勘助

前篇

一

私の書斎のいろいろながらくた物などいれた本箱の抽匣《ひきだし》に昔からひとつの小箱がしまってある。それはコルク質の木で、板の合せめごとに牡丹の花の模様のついた絵紙をはってあるが、もとは舶来の粉煙草でもはいってたものらしい。なにもとりたてて美しいのではないけれど、木の色合がくすんで手触りの柔いこと、蓋をするとき ぱん とふっくらした音のすることなどのために今でもお気にいりの物のひとつになっている。なかには子安貝や、椿の実や、小さいときの玩《もてあそ》びであったこまこました物がいっぱいつめてあるが、そのうちにひとつ珍しい形の銀の小匙のあることをかつて忘れたことはない。それはさし

わたし五分ぐらいの皿形の頭にわずかにそりをうった短い柄がついてるので、分《ぶ》あつにできてるために柄の端を指でもってみるとちょいと重いという感じがする。私はおりおり小箱のなかからそれをとりだし丁寧に曇りを拭ってあかず眺めてることがある。私がふとこの小さな匙をみつけたのは今からみればよほど旧い日のことであった。

　家にもとからひとつの茶箪笥がある。私は爪立ってやっと手のとどくじぶんからその戸棚をあけたり、抽匣をぬきだしたりして、それぞれの手ごたえや軋《きし》る音のちがうのを面白がっていた。そこに鼈甲の引手のついた小抽匣がふたつ並んでるうち、かたっぽは具合が悪くて子供の力ではなかなかあけられなかったが、それがますます好奇心をうごかして、ある日のことさんざ骨を折ってとうとう無理やりにひきだしてしまった。そこで胸を躍らせながら畳のうえへぶちまけてみたら風鎮《ふうちん》だの印籠《いんろう》の根付だのといっしょにその銀の匙をみつけたので、訳もなくほしくなりすぐさま母のところへ持っていって

「これをください」

といった。眼鏡をかけて茶の間に仕事をしてた母はちょいと思いがけない様子をしたが

「大事にとっておきなさい」

といつになくじきに許しがでたので、嬉しくもあり、いささか張合ぬけのきみでもあった。その抽匣は家が神田からこの山の手へ越してくるときに壊れてあかなくなったままになり、由緒のある銀の匙もいつか母にさえ忘れられてたのである。母は針をはこびながらその由

来を語ってくれた。

二

私の生れる時には母は殊のほかの難産で、そのころ名うてのとりあげ婆さんにも見はなされて東桂さんという漢方の先生にきてもらったが、私は東桂さんの煎薬ぐらいではいっかな生れるけしきがなかったのみか気の短い父が癇癪をおこして噛みつくようにいうもので、東桂さんはほとほと当惑して漢方の本をあっちこっち読んできかせては調剤のまちがいのないことを弁じながらひたすら潮時をまっていた。そのようにさんざ母を悩ましたあげくやっとのことで生れたが、そのとき困りはてた東桂さんが指に唾《つば》をつけて一枚一枚本をくっては薬箱から薬をしゃくいだす様子は私を育ててくれた剽軽な伯母さんの真にせまった身ぶりにのこっていつまでも厭《あ》かれることのない笑いぐさとなった。

私は元来脾弱《ひよわ》かったうえに生れると間もなく大変な腫物《できもの》で、母の形容によれば「松かさのように」頭から顔からいちめんふきでものがしたのでひきつづき東桂さんの世話にならなければならなかった。東桂さんは腫物を内攻させないために毎日まっ黒な煉薬《れんやく》と烏犀角《うさいかく》をのませた。そのとき子供の小さな口へ薬をすくいいれるには普通の匙では具合がわるいので伯母さんがどこからかこんな匙をさがしてきて始終薬を含ませてくれたのだという話

をきき、自分ではついぞ知らないことながらなんとなく懐しくてはなしともなくなってしまった。私は身体じゅうのふきでものを痒がって夜も昼もおちおち眠らないもので糠袋へ小豆を包んで母と伯母とがかわるがわる瘡蓋《かさぶた》のうえをたたいてくれると小鼻をひこつかせてさも気もちよさそうにしたという。その後ずっと大きくなるまで虚弱のため神経過敏で、そのうえ三日にあげず頭痛に悩まされるのを、家の者は糠袋で叩いたせいで脳を悪くしたのだ　といって来る人ごとに吹聴した。そのように母に苦労をかけて生れた子は母の産後のひだちのよくないためや手の足りないために、ときどき乳をのませるときのほかはちょうどそのころ家の厄介になってた伯母の手ひとつで育てられることになった。

三

伯母さんのつれあいは惣右衛門さんといって国では小身ながら侍であったけれど、夫婦そろって人の好い働きのない人たちだったので御維新の際にはひどく零落してしまい、ひきつづき明治何年とかのコレラのはやった時に惣右衛門さんが死んでからはいよいよ家がもちきれなくなってとうとう私のとこの厄介になることになったのだそうだ。国では伯母さん夫婦の人の好いのにつけこんで困った者はもとより、困りもしない者までが困った困ったといって金を借りにくると自分たちの食べる物に事をかいてまでも貸してやるので、

さもなくてさえ貧乏な家は瞬くうちに身代かぎり同然になってしまったが、そうなれば借りた奴らは足ぶみもしずに蔭で

「あんまり人がよすぎるで」

なぞと嘲笑っていた。二人はよくよく困れば心あたりの者へ返金の催促もしないではなかったけれど、さきがすこし哀れなことでもいいだせばほろほろ貰い泣きして帰ってきて

「気の毒な　気の毒な」

といっていた。

　また伯母さん夫婦は大の迷信家で、いつぞやなぞは　白鼠は大黒様のお使だ　といって、どこからかひとつがい買ってきたのを　お福様　お福様　と後生大事に育ててたが、鼠算でふえる奴がしまいにはぞろぞろ家じゅう這いまわるのをお芽出たがって、なにか事のある日には赤飯をたいたり一升枡に煎り豆を盛ったりしてお供えした。そんな風で僅ばかりの金は人に借り倒され、米櫃の米はお福様に食い倒されて、ほんの着のみ着のままの姿で、そのじぶん殿様のお供でこちらに引越してた私の家を頼りにはるばる国もとから出てきたのだそうだが、その後間もなく惣右衛門さんがコレラでなくなったため伯母さんはまったく身ひとつの寡婦になってしまった。伯母さんはその時の話をして　それは異国の切支丹が日本人を殺してしまおうと思って悪い狐を流してよこしたからコロリがはやったので、一コロリ三コロリと二遍もあった。惣右衛門さんは一コロリにかかって避病院へつれて行

かれたのだが、そこではコロリの熱でまっ黒になってる病人に水ものませずに殺してしまう。病人はみんな腹わたが焼けて死ぬのだ　といった。

伯母さんは私を育てるのがこの世に生きてる唯一の楽しみであった。それは、家はなし、子はなし、年はとってるし、なんの楽しみもなかったせいもあるが、そのほかにもうひとつ私を迷信的に可愛がる不思議な訳があった。というのは、今もし生きていればひとつちがいであるはずの兄が生れると間もなく「驚風」でなくなったのを、伯母さんは自分の子が死んでゆくように嘆いて

「生れかえってきとくれよ、生れかえってきとくれよ」

といっておいおいと泣いた。そうしたらその翌年私が生れたもので、仏様のお蔭で先の子が生れかえってきたと思いこんで無上に私を大事にしたのだそうである。たとえこの穢《きたな》いできものだらけの子でもが、頼りない伯母さんの頼みをわすれずに極楽の蓮の家をふりすててきたものと思えばどんなにか嬉しくいとしかったであろう。それゆえ私が四つ五つになってから、伯母さんは毎朝仏様へお供物をあげる時に——それは信心深い伯母さんの幸福な役目であった。——折折お仏壇のまえへつれていってまだいろはのいの字も読めない子供に兄の戒名、伯母さんの考えによれば即ち私が極楽にいた時の名まえであるところの一喚即応童子《いっかんそくおうどうじ》　というのを空《そら》に覚えさせた。

四

私は家のなかはともかく一足でも外へでるときには必ず伯母さんの背中にかじりついていたが、伯母さんのほうでも腰が痛いの腕が痺《しび》れるのとこぼしながらやっぱしはなすのがいやだったのであろう。五つぐらいまでは殆ど土のうえへ降りたことがないくらいで、帯を結びなおすときやなにかにどうかして背中からおろされるとなんだか地べたがぐらぐらするような気がして一所懸命袂のさきにへばりついていなければならなかった。そのころ私は浅葱《あさぎ》のしごきを胸高にしめ、小さな鈴と成田山のお守りをさげていた。それは伯母さんのくふうで、お守りはもとより怪我のないため、溝《どぶ》や川へ落ちないため、鈴は伯母さんが眼がかすんで遠くが見えないので、もしやはぐれたときにその音をききつけて捜しにこようというのである。併《しか》し年が年じゅう背中からおりたことのない子には鈴もお守りも実はまったく無用のものであった。私は虚弱のため智慧のつくのが遅れ、かつ甚しく憂鬱になって、伯母さん以外の者には笑顔を見せることは殆どなく、また自分から口をきくことはおろか家の者になにかいわれてもろくに返事もせず、よっぽど機嫌のいい時ですらやっと黙ってうなずくぐらいのもので、意気地なしの人みしりばかりして、知らない人の顔さえみれば背中に顔をかくして泣きだすのが常であった。私が痩せほうけて肋骨があらわれ、

頭ばかり大きくて眼がひっこんでたため家の者はみんな　章魚坊主《たこぼうず》　章魚坊主　といったが、自分ではわが名の□ぼうを訛って　□ぽん　と名のっていた。

五

私の生れたのは神田のなかの神田ともいうべく、火事や喧嘩や酔っぱらいや泥坊の絶えまのないところであった。病弱な頭に影を残した近所の家といえばむこうの米屋、駄菓子屋をはじめ、豆腐屋、湯屋、材木屋などいうたちの家ばかりで、筋向うのお医者様の黒塀と殿様のところの――私の家はその邸内にあった。――門構えとがひときわ目だっていた。天気のいい日には伯母さんはアラビアンナイトの化けものみたいに背中にくっついてる私を背負いだして年よりの足のつづくかぎり気にいりそうなところをつれてあるく。じき裏の路地の奥に蓬莱豆をこしらえる家があって倶梨迦羅紋紋《くりからもんもん》の男たちが犢鼻褌《ふんどし》ひとつの向う鉢巻で唄をうたいながら豆を煎ってたが、そこは鬼みたいな男たちが怖いのと、がらがらいう音が頭の心《しん》へひびくのとで嫌いであった。私はもしそうしたいやなところへつれて行かれればじきにべそをかいて体をねじくる。そして行きたいほうへ黙って指さしをする。そうすると伯母さんはよく化けものの気もちをのみこんで間違いなく思うほうへつれていってくれた。

いちばん好きなところは今も神田川のふちにある和泉町のお稲荷さんであった。朝早くなど人のいないときには川へ石を投げたり、大きな木の実のような鈴を鳴らしたりしてよく遊んだ。伯母さんは私を塵のなさそうな石、またはお宮の段段のうえなどにおろしてお詣りをする。孔あき銭がからからとおちてゆくのが面白い。どこの神様仏様へいってもなにより先に　この子の体が丈夫になりますように　といってお願いするのであった。ある日のこと私が後ろから帯をつかまえられながら木柵につかまって川のほうを見てたら水のうえを白い鳥が行きつもどりつ魚を漁《あさ》っていた。その長い柔かそうな翼をたおたおと羽ばたいてしずかに飛びまわる姿はともすれば苦痛をおぼえる病弱な子供にとってまことに恰好な見ものであった。それで私はいつにない上機嫌であったが、折あしくそこへ玉子と麦粉菓子《むぎこがし》を背負った女のあきんどが休みにきたものでれいのとおりすぐに伯母さんの背中へくっついた。女は荷をおろしかぶってた手拭をとって襟などふきながらなんのかのと上手に愛想をいいいさしもの弱虫を手なずけてしまって、そろそろ背中から降りかけるじぶんにはもう麦粉菓子の箱をあけて私を釣りにかかった。女は小判なりの薫のたかい麦粉菓子をとりだして指のさきにくるくるとまわしながら

「坊ちゃん　坊ちゃん」

と手にもたせてくれたので伯母さんはしかたなしにそれを買った。今でさえ、あの渋紙ばりの籠を大儀そうに肩からはずしてなかば籾がらに埋まってる白い、うす赤い卵や、ぷん

と匂のあがる麦粉菓子などを見せられるとありったけ買ってやりたい気がしてならない。お稲荷さんはその後立派になり、賑かにもなったが、その時の柳ばかりは今も涼しく靡《なび》いている。

六

お稲荷さんへ行かない日にはきたない財布にお賽銭と木戸銭用の小銭を入れて牢屋の原へつれてゆく。それは有名な伝馬町の牢屋のあとで、いろんな見世物がしょっちゅうかかっていた。また小あきんどが露店をならべて蠑螺《さざえ》の壺焼や、はじけ豆や、蜜柑水や、季節になれば唐もろこし、焼栗、椎の実などもうる。紅白だんだらの幕をはった見世物小屋の木戸に拍子木と下足札をひかえてあぐらをかいてる男は手を口へあてて　ほうばん　ほうばん　と呼びたてる。鎖につないだ山犬の鼻さきへ鶏をつきつけて悲鳴をあげさせるのもある。お皿のある怪しげな河童が水溜《みずだまり》のなかでぼちゃぼちゃやるのもある。でろれん祭文は貝をぶうぶう吹いて金の棒みたいなものをきんきん鳴らしては　でろれん　でろれん　というのでさっぱり面白くなかったけれど伯母さんは自分が好きだもので度度つれていった。あるとき珍しく人形芝居がかかったことがあって、桜がいちめんに咲いた草山に絵草紙でみるお姫様みたいな人が鼓をもって踊ってるところの絵看板があがっていた。私は大

喜びでそこへはいったが、忽ちかちゃんかちゃんと恐しい音がして顔も手足もまっかな奴がねじくれた襷をかけて飛び出したのでびっくりしてわあわあ泣きだしてしまった。後できけばそれは千本桜の狐忠信だったのだそうだ。

気にいった見世物のひとつは駝鳥と人間の相撲であった。ねじ鉢巻の男が撃剣のお胴をつけて鳥が戦いを挑むときのようにひょんひょん跳ねながらかかってゆくと駝鳥が腹をたててぱっぱっと蹴とばすのである。ある時は駝鳥のほうが頸《くび》ねっこを押えつけられて負けになり、ある時は男のほうが蹴たてられて まいった まいった といって逃げだした。そのあいだに交代の男がかた隅で弁当をつかってたのを相手をなくしてぶらぶらしてたもう一羽の駝鳥がこっそり寄ってっていきなり弁当を呑もうとしたもので男はあわてて飛びのいた。その様子がおかしかったので見物人はどっと笑った。伯母さんは

「駝鳥がひもじがっとるにごぜんももらえんで気の毒な」

といって涙をこぼした。

七

私のような者が神田のまんなかに生れたのは河童が沙漠で孵《かえ》ったよりも不都合なことであった。近処の子はいずれも神田っ子の卵の腕白でこんな意気地なしは相手にしてくれな

いばかりかすきさえあれば辛いめをみせる。なかでもむこうの足袋屋の息子なぞは伯母さんがぼんやりしてると後ろからだしぬけに人の横ずつ面をはっつけては逃げて行き行きしたもので私はひどくおじけてとかくひっこみがちになってしまった。家にいるときには往来へむいた高窓にのせ、格子につかまらして、伯母さんが後からおさえながら馬や車や目にふれるものの名など教えて遊ばせてくれる。筋向うの米屋に車に轢《ひ》かれたちんばの鶏がいて、羽根や尻尾がぼろけて塵にまみれながらいつ見ても片足をあげてるのを伯母さんは見るたんびに可哀そうがったので、終いには私までがその鶏を見るのが厭わしくなってきた。ふだん遊ぶのはお仏壇のあるごく陰気な三畳で、夜はそこが寝室になり、ときどきは姉たちの自修室にもなった。そのころ十二三で小学校へ通ってた二人の姉が西洋の状袋の形した包みからまっ黒なお草紙をだし古い木机のうえにひろげて手習いをしたことをおぼえている。その机のひとつは長さ三尺ぐらいの、抽匣が二つついたので、つまみがとれたあとの孔へ筆のじくに紙をまいたのがさしてあり、もうひとつはわずかに子供の膝がはいるくらいのもので浅い抽匣がついてたが、これらの机は兄から姉へ、私から妹へと、何十年かのあいだ順順に譲り渡されることになった。それを踏台にして庭に向った窓のうえへあげてもらうと黒塀のそばにある大株の躑躅がみえる。夏になればまっかな花が山盛《も》りに咲いて町なかながら時たま蝶蝶が飛んできては蜜を吸ってゆく。そのあわただしく翅をはためかすのを面白く眺めてると伯母さんは後ろから肩ごしに顔をだして　黒い蝶蝶は山家《やまが》

のお爺《じい》で、白いのや黄いろいのはみんなお姫様だという。お姫様は可愛いが山家のお爺がまっ黒な大きな翅をはばたいて飛びまわるのがおそろしい。伯母さんはまた草紙で丹念にはった皮籠からいろいろな玩具をだして遊ばせてくれる。沢山の玩具のなかでいちばん大事だったのは表の溝から拾いあげた黒ぬりの土製の小犬で、その顔がなんとなく私にやさしいもののように思われた。伯母さんはそれをお犬様だといって、あき箱やなにかでこしらえたお宮のなかにすえて拝んでみせたりした。それからあのぶきっちょな丑紅《うしべに》の牛も大切であった。これらは世界にたった二人の仲よしのお友だちである。

（『東京朝日新聞』大正二年四月八日〜十四日）

鼻

芥川龍之介

禅智内供《ぜんちないぐ》の鼻と云えば、池《いけ》の尾《お》で知らない者はない。長さは五六寸あって、上唇《うわくちびる》の上から顋《あご》の下まで下っている。形は元も先も同じように太い。云わば細長い腸詰《ちょうづ》めのような物が、ぶらりと顔のまん中からぶら下っているのである。

五十歳を越えた内供は、沙弥《しゃみ》の昔から内道場供奉《ないどうじょうぐぶ》の職に陞《のぼ》った今日《こんにち》まで、内心では始終この鼻を苦に病んで来た。勿論《もちろん》表面では、今でもさほど気にならないような顔をしてすましている。これは専念に当来《とうらい》の浄土《じょうど》を渇仰《かつぎょう》すべき僧侶《そうりょ》の身で、鼻の心配をするのが悪いと思ったからばかりではない。それより寧《むしろ》、自分で鼻を気にしていると云う事を、人に知られるのが嫌だったからである。内供は日常の談話の中に、鼻と云う語が出て来るのを何よりも惧《おそ》れていた。

内供が鼻を持てあました理由は二つある。——一つは実際的に、鼻の長いのが不便だったからである。第一飯を食う時にも独りでは食えない。独りで食えば、鼻の先が鋺《かなまり》の中の飯へとどいてしまう。そこで内供は弟子の一人を膳の向うへ坐らせて、飯を食う間中、広さ一寸長さ二尺ばかりの板で、鼻を持上げていて貰う事にした。しかしこうして飯を食

うと云う事は、持上げている弟子にとっても、持上げられている内供にとっても、決して容易な事ではない。一度この弟子の代りをした中童子《ちゅうどうじ》が、嚔《くさみ》をした拍子に手がふるえて、鼻を粥《かゆ》の中へ落した話は、当時京都まで喧伝《けんでん》された。——けれどもこれは内供にとって、決して鼻を苦に病んだ重《おも》な理由ではない。内供は実にこの鼻によって傷けられる自尊心の為に苦しんだのである。

池の尾の町の者は、こう云う鼻をしている禅智内供の為に、内供の俗でない事を仕合せだと云った。あの鼻では誰も妻になる女があるまいと思ったからである。中には又、あの鼻だから出家《しゅっけ》したのだろうと批評する者さえあった。しかし内供は、自分が僧である為に、幾分でもこの鼻に煩《わずらわ》される事が少くなったとは思っていない。内供の自尊心は、妻帯と云うような結果的な事実に左右される為には、余りにデリケイトに出来ていたのである。そこで内供は、積極的にも消極的にも、この自尊心の毀損《きそん》を恢復《かいふく》しようと試みた。

第一に内供の考えたのは、この長い鼻を実際以上に短く見せる方法である。これは人のいない時に、鏡へ向って、いろいろな角度から顔を映しながら、熱心に工夫《くふう》を凝《こ》らして見た。どうかすると、顔の位置を換えるだけでは、安心が出来なくなって、頬杖《ほおづえ》をついたり頤《あご》の先へ指をあてがったりして、根気よく鏡を覗いて見る事もあった。しかし自分でも満足するほど、鼻が短く見えた事は、是までに唯の一度もない。時によると、苦心すればする程、却って長く見えるような気さえした。内供は、こう云う時には、鏡を筥《はこ》へしまいな

がら、今更のようにため息をついて、不承不承に又元の経机《きょうづくえ》へ観音経《かんのんぎょう》をよみに帰るのである。

　それから又内供は、絶えず人の鼻を気にしていた。池の尾の寺は、僧供講説《そうぐこうせつ》などの屡《しばしば》行われる寺である。寺の内には、僧坊が隙なく建て続いて、湯屋では寺の僧が日毎に湯を沸かしている。従ってここへ出入《しゅつにゅう》する僧俗の類《たぐい》も甚多い。内供はこう云う人々の顔を根気よく物色した。一人でも自分のような鼻のある人間を見つけて、安心がしたかったからである。だから内供の眼には、紺の水干《すいかん》も白の帷子《かたびら》もはいらない。まして柑子色《こうじいろ》の帽子や、椎鈍《しいにび》の法衣《ころも》なぞは、見慣れているだけに、有れども無きが如くである。内供は人を見ずに、唯、鼻を見た。――しかし鍵鼻《かぎばな》はあっても、内供のような鼻は一つも見当らない。その見当らない事が度重なるに従って、内供の心は次第に又不快になった。内供が人と話しながら、思わずぶらりと下っている鼻の先をつまんで見て、年甲斐《としがい》もなく顔を赤めたのは、全くこの不快に動かされての所為《しょい》である。

　最後に、内供は、内典外典《ないてんげてん》の中に、自分と同じような鼻のある人物を見出して、せめても幾分の心やりにしようとさえ思った事がある。けれども、目連《もくれん》や、舎利弗《しゃりほつ》の鼻が長かったとは、どの経文にも書いてない。勿論龍樹《りゅうじゅ》や馬鳴《めみょう》も、人並の鼻を備えた菩薩《ぼさつ》である。内供は、震旦《しんたん》の話の序《ついで》に蜀漢《しょくかん》の劉玄徳《りゅうげんとく》の耳が長かったと云う事を聞いた時に、それが鼻だったら、どの位自分は心細くなるだろうと思った。

内供がこう云う消極的な苦心をしながらも、一方では又、積極的に鼻の短くなる方法を試みた事は、わざわざここに云う迄もない。内供はこの方面でも殆出来るだけの事をした。烏瓜《からすうり》を煎《せん》じて飲んで見た事もある、鼠の尿《いばり》を鼻へなすって見た事もある。しかし何をどうしても、鼻は依然として、五六寸の長さをぶらりと唇の上にぶら下げているではないか。

所が或年の秋、内供の用を兼ねて、京へ上った弟子《でし》の僧が、知己《しるべ》の医者から長い鼻を短くする法を教わっていた。その医者と云うのは、もと震旦《しんたん》から渡って来た男で、当時は長楽寺《ちょうらくじ》の供僧《ぐそう》になっていたのである。

内供は、いつものように、鼻などは気にかけないと云う風をして、わざとその法もすぐにやって見ようとは云わずにいた。そうして一方では、気軽な口調で、食事の度毎に、弟子の手数をかけるのが、心苦しいと云うような事を云った。内心では勿論弟子の僧が、自分を説伏《ときふ》せて、この法を試みさせるのを待っていたのである。弟子の僧にも、内供のこの策略がわからない筈はない。しかしそれに対する反感よりは、内供のそう云う策略をとる心もちの方が、より強くこの弟子の僧の同情を動かしたのであろう。弟子の僧は、内供の予期通り、口を極めて、この法を試みる事を勧め出した。そうして、内供自身も亦、その予期通り、結局この熱心な勧告に聴従《ちょうじゅう》する事になった。

その法と云うのは、唯、湯で鼻を茹《ゆ》でて、その鼻を人に踏ませると云う、極めて簡単なものであった。

湯は寺の湯屋で、毎日沸かしている。そこで弟子の僧は、指も入れないような熱い湯を、すぐに提《ひさげ》に入れて、湯屋から汲んで来た。しかしじかにこの提へ鼻を入れるとなると、湯気に吹かれて顔を火傷《やけど》する惧《おそれ》がある。そこで折敷《おしき》へ穴をあけて、それを提の蓋《ふた》にして、その穴から鼻を湯の中へ入れる事にした。鼻だけはこの熱い湯の中へ浸《ひた》しても、少しも熱くないのである。しばらくすると弟子の僧が云った。

――もう茹《うだ》った時分でござろう。

内供は苦笑した。これだけ聞いたのでは、誰も鼻の話とは気がつかないだろうと思ったからである。鼻は熱湯に蒸《む》されて、蚤《のみ》の食ったようにむず痒《かゆ》い。

弟子の僧は、内供が折敷の穴から鼻をぬくと、そのまだ湯気の立っている鼻を、両足に力を入れながら、踏みはじめた。内供は横になって、鼻を床板の上へのばしながら、弟子の僧の足が上下《うえした》に動くのを眼の前に見ているのである。弟子の僧は、時々気の毒そうな顔をして、内供の禿《は》げ頭を見下しながら、こんな事を云った。

――痛うはござらぬかな。医師は責《せ》めて踏めと申したで。じゃが、痛うはござらぬかな。

内供は、首を振って、痛くないと云う意味を示そうとした。所が鼻を踏まれているので思うように首が動かない。そこで、上眼《うわめ》を使って、弟子の僧の足に皹《あかぎれ》のきれているのを眺めながら、腹を立てたような声で、

――痛うはないて。

と答えた。実際鼻はむず痒い所を踏まれるので、痛いよりも却て気もちのいい位だったのである。

しばらく踏んでいると、やがて、粟粒《あわつぶ》のようなものが、鼻へ出来はじめた。云わば毛をむしった小鳥をそっくり丸炙《まるやき》にしたような形である。弟子の僧は之を見ると、足を止めて独り言のようにこう云った。

——之を鑷子《けぬき》でぬけと申す事でござった。

内供は、不足らしく頬をふくらせて、黙って弟子の僧のするなりに任せて置いた。勿論弟子の僧の親切がわからない訳ではない。それは分っても、自分の鼻をまるで物品のように取扱うのが、不愉快に思われたからである。内供は、信用しない医者の手術をうける患者のような顔をして、不承不承に弟子の僧が、鼻の毛穴から鑷子で脂《あぶら》をとるのを眺めていた。脂は、鳥の羽の茎《くき》のような形をして、四分ばかりの長さにぬけるのである。

やがて之が一通りすむと、弟子の僧は、ほっと一息ついたような顔をして、

——もう一度、之を茹でればようござる。

と云った。

内供は矢張、八の字をよせたまま不服らしい顔をして、弟子の僧の云うなりになっていた。

さて二度目に茹でた鼻を出して見ると、成程、何時になく短くなっている。これではあ

たりまえの鍵鼻と大した変りはない。内供はその短くなった鼻を撫《な》でながら、弟子の僧の出してくれる鏡を、極《きま》りが悪るそうにおずおず覗《のぞ》いて見た。

鼻は――あの顋《あご》の下まで下っていた鼻は、殆嘘のように萎縮して、今は僅《わずか》に上唇の上で意気地なく残喘《ざんぜん》を保っている。所々まだらに赤くなっているのは、恐らく踏まれた時の痕《あと》であろう。こうなれば、もう誰も哂《わら》うものはないのにちがいない。――鏡の中にある内供の顔は、鏡の外にある内供の顔を見て、満足そうに眼をしばたたいた。

しかし、その日はまだ一日、鼻が又長くなりはしないかと云う不安があった。そこで内供は誦経《ずきょう》する時にも、食事をする時にも、暇さえあれば手を出して、そっと鼻の先にさわって見た。が、鼻は行儀《ぎょうぎ》よく唇の上に納まっているだけで、格別それより下へぶら下って来る気色《けしき》もない。それから一晩寝てあくる日早く眼がさめると内供は先《まず》、第一に、自分の鼻を撫でて見た。鼻は依然として短い。内供はそこで、幾年にもなく、法華経《ほけきょう》書写の功を積んだ時のような、のびのびした気分になった。

所が二三日たつ中に、内供は意外な事実を発見した。それは折から、用事があって、池の尾の寺を訪れた侍《さむらい》が、前よりも一層可笑《おか》しそうな顔をして、話も碌々《ろくろく》せずに、じろじろ内供の鼻ばかり眺めていた事である。それのみならず、嘗《かつ》て、内供の鼻を粥《かゆ》の中へ落した事のある中童子《ちゅうどうじ》なぞは、講堂の外で内供と行きちがった時に、始めは、下を向いて可笑《おか》しさをこらえていたが、とうとうこらえ兼ねたと見えて、一度にふっと吹き出してしまっ

た。用を云いつかった下法師《しもぼうし》たちが、面と向っている間だけは、慎《つつし》んで聞いていても、内供が後《うしろ》さえ向けば、すぐにくすくす笑い出したのは、一度や二度の事ではない。

内供は始、之を自分の顔がわりがしたせいだと解釈した。しかしどうもこの解釈だけでは十分に説明がつかないようである。――勿論、中童子や下法師が哂《わら》う原因は、そこにあるのにちがいない。けれども同じ哂うにしても、鼻の長かった昔とは、哂うのにどことなく容子《ようす》がちがう。見慣れた長い鼻より、見慣れない短い鼻の方が滑稽《こっけい》に見えると云えば、それまでである。が、そこにはまだ何かあるらしい。

――前にはあのようにつけつけとは哂わなんだて。

内供は、誦《ず》しかけた経文をやめて、禿《は》げ頭を傾けながら、時々こう呟《つぶや》く事があった。愛すべき内供は、そう云う時になると、必ぼんやり、傍《かたわら》にかけた普賢《ふげん》の画像を眺めながら、鼻の長かった四五日前の事を憶《おも》い出して、「今はむげにいやしくなりさがれる人の、さかえたる昔をしのぶがごとく」ふさぎこんでしまうのである。――内供には、遺憾《いかん》ながらこの問に答を与える明が欠けていた。

――人間の心には互に矛盾《むじゅん》した二つの感情がある。勿論、誰でも他人の不幸に同情しない者はない。所がその人がその不幸を、どうにかして切りぬける事が出来ると、今度はこっちで何となく物足りないような心もちがする。少し誇張して云えば、もう一度その人を、同じ不幸に陥《おとしい》れて見たいような気にさえなる。そうして何時の間にか、消極的では

あるが、或敵意をその人に対して抱くような事になる。――内供が、理由を知らないながらも、何となく不快に思ったのは、池の尾の僧俗の態度に、この傍観者の利己主義をそれとなく感づいたからに外ならない。

そこで内供は日毎に機嫌《きげん》が悪くなった。二言目には、誰でも意地悪く叱《しか》りつける。しまいには鼻の療治《りょうじ》をしたあの弟子の僧でさえ、「内供は法慳貪《ほうけんどん》の罪を受けられるぞ」と陰口をきく程になった。殊に内供を忿《おこ》らせたのは、例の悪戯《いたずら》な中童子である。或日、けたたましく犬の吠《ほ》える声がするので、内供が何気なく外へ出て見ると、中童子は、二尺ばかりの木の片《きれ》をふりまわして、毛の長い、痩《や》せた尨犬《むくいぬ》を逐《お》いまわしている。それも唯、逐いまわしているのではない。「鼻を打たれまい。それ、鼻を打たれまい」と囃《はや》しながら、逐いまわしているのである。内供は、中童子の手からその木の片をひったくって、したたかその顔を打った。木の片は以前の鼻持上《はなもた》げの木だったのである。

内供はなまじいに、鼻の短くなったのが、反《かえっ》て恨《うら》めしくなった。

すると或夜の事である。日が暮れてから急に風が出たと見えて、塔の風鐸《ふうたく》の鳴る音が、うるさい程枕に通《かよ》って来た。その上、寒さもめっきり加わったので、老年の内供は寝つこうとしても寝つかれない。そこで床の中でまじまじしていると、ふと鼻が何時になく、むず痒《かゆ》いのに気がついた。手をあてて見ると少し水気《すいき》が来たようにむくんでいる。どうやらそこだけ、熱さえもあるらしい。

――無理に短うしたで、病が起ったのかも知れぬ。

内供は、仏前に香花《こうげ》を供《そな》えるような恭《うやうや》しい手つきで、鼻を抑えながら、こう呟いた。

翌朝、内供が何時ものように早く眼をさまして見ると、寺内の銀杏《いちょう》や橡《とち》が一晩の中に葉を落したので、庭は黄金《きん》を敷いたように明い。塔の屋根には霜が下りているせいであろう。まだうすい朝日に、九輪《くりん》がまばゆく光っている。禅智内供は、蔀《しとみ》を上げた椽に立って、深く息をすいこんだ。

殆、忘れようとしていた或感覚が、再《ふたたび》内供に帰って来たのはこの時である。

内供は慌てて鼻へ手をやった。手にさわるものは、昨夜《ゆうべ》の短い鼻ではない。上唇の上から顋《あご》の下まで、五六寸あまりもぶら下っている、昔の長い鼻である。内供は鼻が一夜の中に、又元の通り長くなったのを知った。そうしてそれと同時に、鼻が短くなった時と同じような、はればれした心もちが、どこからともなく帰って来るのを感じた。

――こうなれば、もう誰も哂《わら》うものはないにちがいない。

内供は心の中でこう自分に囁《ささや》いた。長い鼻をあけ方の秋風にぶらつかせながら。

（大正五年一月／『新思潮』大正五年二月号）

芋粥

芥川龍之介

元慶《がんぎょう》の末か、仁和《にんな》の始にあった話であろう。どちらにしても時代はさして、この話に大事な役を、勤めていない。読者は唯《ただ》、平安朝と云う、遠い昔が背景になっていると云う事を、知ってさえいてくれれば、よいのである。――その頃、摂政《せっしょう》藤原基経《もとつね》に仕えている侍《さむらい》の中に、某《なにがし》と云う五位があった。

これも、某と書かずに、何の誰と、ちゃんと姓名を明にしたいのであるが、生憎《あいにく》旧記には、それが伝わっていない。恐らくは、実際、伝わる資格がない程、平凡な男だったのであろう。一体旧記の著者などと云う者は、平凡な人間や話に、余り興味を持たなかったらしい。この点で、彼等と、日本の自然派の作家とは、大分ちがう。王朝時代の小説家は、存外、閑人《ひまじん》でない。――兎に角、摂政藤原基経に仕えている侍の中に、某と云う五位があった。これが、この話の主人公である。

五位は、風采の甚揚《はなはだあが》らない男であった。第一背が低い。それから赤鼻で、眼尻が下っている、口髭は勿論薄い。頰が、こけているから、頤《あご》が、人並はずれて、細く見える。唇は――一々、数え立てていれば、際限はない。我五位の外貌はそれ程、非凡に、だらしな

く、出来上っていたのである。
この男が、何時《いつ》、どうして、基経に仕えるようになったのか、それは誰も知っていない。が、余程以前から、同じような色の褪《さ》めた水干《すいかん》に、同じような萎々《なえなえ》した烏帽子《えぼうし》をかけて、同じような役目を、飽きずに、毎日、繰返している事だけは、確である。その結果であろう、今では、誰が見ても、この男に若い時があったとは思われない。（五位は四十を越していた。）その代り生まれた時から、あの通り寒むそうな赤鼻と、形ばかりの口髭とを、朱《しゅ》雀大路《じゃくおおじ》の衢風《ちまたかぜ》に、吹かせていたと云う気がする。上《かみ》は主人の基経から、下《しも》は牛飼の童児まで、無意識ながら、悉《ことごとく》そう信じて疑う者がない。

こう云う風采を具えた男が、周囲から、受ける待遇は、恐らく書くまでもない事であろう。侍所《さぶらいどころ》にいる連中は、五位に対して、殆ど蝿《はえ》程の注意も払わない。有位《うい》無位《むい》、併せて二十人に近い下役さえ、彼の出入りには、不思議な位、冷淡を極めている。五位が何か云いつけても、決して彼等同志の雑談をやめた事はない。彼等にとっては、空気の存在が見えないように、五位の存在も、眼を遮《さえぎ》らないのであろう。下役でさえそうだとすれば、別当とか、侍所の司《つかさ》とか云う上役たちが頭から彼を相手にしないのは、寧《むし》ろ自然の数《すう》である。彼等は、五位に対すると、殆ど、子供らしい無意味な悪意を、冷然とした表情の後に隠して、何を云うのでも、手真似だけで用を足した。人間に言語があるのは、偶然ではない。従って、彼等も手真似では用を弁じない事が、時々ある。が、彼等は、それを全然五位の

悟性に、欠陥があるからだと、思っているらしい。そこで彼等は用が足りないと、この男の歪んだ揉《もみ》烏帽子の先から、切れかかった藁草履《わらぞうり》の尻まで、万遍なく見上げたり、見下したりして、それから、鼻で哂《わら》いながら、急に後を向いてしまう。それでも、五位は、腹を立てた事がない。彼は、一切の不正を、不正として感じない程、意気地のない、臆病な人間だったのである。

所が、同僚の侍たちになると、進んで、彼を翻弄《ほんろう》しようとした。年かさの同僚が、彼の振わない風采を材料にして、古い洒落《しゃれ》を聞かせようとする如く、年下の同僚も、亦それを機会にして、所謂《いわゆる》興言《きょうげん》利口《りこう》の練習をしようとしたからである、彼等は、この五位の面前で、その鼻と口髭と、烏帽子と水干とを、品騭《ひんしつ》して飽きる事を知らなかった。そればかりではない。彼が五六年前に別れたうけ唇《くち》の女房とその女房と関係があったと云う酒のみの法師とも、屢《しばしば》彼等の話題になった。その上、どうかすると、彼等は甚《はなはだ》、性質《たち》の悪い悪戯《いたずら》さえする。それを今一々、列記する事は出来ない。が、彼の篠枝《ささえ》の酒を飲んで、後《あと》へ尿《いばり》を入れて置いたと云う事を書けば、その外は凡《およそ》、想像される事だろうと思う。

しかし、五位はこれらの揶揄《やゆ》に対して、全然無感覚であった。少くもわき眼には、無感覚であるらしく思われた。彼は何を云われても、顔の色さえ変えた事がない。黙って例の薄い口髭を撫ながら、するだけの事をしてすましている。唯、同僚の悪戯が、高じすぎて、髷《まげ》に紙切れをくっつけたり、太刀《たち》の鞘《さや》に草履を結びつけたりすると、彼は笑うのか、泣く

のか、わからないような笑顔をして、「いけぬのう、お身たちは。」と云う。その顔を見、その声を聞いた者は、誰でも一時或いじらしさに打たれてしまう。（彼等にいじめられるのは、一人、この赤鼻の五位だけではない。彼等の知らない誰かが――多数の誰かが、彼の顔と声とを借りて、彼等の無情を責めている。）――そう云う気が、朧《おぼろ》げながら、彼等の心に、一瞬の間にしみこんで来るからである。唯その時の心もちを、何時までも持続ける者は甚少い。その少い中の一人に、或無位の侍があった。これは丹波《たんば》の国から来た男で、まだ柔い口髭が、やっと鼻の下に、生えかかった位の青年である。勿論、この男も始めは皆と一しょに、何の理由もなく、赤鼻の五位を軽蔑《けいべつ》した。所が、或日何かの折に、「いけぬのう、お身たちは」と云う声を聞いてからは、どうしても、それが頭を離れない。それ以来、この男の眼にだけは、五位が全く別人として、映るようになった。栄養の不足した、血色の悪い、間のぬけた五位の顔にも、世間の迫害にべそを掻いた、「人間」が覗いているからである。この無位の侍には、五位の事を考える度に、世の中のすべてが、急に、本来の下等さを露《あらわ》すように思われた。そうしてそれと同時に霜げた赤鼻と数える程の口髭とが、何となく一味《いちみ》の慰安を自分の心に伝えてくれるように思われた。……

しかし、それは、唯この男一人に、限った事である。こう云う例外を除けば、五位は、依然として周囲の軽蔑の中に、犬のような生活を続けて行かなければならなかった。第一彼には着物らしい着物が一つもない。青鈍《あおにび》の水干と、同じ色の指貫《さしぬき》とが一つずつあるが、

今ではそれが上白《うわじろ》んで、藍《あい》とも紺とも、つかないような色に、なっている。水干はそれでも、肩が少し落ちて、丸組の緒や菊綴《きくとじ》の色が怪しくなっているだけだが、指貫になると、裾のあたりのいたみ方が、一通りでない。その指貫の中から、下の袴もはかない、細い足が出ているのを見ると、口の悪い同僚でなくとも、痩公卿の車を牽《ひ》いている、痩牛の歩みを見るような、みすぼらしい心もちがする。それに佩《はい》ている太刀も、頗《すこぶ》る覚束《おぼつか》ない物で、柄《つか》の金具も如何《いかが》わしければ、黒鞘の塗も剥げかかっている。これが例の赤鼻で、だらしなく草履をひきずりながら、唯でさえ猫背なのを、一層寒空の下に背ぐくまって、もの欲しそうに、左右を眺め眺め、きざみ足に歩くのだから、通りがかりの物売りまで莫迦《ばか》にするのも、無理はない。現に、こう云う事さえあった。……

或る日、五位が三条坊門を神泉苑《しんぜんえん》の方へ行く所で、子供が六七人、路ばたに集って何にかしているのを見た事がある。「こまつぶり」でも、廻しているのかと思って、後ろから覗いて見ると、何処《どこ》かから迷って来た、尨犬《むくいぬ》の首へ縄をつけて、打ったり殴《たた》いたりしているのであった。臆病な五位は、これまで何かに同情を寄せる事があっても、あたりへ気を兼ねて、まだ一度もそれを行為に現わした事がない。が、この時だけは相手が子供だと云うので、幾分か勇気が出た。そこで出来るだけ、笑顔をつくりながら、年かさらしい子供の肩を叩いて、「もう、堪忍してやりなされ。犬も打たれれば、痛いでのう」と声をかけた。するとその子供はふりかえりながら、上眼を使って、蔑《さげ》すむように、じろじろ五位の

姿を見た。云わば侍所の別当が用の通じない時に、この男を見るような顔をして、見たのである。「いらぬ世話はやかれとうもない。」その子供は一足下りながら、高慢な唇を反らせて、こう云った。「何じゃ、この鼻赤めが。」五位は、この語《ことば》が自分の顔を打ったように感じた。が、それは悪態をつかれて、腹が立ったからでは毛頭ない。云わなくともいい事を云って、恥をかいた自分が、情なくなったからである。彼は、きまりが悪いのを苦しい笑顔に隠しながら、黙って、又、神泉苑の方へ歩き出した。後では、子供が、六七人、肩を寄せて、「べっかっこう」をしたり、舌を出したりしている。勿論彼はそんな事を知らない。知っていたにしても、それが、この意気地のない五位にとって、何であろう。……では、この話の主人公は、唯、軽蔑される為にのみ生れて来た人間で、別に何の希望も持っていないかと云うと、そうでもない。五位は五六年前から芋粥《いもがゆ》と云う物に、異常な執着を持っている。芋粥とは山の芋を中に切込んで、それを甘葛《あまずら》の汁で煮た、粥の事を云うのである。当時はこれが、無上の佳味として、上は万乗《ばんじょう》の君の食膳にさえ、上せられた。従って、我五位の如き人間の口へは、年に一度、臨時の客の折にしか、はいらない。その時でさえ飲めるのは、僅に喉《のど》を沾《うるお》すに足る程の少量である。そこで芋粥を飽きる程飲んで見たいと云う事が、久しい前から、彼の唯一の欲望になっていた。勿論、彼は、それを誰にも話した事がない。いや彼自身さえそれが、彼の一生を貫いている欲望だとは、明白に意識しなかった事であろう。が事実は、彼がその為に、生きていると云っても、差支《さしつかえ》な

い程であった。――人間は、時として、充されるか充されないか、わからない欲望の為に、一生を捧げてしまう。その愚を哂《わら》う者は、畢竟《ひっきょう》、人生に対する路傍の人に過ぎない。
　しかし、五位が夢想していた、「芋粥に飽かむ」事は、存外容易に事実となって、現れた。その始終を書こうと云うのが、芋粥の話の目的なのである。

　或年の正月二日、基経の第《だい》に、所謂《いわゆる》臨時の客があった時の事である。（臨時の客は二の宮大饗《たいきょう》と同日に摂政関白家が、大臣以下の上達部《かんだちめ》を招いて、催す饗宴で、大饗と別に変りがない。）五位も、外の侍たちにまじって、その残肴《ざんこう》の招伴《しょうばん》をした。当時はまだ、取食《とりば》みの習慣がなくて、残肴は、その家の侍が一堂に集まって、食う事になっていたからである。尤《もっと》も、大饗に比しいと云っても昔の事だから、品数の多い割に碌な物はない、餅、伏《ふ》菟《と》、蒸鮑《むしあわび》、干鳥《ほしどり》、宇治の氷魚《ひうお》、近江《おうみ》の鮒《ふな》、鯛の楚割《すわり》、鮭の内子《こごもり》、焼蛸《やきだこ》、大海老《おおえび》、大柑子《おおこうじ》、小柑子、橘、串柿などの類《たぐい》である。唯、その中に、例の芋粥があった。五位は毎年、この芋粥を楽しみにしている。が、何時も人数が多いので、自分が飲めるのは、いくらもない。それが今年は、特に、少かった。そうして気のせいか、何時もより、余程味が好い。そこで、彼は飲んでしまった後の椀をしげしげと眺めながら、うすい口髭についている滴《しずく》を、

掌で拭いて誰に云うともなく、「何時になったら、これに飽ける事かのう」と、こう云った。

「大夫殿は、芋粥に飽かれた事がないそうな。」
五位の語《ことば》が完《おわ》らない中に、誰かが、嘲笑《あざわら》った。錆《さび》のある、応揚《おうよう》な、武人らしい声である。五位は、猫背の首を挙げて、臆病らしく、その人の方を見た。声の主は、その頃、同じ基経の恪勤《かくごん》になっていた、民部卿時長の子藤原利仁《としひと》である。肩幅の広い、身長《みのたけ》の群を抜いた逞《たくま》しい大男で、これは、煠栗《ゆでぐり》を嚙みながら、黒酒《くろき》の杯《さかずき》を重ねていた。もう大分酔がまわっているらしい。

「お気の毒な事じゃ。」利仁は、五位が顔を挙げたのを見ると、軽蔑と憐憫《れんびん》とを一つにしたような声で、語を継いだ。「お望みなら、利仁がお飽かせ申そう。」

始終、いじめられている犬は、たまに肉を貰っても容易によりつかない。五位は、例の笑うのか、泣くのか、わからないような笑顔をして、利仁の顔と、空《から》の椀とを、等分に見比べていた。

「おいやかな。」

「……。」

「どうじゃ。」

「……。」

五位は、その中に、衆人の視線が、自分の上に、集まっているのを感じ出した。答え方一つで、又、一同の嘲弄を、受けなければならない。或は、どう答えても、結局、莫迦《ばか》にされそうな気さえする。彼は躊躇《ちゅうちょ》した。もし、その時に、相手が、少し面倒臭そうな声で、「おいやなら、たってとは申すまい」と云わなかったなら、五位は、何時《いつ》までも、椀と利仁とを、見比べていた事であろう。

彼は、それを聞くと、慌《あわただ》しく答えた。

「いや……忝《かたじけの》うござる。」

この問答を聞いていた者は、皆、一時に、失笑した。「いや、忝うござる。」――こう云って、五位の答を、真似る者さえある。所謂、橙黄橘紅《とうこうきっこう》を盛った窪杯《くぼつき》や高杯の上に多くの揉《もみ》烏帽子や立《たて》烏帽子が、笑声と共に一しきり、波のように動いた。中でも、最《もっとも》、大きな声で、機嫌よく、笑ったのは、利仁自身である。

「では、その中《うち》に、御誘い申そう。」そう云いながら、彼は、ちょいと顔をしかめた。こみ上げて来る笑と今、飲んだ酒とが、喉で一つになったからである。「……しかと、よろしいな。」

「忝うござる。」

五位は赤くなって、吃《ども》りながら、又、前の答を繰返した。一同が今度も、笑ったのは、云うまでもない。それが云わせたさに、わざわざ念を押した当の利仁に至っては、前より

も一層可笑《おか》しそうに広い肩をゆすって、哄笑《こうしょう》した。この朔北《さくほく》の野人は、生活の方法を二つしか心得ていない。一つは酒を飲む事で、他の一つは笑う事である。

しかし幸《さいわい》に談話の中心は、程なく、この二人を離れてしまった。これは事によると、外の連中が、たとい嘲弄にしろ、一同の注意をこの赤鼻の五位に集中させるのが、不快だったからかも知れない。兎に角、談柄《だんぺい》はそれからそれへと移って、酒も肴《さかな》も残少《のこりずくな》になった時分には、某《なにがし》と云う侍学生《がくしょう》が、行縢《むかばき》の片皮へ、両足を入れて馬に乗ろうとした話が、一座の興味を集めていた。が、五位だけは、まるで外の話が聞えないらしい。恐らく芋粥の二字が、彼のすべての思量を支配しているからであろう。前に雉子《きじ》の炙《や》いたのがあっても、箸をつけない。黒酒の杯があっても、口を触れない。彼は、唯、両手を膝の上へ置いて、見合いをする娘のように霜に犯されかかった鬢《びん》の辺まで、初心《うぶ》らしく上気しながら、何時までも空になった黒塗の椀を見つめて、多愛もなく、微笑しているのである。……

それから、四五日たった日の午前、加茂川の河原に沿って、粟田口《あわたぐち》へ通う街道を、静に馬を進めてゆく二人の男があった。一人は、濃い縹《はなだ》の狩衣《かりぎぬ》に同じ色の袴をして、打出《うちだし》の太刀を佩《は》いた、「鬚黒く鬢《びん》ぐきよき」男である。もう一人は、みすぼらしい青鈍《あおにび》の水干に、

薄綿の衣《きぬ》を二つばかり重ねて着た、四十恰好の侍で、これは、帯のむすび方のだらしのない容子《ようす》と云い、赤鼻でしかも穴のあたりが、洟《はな》にぬれている容子と云い、身のまわり万端のみすぼらしい事夥《おびただ》しい。尤も、馬は二人とも、前のは月毛《つきげ》、後のは蘆毛《あしげ》の三歳駒で、道をゆく物売りや侍も、振向いて見る程の駿足である。その後から又二人、馬の歩みに遅れまいとして随《つ》いて行くのは、調度掛《ちょうどがけ》と舎人《とねり》とに相違ない。――これが、利仁と五位との一行である事は、わざわざ、ここに断るまでもない話であろう。

冬とは云いながら、物静に晴れた日で、白けた河原の石の間、潺湲《せんかん》たる水の辺《ほとり》に立枯れている蓬《よもぎ》の葉を、ゆする程の風もない。川に臨んだ背の低い柳は、葉のない枝に飴《あめ》の如く、滑かな日の光りをうけて、梢《こずえ》にいる鶺鴒《せきれい》の尾を動かすのさえ、鮮にそれと、影を街道に落している。東山の暗い緑の上に、霜に焦げた天鵞絨《びろうど》のような肩を、丸々と出しているのは、大方、比叡《ひえい》の山であろう。二人は、その中に鞍《くら》の螺鈿《らでん》を、まばゆく日にきらめかせながら鞭をも加えず悠々と、粟田口を指して行くのである。

「どこでござるかな、手前をつれて行って、やろうと仰せられるのは。」五位が馴れない手に手綱をかいくりながら、云った。

「すぐ、そこじゃ。お案じになる程遠うはない。」

「すると、粟田口辺でござるかな。」

「まず、そう思われたがよろしかろう。」

利仁は今朝五位を誘うのに、東山の近くに湯の湧いている所があるから、そこへ行こうと云って出て来たのである。赤鼻の五位は、それを真《ま》にうけた。久しく湯にはいらないので、体中がこの間からむず痒《がゆ》い。芋粥の馳走になった上に、入湯が出来れば、願ってもない仕合せである。こう思って、予《あらかじ》め利仁が牽かせて来た、蘆毛の馬に跨《また》った。所が、轡《くつわ》を並べて此処まで来て見ると、どうも利仁はこの近所へ来るつもりではないらしい。現にそうこうしている中に、粟田口は通りすぎた。

「粟田口ではござらぬのう。」

「いかにも、もそっと、あなたでな。」

利仁は、微笑を含みながら、わざと、五位の顔を見ないようにして、静に馬を歩ませている。両側の人家は、次第に稀になって、今は、広々とした冬田の上に、餌をあさる鴉《からす》が見えるばかり、山の陰に消残って雪の色も、仄《ほのか》に青く煙っている。晴れながら、とげとげしい櫨《はじ》の梢が、眼に痛く空を刺しているのさえ、何となく肌寒い。

「では、山科《やましな》辺ででもござるかな。」

「山科は、これじゃ。もそっと、さきでござるよ。」

成程、そう云う中に、山科も通りすぎた。それ所ではない。何かとする中に、関山も後にして、彼是《かれこれ》、午《ひる》少しすぎた時分には、とうとう三井寺《みいでら》の前へ来た。三井寺には、利仁の懇意にしている僧がある。二人はその僧を訪ねて、午餐《ひるげ》の馳走になった。それがすむと、

又、馬に乗って、途を急ぐ。行手は今まで来た路に比べると遥に人煙が少ない。殊に当時は盗賊が四方に横行した、物騒な時代である。——五位は猫背を一層低くしながら、利仁の顔を見上げるようにして訊ねた。

「まだ、さきでござるのう。」

利仁は微笑した。悪戯《いたずら》をして、それを見つけられそうになった子供が、年長者に向ってするような微笑である。鼻の先へよせた皺《しわ》と、眼尻にたたえた筋肉のたるみとが、笑ってしまおうか、しまうまいかとためらっているらしい。そうして、とうとう、こう云った。

「実はな、敦賀《つるが》まで、お連れ申そうと思うたのじゃ。」笑いながら、利仁は鞭を挙げて遠くの空を指さした。その鞭の下には、的皪《てきれき》として、午後の日を受けた近江《おうみ》の湖が光っている。

五位は、狼狽《ろうばい》した。

「敦賀と申すと、あの越前《えちぜん》の敦賀でござるかな。あの越前の——」

利仁が、敦賀の人、藤原有仁《ありひと》の女婿《じょせい》になってから、多くは敦賀に住んでいると云う事も、日頃から聞いていない事はない。が、その敦賀まで自分をつれて行く気だろうとは、今の今まで思わなかった。第一、幾多の山河を隔てている越前の国へ、この通り、僅二人の伴《とも》人《びと》をつれただけで、どうして無事に行かれよう。ましてこの頃は、往来《ゆきき》の旅人が、盗賊の為に殺されたと云う噂《うわさ》さえ、諸方にある。——五位は歎願するように、利仁の顔を見た。

「それは又、滅相な、東山じゃと心得れば、山科。山科じゃと心得れば、三井寺。揚句が越前の敦賀とは、一体どうしたと云う事でござる。始めから、そう仰せらりょうなら、下人共なりと、召つれようものを。――敦賀とは、滅相な。」

五位は、殆どべそを掻かないばかりになって、呟《つぶや》いた。もし「芋粥に飽かむ」事が、彼の勇気を鼓舞しなかったとしたら、彼は恐らく、そこから別れて、京都へ独り帰って来た事であろう。

「利仁が一人居るのは、千人ともお思いなされ。路次の心配は、御無用じゃ。」

五位の狼狽するのを見ると、利仁は、少し眉を顰《ひそ》めながら、嘲笑《あざわら》った。そうして調度掛を呼寄せて、持たせて来た壺胡簶《つぼやなぐい》を背に負うと、やはり、その手から、黒漆《こくしつ》の真弓《まゆみ》をうけ取って、それを鞍上に横えながら、先に立って、馬を進めた。こうなる以上、意気地のない五位は、利仁の意志に盲従するより外に仕方がない。そこで、彼は心細そうに、荒涼とした周囲の原野を眺めながら、うろ覚えの観音経《かんおんぎょう》を口の中に念じ念じ、例の赤鼻を鞍の前輪にすりつけるようにして、覚束ない馬の歩みを、相不変《あいかわらず》とぼとぼと進めて行った。

馬蹄の反響する野は、茫々たる黄茅《こうぼう》に蔽《おお》われて、その所所にある行潦《みずたまり》も、つめたく、青空を映したまま、その冬の午後を、何時かそれなり凍ってしまうかと疑われる。その涯《はて》には、一帯の山脈が、日に背いているせいか、かがやく可き残雪の光もなく、紫がかった暗い色を、長々となすっているが、それさえ蕭条《しょうじょう》たる幾叢《いくむら》の枯薄《かれすすき》に遮《さえぎ》られて、二人の従者

の眼には、はいらない事が多い。――すると、利仁が、突然、五位の方をふりむいて、声をかけた。

「あれに、よい使者が参った。敦賀への言づけを申そう。」

五位は利仁の云う意味が、よくわからないので、怖怖《こわごわ》ながら、その弓で指さす方を、眺めて見た。元より人の姿が見えるような所ではない。唯、野葡萄《のぶどう》か何かの蔓《つる》が、灌木の一むらにからみついている中を、一疋の狐が、暖かな毛の色を、傾きかけた日に曝《さら》しながら、のそりのそり歩いて行く。――と思う中に、狐は、慌《あわ》ただしく身を跳らせて、一散に、どこともなく走り出した。利仁が急に、鞭を鳴らせて、その方へ馬を飛ばし始めたからである。五位も、われを忘れて、利仁の後を、逐《お》った。従者も勿論、遅れてはいられない。しばらくは、石を蹴る馬蹄の音が、戛々《かつかつ》として、曠野《ひろの》の静けさを破っていたが、やがて利仁が、馬を止めたのを見ると、何時、捕えたのか、もう狐の後足を掴《つか》んで、倒《さかさま》に、鞍の側へ、ぶら下げている。狐が、走れなくなるまで、追いつめた所で、それを馬の下に敷いて、手取りにしたものであろう。五位は、うすい髭にたまる汗を、慌しく拭きながら、漸《ようやく》、その傍へ馬を乗りつけた。

「これ、狐、よう聞けよ。」利仁は、狐を高く眼の前へつるし上げながら、わざと物々しい声を出してこう云った。「其方、今夜の中に、敦賀の利仁が館《やかた》へ参って、こう申せ。『利仁は、唯今俄《にわか》に客人を具して下ろうとする所じゃ。明日、巳時《みのとき》頃、高島の辺《ほとり》まで、男た

ちを迎いに遣《つか》わし、それに、鞍置馬二疋、牽かせて参れ。』よいか忘れるなよ。」

云い畢《おわ》ると共に、利仁は、一ふり振って狐を、遠くの叢《くさむら》の中へ、抛《ほう》り出した。

「いや、走るわ。走るわ。」

やっと、追いついた二人の従者は、逃げてゆく狐の行方を眺めながら、手を拍《う》って囃《はや》し立てた。落葉のような色をしたその獣の背は、夕日の中を、まっしぐらに、木の根石くれの嫌いなく、何処までも、走って行く。それが一行の立っている所から、手にとるようによく見えた。狐を追っている中に、何時か彼等は、曠野が緩《ゆる》い斜面を作って、水の涸《か》れた川床と一つになる、その丁度上の所へ、出ていたからである。

「広量《こうりょう》の御使でござるのう。」

五位は、ナイイヴな尊敬と賛嘆とを洩らしながら、この狐さえ頤使《いし》する野育ちの武人の顔を、今更のように、仰いで見た。自分と利仁との間に、どれ程の懸隔《けんかく》があるか、そんな事は、考える暇がない。唯、利仁の意志に、支配される範囲が広いだけに、その意志の中に包容される自分の意志も、それだけ自由が利くようになった事を、心強く感じるだけである。――阿諛《あゆ》は、恐らく、こう云う時に、最《もっとも》自然に生れて来るものであろう。読者は、今後、赤鼻の五位の態度に、幇間《ほうかん》のような何物かを見出しても、それだけで妄《みだり》にこの男の人格を、疑う可きではない。

抛り出された狐は、なぞえの斜面を、転げるようにして、駈け下りると、水の無い河床

の石の間を、器用に、ぴょいぴょい、飛び越えて、今度は、向うの斜面へ、勢よく、すじかいに駈け上った。駈け上りながら、ふりかえって見ると、自分を手捕りにした侍の一行は、まだ遠い傾斜の上に馬を並べて立っている。それが皆、指を揃えた程に、小さく見えた。殊に入日を浴びた、月毛と蘆毛とが、霜を含んだ空気の中に、描いたよりもくっきりと、浮き上っている。

狐は、頭《かしら》をめぐらすと、又枯薄の中を、風のように走り出した。

一行は、予定通り翌日の巳時《みのとき》ばかりに、高島の辺へ来た。此処は琵琶湖に臨んだ、ささやかな部落で、昨日に似ず、どんよりと曇った空の下に、幾戸の藁屋《わらや》が、疎《まばら》にちらばっているばかり、岸に生えた松の樹の間には、灰色の漣漪《さざなみ》をよせる湖の水面が、磨くのを忘れた鏡のように、さむざむと開けている。――此処まで来ると利仁が、五位を顧みて云った、

「あれを御覧《ごろう》じろ。男どもが、迎いに参ったげでござる。」

見ると、成程、二疋の鞍置馬を牽いた、二三十人の男たちが、馬に跨がったのもあり徒《か》歩《ち》のもあり、皆水干の袖を寒風に翻えして、湖の岸、松の間を、一行の方へ急いで来る。やがてこれが、間近くなったと思うと、馬に乗っていた連中は、慌ただしく鞍を下り、徒

歩の連中は、路傍に蹲踞《そんきょ》して、いずれも恭々しく、利仁の来るのを、待ちうけた。

「やはり、あの狐が、使者を勤めたと見えますのう。」

「性得《しょうとく》、変化《へんげ》ある獣じゃて、あの位の用を勤めるのは、何でもござらぬ。」

五位と利仁とが、こんな話をしている中に、一行は、郎等《ろうとう》たちの待っている所へ来た。「大儀じゃ。」と、利仁が声をかける。蹲踞していた連中が、忙しく立って、二人の馬の口を取る。急に、すべてが陽気になった。

「夜前、稀有《けう》な事が、ございましてな。」

二人が、馬から下りて、敷皮の上へ、腰を下すか下さない中に、檜皮色《ひわだいろ》の水干を着た、白髪の郎等が、利仁の前へ来て、こう云った。

「何じゃ。」利仁は、郎等たちの持って来た篠枝《ささえ》や破籠《わりご》を、五位にも勧めながら、応揚《おうよう》に問いかけた。

「さればでございまする。夜前、戌時《いぬのとき》ばかりに、奥方が俄《にわか》に、人心地《ひとごこち》をお失いなされましてな。『おのれは、阪本の狐じゃ。今日、殿の仰せられた事を、言伝《ことづ》てしようほどに、近う寄って、よう聞きゃれ。』と、こう仰有《おっしゃ》るのでございまする。さて、一同がお前に参りますると、奥方の仰せられまするには、『殿は唯今俄に客人を具して、下られようとする所じゃ。明日《みょうにち》巳時頃、高島の辺まで、男どもを迎いに遣わし、それに鞍置馬二疋牽かせて参れ。』と、こう御意《ぎょい》遊ばすのでございまする。」

「それは、又、稀有《けう》な事でござるのう。」五位は利仁の顔と、郎等の顔とを、仔細らしく見比べながら、両方に満足を与えるような、相槌《あいづち》を打った。

「それも唯、仰せられるのではございませぬ。さも、恐ろしそうに、わなわなとお震えになりましてな、『遅れまいぞ。遅れれば、おのれが、殿の御勘当をうけねばならぬ。』と、しっきりなしに、お泣きになるのでございまする。」

「して、それから、如何《いかが》した。」

「それから、多愛なく、お休みになりましてな。手前共の出て参りまする時にも、まだ、お眼覚にはならぬようで、ございました。」

「如何でござるな。」郎等の話を聞き完《おわ》ると、利仁は五位を見て、得意らしく云った。「利仁には、獣《けもの》も使われ申すわ。」

「何とも驚き入る外は、ござらぬのう。」五位は、赤鼻を掻きながら、ちょいと、頭を下げて、それから、わざとらしく、呆れたように、口を開いて見せた。口髭には今、飲んだ酒が、滴《しずく》になって、くっついている。

その日の夜の事である、五位は、利仁の館《やかた》の一間《ひとま》に、切灯台の灯を眺めるともなく、眺

めながら、寝つかれない長の夜をまじまじして、明《あか》していた。すると、夕方、此処へ着くまで、利仁や利仁の従者と、談笑しながら、越えて来た松山、小川、枯野、或は、草、木の葉、石、野火の煙のにおい――そう云うものが、一つずつ、五位の心に、浮んで来た。殊に、雀色時《すずめいろどき》の靄《もや》の中を、やっと、この館へ辿《たど》りついて、長櫃《ながひつ》に起してある、炭火の赤い焔を見た時の、ほっとした心もち、――それも、今こうして、寝ていると、遠い昔にあった事としか、思われない。五位は綿の四五寸もはいった、黄いろい直垂《ひたたれ》の下に、楽々と、足をのばしながら、ぼんやり、われとわが寝姿を見廻した。

直垂の下に利仁が貸してくれた、練色《ねりいろ》の衣《きぬ》の綿厚《わたあつ》なのを、二枚まで重ねて、着こんでいる。それだけでも、どうかすると、汗が出かねない程、暖かい。そこへ、夕飯の時に一杯やった、酒の酔が手伝っている。枕元の蔀《しとみ》一つ隔てた向うは、霜の冴えた広庭《ひろにわ》だが、それも、こう陶然としていれば、少しも苦にならない。万事が、京都の自分の曹司《そうし》にいた時と比べれば、雲泥の相違である。が、それにも係わらず、我五位の心には、何となく釣合のとれない不安があった。第一、時間のたって行くのが、待遠《まちどお》い。しかもそれと同時に、夜の明けると云う事が、――芋粥を食う時になると云う事が、そう早く、来てはならないような心もちがする。そうして又、この矛盾した二つの感情が、互に剋《こく》し合う後には、境遇の急激な変化から来る、落着かない気分が、今日の天気のように、うすら寒く控えている。それが、皆、邪魔になって、折角の暖かさも、容易に、眠りを誘いそうもない。

すると、外の広庭で、誰か、大きな声を出しているのが、耳にはいった。声がらでは、どうも、今日、途中まで迎えに出た、白髪の郎等が何か告《ふ》れているらしい。その乾《ひ》からびた声が、霜に響くせいか、凜々《りんりん》として凩《こがらし》のように、一語ずつ五位の骨に、応えるような気さえする。

「この辺の下人《げにん》、承われ。殿の御意遊ばさるるには、明朝、卯時《うのとき》までに、切口三寸、長さ五尺の山の芋を、老若各《おのおの》、一筋ずつ、持って参る様にとある。忘れまいぞ、卯時までにじゃ。」

それが、二三度、繰返されたかと思うと、やがて、人のけはいが止んで、あたりは忽《たちま》ち元のように、静な冬の夜になった。その静な中に、切灯台の油が鳴る。赤い真綿のような火が、ゆらゆらする。五位は欠伸《あくび》を一つ、噛みつぶして、又、とりとめのない、思量に耽《ふけ》り出した、――山の芋と云うからには、勿論芋粥にする気で、持って来させるのに相違ない。そう思うと、一時、外に注意を集中したおかげで忘れていた、さっきの不安が、何時の間にか、心に帰って来る。殊に、前よりも、一層強くなったのは、あまり早く、芋粥にありつきたくないと云う心もちで、それが意地悪く、思量の中心を離れない。どうもこう容易に「芋粥に飽かむ」事が、事実となって現れては、折角今まで、何年となく、辛抱して待っていたのが、如何にも、無駄な骨折のように、見えてしまう。出来る事なら、何か突然故障が起って、一旦、芋粥が飲めなくなってから、又、その故障がなくなって、今度

は、やっとこれにありつけると云うような、そんな手続きに、万事を運ばせたい。――こんな考えが、「こまつぶり」のように、ぐるぐる一つ所を廻っている中に、何時か、五位は、旅の疲れで、ぐっすり、熟睡してしまった。

翌朝、眼がさめると、直《すぐ》に、昨夜の山の芋の一件が、気になるので、五位は、何よりも先に部屋の蔀《しとみ》をあげて見た。すると、知らない中に、寝すごして、もう卯時《うのとき》をすぎていたのであろう。広庭へ敷いた、四五枚の長筵《ながむしろ》の上には、丸太のような物が、凡《およ》そ、二三千本、斜につき出した、檜皮葺《ひわだぶき》の軒先へつかえる程、山のように、積んである。見るとそれが、悉く、切口三寸、長さ五尺の途方もなく大きい、山の芋であった。

五位は、寝起きの眼をこすりながら、殆ど周章《しゅうしょう》に近い驚愕《きょうがく》に襲われて、呆然《ぼうぜん》と、周囲を見廻した。広庭の所所には、新しく打ったらしい杭の上に五斛納釜《ごくのうがま》を五つ六つ、かけ連ねて、白い布の襖《あお》を着た若い下司女《げすおんな》が、何十人となく、そのまわりに動いている。火を焚きつけるもの、灰を掻くもの、或は、新しい白木の桶《おけ》に、「あまずらみせん」を汲んで釜の中へ入れるもの、皆芋粥をつくる準備で、眼のまわる程、忙しい。釜の下から上る煙と、釜の中から湧く湯気とが、まだ消え残っている明方の靄と一つになって、広庭一面、はっきり物も見定められない程、灰色のものが罩《こ》めた中で、赤いのは、烈々と燃え上る釜の下の焔ばかり、眼に見るもの、耳に聞くもの悉く、戦場か火事場へでも行ったような騒ぎである。五位は、今更のように、この巨大な山の芋が、この巨大な五斛納釜の中で、芋

粥になる事を考えた。そうして、自分が、その芋粥を食う為に京都から、わざわざ、越前の敦賀まで旅をして来た事を考えた。考えれば考える程、何一つ、情無くならないものはない。我五位の同情すべき食欲は、実に、此時もう、一半を減却《げんきゃく》してしまったのである。

それから、一時間の後、五位は利仁や舅《しゅうと》の有仁《ありひと》と共に、朝飯の膳に向った。前にあるのは、銀《しろかね》の提《ひさげ》の一斗ばかりはいるのに、なみなみと海の如くたたえた、恐るべき芋粥である。五位はさっき、あの軒まで積上げた山の芋を、何十人かの若い男が、薄刃を器用に動かしながら、片端から削るように、勢よく切るのを見た。それからそれを、あの下司女たちが、右往左往に馳せちがって、一つのこらず、五斛納釜へすくっては入れ、すくっては入れするのを見た。最後に、その山の芋が、一つも長筵の上に見えなくなった時に、芋のにおいと、甘葛《あまずら》のにおいとを含んだ、幾道《いくどう》かの湯気の柱が、蓬々然《ほうほうぜん》として、釜の中から、晴れた朝の空へ、舞上って行くのを見た。これを、目《ま》のあたりに見た彼が、今、提に入れた芋粥に対した時、まだ、口をつけない中から、既に、満腹を感じたのは、恐らく、無理もない次第であろう。――五位は、提を前にして、間の悪そうに、額の汗を拭いた。

「芋粥に飽かれた事が、ござらぬげな。どうぞ、遠慮なく召上って下され。」

舅の有仁は、童児たちに云いつけて、更に幾つかの銀の提を膳の上に並べさせた。中にはどれも芋粥が、溢《あふ》れんばかりにはいっている。五位は眼をつぶって、唯でさえ赤い鼻を、一層赤くしながら、提に半分ばかりの芋粥を大きな土器《かわらけ》にすくって、いやいやながら飲み

干した。

「父もそう申すじゃて、平《ひら》に、遠慮は御無用じゃ。」

利仁も側から、新な提をすすめて、意地悪く笑いながらこんな事を云う。弱ったのは五位である。遠慮のない所を云えば、始めから芋粥は、一椀も吸いたくない。それを今、我慢して、やっと、提に半分だけ平げた。これ以上、飲めば、喉を越さない中にもどしてしまう、そうかと云って、飲まなければ、利仁や有仁の厚意を無にするのも、同じである。そこで、彼は又眼をねぶって、残りの半分を三分の一程飲み干した。もう後は一口も吸いようがない。

「何とも、忝うござった。もう、十分頂戴致したて。――いやはや、何とも忝うござった。」

五位は、しどろもどろになって、こう云った。余程弱ったと見えて、口髭にも、鼻の先にも、冬とは思われない程、汗が玉になって、垂れている。

「これは又、御少食な事じゃ。客人は、遠慮をされると見えたぞ。それそれその方ども、何を致して居る。」

童児たちは、有仁の語につれて、新な提の中から、芋粥を、土器に汲もうとする。五位は、両手を蝿でも逐うように動かして、平に、辞退の意を示した。

「いや、もう、十分でござる。……失礼ながら、十分でござる。」

もし、此時、利仁が、突然、向うの家の軒を指さして、「あれを御覧《ごろう》じろ」と云わなかったなら、有仁は猶《なお》、五位に、芋粥をすすめて、止まなかったかも知れない。が、幸いにして、利仁の声は、一同の注意を、その軒の方へ持って行った。檜皮葺《ひわだぶき》の軒には、丁度、朝日がさしている。そうして、そのまばゆい光に、光沢《つや》のいい毛皮を洗わせながら、一疋の獣が、おとなしく、坐っている。見るとそれは一昨日《おととい》、利仁が枯野の路で手捕りにした、あの阪本の野狐であった。

「狐も、芋粥が欲しさに、見参したそうな。男ども、しゃつにも、物を食わせてつかわせ。」

利仁の命令は、言下《ごんか》に行われた。軒からとび下りた狐は、直に広庭で芋粥の馳走に、与《あずか》ったのである。

五位は、芋粥を飲んでいる狐を眺めながら、此処へ来ない前の彼自身を、なつかしく、心の中でふり返った。それは、多くの侍たちに愚弄されている彼である。京童《きょうわらべ》にさえ「何じゃ。この鼻赤めが」と、罵られている彼である。色のさめた水干に、指貫《さしぬき》をつけて、飼主のない尨犬《むくいぬ》のように、朱雀大路をうろついて歩く、憐む可き、孤独な彼である。しかし、同時に又、芋粥に飽きたいと云う欲望を、唯一人大事に守っていた、幸福な彼である。――彼は、この上芋粥を飲まずにすむと云う安心と共に、満面の汗が次第に、鼻の先から、乾いてゆくのを感じた。晴れてはいても、敦賀の朝は、身にしみるように、風が寒い。五

位は慌てて、鼻をおさえると同時に、銀《しろかね》の提に向って大きな嚔《くさめ》をした。

（大正五年八月／『新小説』大正五年九月号）

漱石文章中の作品一覧

底本の『本書に引用した漱石書簡及評論雑篇に品隲せらる同時代の自国文藝作品一覧表』を再編集した。

作品名の後の数字は書簡番号。

『書簡中に見る諸家作品選集』収録の作品に、底本、本書とも収録は◎、底本のみ収録は○、本書のみ収録は●を付した。

青木健作	虻　71	『ホトトギス』明治四十三年四月	○
芥川龍之介	鼻　98	『新思潮』大正五年二月	◎
	猿　100	『新思潮』大正五年九月	
	芋粥　101	『新小説』大正五年九月	●
安倍能成	落日　84	『新小説』大正元年九月	
有島生馬	蝙蝠の如く　88 89 96	洛陽堂　大正二年二月	

生田葵山	謎の女	18	『文藝界』明治三十八年三月	
泉鏡花	銀短冊	8　18	『文藝倶楽部』明治三十八年四月	
伊藤左千夫	野菊の墓	15　16　17　19　21	『ホトトギス』明治三十九年一月	◎
内田百閒	老猫	67	『六高校友会誌』明治四十一年六月	●
江連沙村	不明（「山峡の人々」か）	85　86	不明	
大谷繞石	碁の名人	77	不明	
	舞踏会	77	不明	○
大塚楠緒子	客間	23	『早稲田文学』明治三十九年三月	
	そらだき	54	『東京朝日新聞』連載の第十回　明治四十一年五月五日	◎
岡田八千代	鶏鳴	8	『新小説』明治三十八年四月	
小栗風葉	深川女房	18	『新小説』明治三十八年三月	
尾崎紅葉	金色夜叉	26　27	『読売新聞』明治三十年一月〜	

河東碧梧桐	げんげん花	8	『ホトトギス』明治三十八年四月
菊池寛	身投救助業	100	『新思潮』大正五年九月
北村清六（木下杢太郎）	少年の死	96	『太陽』大正四年九月
木下杢太郎	唐草表紙	97	正確堂　大正四年二月
京都楓散	素人浄瑠璃	29	『ホトトギス』明治三十九年四月
国木田独歩	運命	61	左久良書房　明治三十九年三月
	運命論者	61	『山比古』明治三十六年三月
	巡査	61	『小柴舟』明治三十五年二月
	酒中日記	61	『文藝界』明治三十五年十一月
	竹の木戸	61	『中央公論』明治四十一年一月
久米正雄	父の死	98	『新思潮』大正五年二月
	艶書	100	『新思潮』大正五年九月
小石川へうろく	寮生活	29	『ホトトギス』明治三十九年四月

◎

小泉鐵	自分達二人	92	『白樺』大正三年一月	
幸田露伴	天うつ浪	18 61	『讀賣新聞』明治三十六年九月〜三十八年五月（未完）	
坂本四方太	稲毛の浜	7	『ホトトギス』明治三十八年四月	○
	蒲鉾の賛	8	『ホトトギス』明治三十八年四月	
	夢の如し	68	『ホトトギス』明治四十年二月二月〜	○
佐久間勉	佐久間艇長の遺書	73 74	明治四十三年四月	○
志賀直哉	范の犯罪	96	『白樺』大正四年九月	
島崎藤村	破戒	24 25 26 27 28	上田屋書店　明治三十九年三月	
	春	55 56 57	『東京朝日新聞』連載の最終回　明治四十一年八月十九日	◎
子夜	お伽のかるた	8	『ホトトギス』明治三十八年四月	
鈴木三重吉	千鳥	30 31 32	『ホトトギス』明治三十九年五月	

高浜虚子

小鳥の巣　65　『国民新聞』明治四十三年三月三日〜十月十四日　◎

石棺　7　『ホトトギス』明治三十八年三月

ほねほり　8　『ホトトギス』明治三十八年四月　◎

畑打　29　『ホトトギス』明治三十九年四月　○

京の都踊・萬屋　39　『国民新聞』明治四十年四月十六・十八日

大内旅館　42　43　『ホトトギス』明治四十年七月　◎

『俳諧師』の一節　51　『国民新聞』連載の第十三回（明治四十一年三月十三日）

『俳諧師』の数節　53　連載第十四回〜第十九回（明治四十一年三月十九日〜二十四日）

『俳諧師』の数節（小光の部分）　58　59　明治四十一年七月『俳諧師』の小光の部分六十一回から八十三回までは、初刊本『俳諧師』及び新潮社代表名作選集以後の流布本には削除されてある。

高浜虚子	朝鮮	83	『東京日日新聞』明治四十四年七月	
武定七釤（巨口）	凍	79 80 81 82	俳誌『宝船』明治四十五年十二月～大正二年十一月	
寺田寅彦	団栗	7 8 47	『ホトトギス』明治三十八年四月	◎
	竜舌蘭	19 47	『ホトトギス』明治三十八年六月	○
	嵐	33 34 35	『ホトトギス』明治三十九年五月	●
	やもり物語	47	『ホトトギス』明治四十年十月	
	伊太利人	52	『ホトトギス』明治四十一年四月	
	花物語	60	『ホトトギス』明治四十一年八月	
戸川秋骨	郊外生活	45	『東京朝日新聞』明治四十年八月一日～	○
	金魚	46	『中央公論』明治四十年九月	
徳田秋声	黴	78	『東京朝日新聞』連載の第一回　明治四十四年八月一日	◎
	あらくれ	96	『讀賣新聞』大正四年一月～七月	

中勘助	銀の匙　87　95	『東京朝日新聞』大正二年四月〜	●
長塚節	土　69　70　71　72	『東京朝日新聞』明治四十三年六月	
	佐渡ヶ島　71	『ホトトギス』明治四十年十一月	◎
中村古峡（蓊）	陽炎　57	作者にも記憶なし。或いは長篇『殻』にはあらざるか。『殻』は春陽堂版ありたれど今は絶版なり	
	瘋癲院より　99	中村古峡主宰雑誌『変態心理』に連載。発表年月不明	
長與善郎	盲目の川　61　94	『白樺』大正三年七月	
成瀬正一	独探の話（原題『航海』）　102	『新思潮』大正五年十一月	
沼波瓊音	芭蕉の臨終　90	敬文館　大正二年十月	
野上豊一郎	石菖屋の婆さん　62	『ホトトギス』明治四十二年二月	○
	破甕　62	『ホトトギス』明治四十二年一月附録	
	ミナ　63	『新文藝』明治四十三年三月	

野上豊一郎

赤門前　63　66　『国民新聞』明治四十二年九月

崖下の家　66　『新文藝』明治四十二年六月

野上彌生子

縁　37　『ホトトギス』明治四十年二月

七夕さま　40　41　『ホトトギス』明治四十年六月　◎

紫苑　48　『新小説』明治四十一年一月

柿羊羹　48　『ホトトギス』明治四十一年一月

御隣り　50　『ホトトギス』明治四十一年三月

鳩公の話　63　『ホトトギス』明治四十二年四月

野間眞綱

まぼろしの盾のうた　4　『ホトトギス』明治三十八年四月附録

看病　9　『帝国文学』明治三十八年六月

君塚の一夜　13　『ホトトギス』明治三十八年十一月

二階の男　3　同人雑誌『七人』明治三十八年二月

野村伝四

満一日　4　5　不明

	月給日　5　6	『ホトトギス』明治三十八年四月	
	垣隣り　10	『ホトトギス』明治三十八年七月	
	亀　11	『ホトトギス』明治三十八年七月	
	浴場スケッチ　12	草稿の閲を乞うのみにて発表せず。草稿も亦作者の手許より散佚せりと	
	下駄物語　14	『帝国文学』明治三十八年十一月、十二月	
	一昔　22	不明	
	榾火　22	同人雑誌『七人』明治三十九年二月	
	寒水村　36	『帝国文学』明治四十年一月	○
濱村米三	むくろ　94	『新小説』大正三年八月	
広瀬武夫	広瀬中佐の詩　74	明治三十七年三月	
二葉亭四迷	平凡　49	『東京朝日新聞』連載の第十一回　明治四十年十二月二十四日	○

巻末付録

読漱石書翰集

佐藤春夫

冬ごもりに厳君の文庫から漱石全集を持出した。僕は今までにもよく帰省中の徒然などにこの書を手にしたので今度でもう前後三度ぐらいは通読したろうと思う。僕は世にいう漱石崇拝家ほどの信者ではないが、しかしこの大家には甚だ敬服する者の一人で、これを手にする度にその滋味に浴してはさすがに堂々たる大家なる哉《かな》と思う。ところで全集中僕の最も愛読するのはその書翰集正続二巻である。これは以前からその通であったが今度も亦これが最も面白かった。長短約九百篇のこれらの消息文は僕にとっては刻苦を極めたその創作のどれよりも面白いものとして愛読されるのである。芥川龍之介は永井荷風氏を語る毎に「荷風氏では西遊日誌抄にトドメをサス」というのが恒であったが、僕も今彼の口《こう》吻《ふん》を真似て「漱石先生ではその書翰集にトドメをサス」と申したいのである。その創作を喜ばぬのでない事は念を入れるには及ぶまい。書翰集がそれほどまでに面白いのを吹聴したいのである。単に先生の文学中のみではない。近代の日本文で書かれた文学中で僕の愛読する僅少なるものの一つと称さなければならない。最初にはこの大家の日常生活とその周囲とを知る位の意味で、六号活字的乃至《ないし》文学側面史的興味も手伝わぬではなかったが今

言わんとするのは勿論そんな第二義的な意味ではなくそれ自身が一個立派な文学としてこれを読書子に推挙したいというのである。仮りに漱石先生に他に一禅の著作もなくこの書翰集のみ伝わったとするもこれ丈《だけ》で優に一代の文豪たるの地位を保ち得ると思う程である。まずその文体であるが手紙そのものの本来の性質として決して洗煉《せんれん》を経た文字ではない。それどころか最もザックバランな全で褌裸のようなスタイルだが流石に争われない気品がその露わな肉体の上に現われ出ている。時に謹直、時に軽快、併《しか》しいつも家常茶飯の平話を以てしてこの品位ある所以は文を学ぶものにとって注目し一考すべき一つのスタイルであり事実であると僕は信じている。最も端的に筆者の人柄を、その生活を、その襟懐《きんかい》を、又相手に対する真情を、最小の文字をもって露出して投げ出したところ期せずして趣味津々たる這般《しゃはん》の好文字を現出し来ったものである。一代に重んぜられた文豪だけにその交友の範囲も広く従ってその題目も豊富多方面である。その同輩や後輩に対して折にふれて語り出した文学観や社会観は傾聴せざるべからざるものがある。又、文学美術の鑑賞に関する意見には一家の文学論とその眼識とを知るとともにそれによって以て趣味の向上と芸術教育の活資料に充つるが好適と思われるものが多数にある。又時に応じては年少の友に与えた人生訓や処世訓らしいものを諄々《じゅんじゅん》と説いて勇猛心を促し反省に資する等の場合読者は一個の哲人の意見に接するであろう。又夫人に寄せたものの中には育児上の注意などさえもあるのでこれによって父として夫としての先生をも知り得るのである。就中《なかんずく》僕が

最も面白いと思ったものは祇園の某旗亭の女将に与えて「人格上の感化を云々」して敢てその野暮と不粋とを辞せざる一文（大正二年の四六参照）の如き実に先生の一本気な為人《ひととなり》の躍如たるを見る可きものあるを思う。先生は自ら告白して手紙は好きという人だけあって、その会心の友に送る手翰の如き往々感興の淋漓《りんり》たるものを見る。千差万別の題目と相手とに対してそこに一貫して見ることの出来る先生の性格は温雅にして青年の如く至純な又何ものにも屈せざる独立人としての面目と又どこまでも忠実で懇切に相手に対する真の長者らしい態度で何等衒《てら》うところなく自己を放出する点である。従ってその文字はいかなる場合にも放胆で又高逸ともいうべくしかも行間常に春風の如き微笑を看取し得る。真向より自説を振りかざして敢然と相手に立向うを辞せざる時にはその間、弄する所の好諧又は悪諧よく人をして破顔せしむるのみならず、電光影裡斬春風底の禅機を得たものもある。忠実な年代順によって編まれたこの集は読み行くうちに、自然と相手との交際の開展やその他との関絡などわかって、この大家を中心人物として自然に出来上った小説を見る如き別個の興味が覗《うかが》われる。又二十二年頃のまだ稚気を帯びたものから四十三年大患以後の円熟した平静で天空豁然《かつぜん》な心境に達するまでの先生の内面的消息の変遷やその時代の文芸界の空気の反映など、もしその人をさえ得たならば忠実にこの書を評註する事によっての「人並びに芸術家としての漱石論」をも得られるであろうと思うが僕は勿論その任に堪えぬが上に実はもっと詳細にこれを論評したくとも時日にも紙数にも不足があり、且つ

読過の際ノートして置かなかったので一一の面白い引例を列挙することさえ出来ないのは不本意であるが、ただ茲《ここ》にはこの書翰集を通して見たる先生に対する追慕の情を披瀝《ひれき》したその精読を一般読書子に勧めたいと思う。

（『文学時代』昭和六年三月号）

「老猫物語」に就いて

内田百閒

私の「老猫」に就いて、昭和十年八月発行の「アラベスク」誌に素琴先生は「百間君の一夜会時代」と題する御寄稿の中で次の様に記された。大変私の事をほめて居られる先生の文章を、私の手で更《あらた》めて転録するなどは随分あつかましい話であるが、東炎は内輪であると云う気持に甘えさして戴いて、読者が私の心事を訊《とが》められぬ様お願いする。

『(前略)百間君が六高会誌に発表した漱石ばりの文章は「老猫」という題のものであった。たしかに名文であった。私は百間君の随筆集は皆頂戴しているが、この名文がまだ加えられていない様である。これは百間君に何か趣向があってのことだろうと推測される。百間君がこの名文を発表した時、「これを漱石先生へ送って批評を乞おうと思うがどうでしょう」と云うから、私は大いに賛成した。百間君が「老猫」を載せた会誌に手紙を添えて漱石先生へ送ると、先生から折返し返書が来た。百間君がそれを私にも見せられたので覚えているのだが、唐紙の巻紙に漱石一流の名筆の文字を走らせた気持のよい手紙で署名も先生の手紙によく見る金之助と書いたものであったように思うが、「老猫」をなかなか讃《ほ》めた批評のもので、大いに嘱望するといったようなことが書き添えてあったように思う。

百間君がこの時既に嘱望されてしまっていたのだから、東大へ移って以来、漱石門下として健筆を揮うようになったそもそもの奇縁は、この時「老猫」がはるばる東京へまで旅をしたことによるので、この点からいうと「老猫」の功績は大いにたたえられねばならぬのである。』

　私は「続百鬼園随筆」の中に「文章世界入選文」及び「筐底稡稿」の欄を設けて、昔の文章を幾篇か収録したが、その中に「老猫物語」は入れなかった。「老猫」は明治四十一年の作であって、右の欄に収めた「乞食」「按摩」「靴直し」等は明治三十九年の稿であるから、「老猫」より古い物を選んで「老猫」を載せなかったのである。そのわけは素琴先生の云われる様に、私に何か趣向があって、わざわざ「老猫」をしまっておいたのではないので、実は「老猫」がまずくて、人前に出すのが見っともないから、かくしたまでの事である。素琴先生が名文であったと云われるのは、今から三十年も昔の事だから御記憶がはっきりしない上に、私の事をよく考えて下さる為に、後からそんなお気持がせられたのであろうと有難く思っているけれど、決して名文でも何でもない事は、今更めて先生の閲に供する事になるので、先生にも解る事だと考えると、気恥しくもあるが、又安心する様な気持もする。

　その「老猫」を何故今になって、私が東炎の読者にお目にかけるかと云う因縁は、今度佐藤春夫氏が、漱石先生の書簡集日記等から、漱石先生の推賞せられた色色の人の文章を

蒐《あつ》めて、一種の文献として刊行せられると云う話に就いて、私の「老猫」もその末席に列なる事になったので、結局近い内に人前で冷汗をかく事を免れない以上は、前前から東炎に出せとすすめられたのをお謝りして来た関係もあり、どうせ搔く恥なら先ず内輪で、冷やかされた上で、世間の哂《わら》いを待つ方が気が楽であろうと考えたからである。送り仮名は今私の則っているところと甚しく異なるが、凡《すべ》て原《もと》の儘《まま》にして手を加えない事にした。

（『東炎』昭和十一年九月号）

夏目漱石宛書簡

芥川龍之介・久米正雄

千葉県一ノ宮海岸
一ノ宮館
芥川龍之介
久米正雄

先生
原稿用紙で　ごめんを蒙《こうむ》る事にします。
ここへ来てからもう彼是《かれこれ》一週間ばかりになりました。午前は勉強して　午後は海へはいると云う事にきめては居りますが　午前の日課は　ひるねをしたり　駄弁をふるったりして　兎角　閑却されがちです　殊に　新思潮の原稿を書いてしまってからは　まるで解放されたような　のんきな心もちになってしまったので　義理にも　金儲けの飜訳には手をつける気になれません。勉強と云っても実は　この飜訳が　大部分をしめているのです。

昨日　新小説の校正が来ました。校正でだけ見た所では、どうも失敗の作らしいので大《おおい》にまいってしまって居ります。私は　いつでも　一月ばかりたった後でないと　自分の書いたものが　どの位まで行っているのだかわかりません。そうすると　今　まいっていると云うのが　矛盾のようですけれど　まだ失敗したのだか　どうだかわからない　わからないと思いながら　それでも　どうも失敗したらしいので　まいってしまうのです。実際　校正しながらも　後から後から　気になる所が出て来るので　何度　赤インキの筆を抛《ほう》り出して　ねころんでしまったかわかりません。久米が　そばから大に鼓舞してくれるのですが　気になるのは　人の評価でなくて　自分の評価ですから　困ります。尤も自分の評価も　全然　人の評価に左右されない事はなさそうですが。

くだらない事を　長く書きました。何だかこのまいっている心もちを　先生へ訴えたいような気がしたからです。そうでも　さして頂かなければ　妙に気がめいって　やりきれません。

しけだものですから　宿屋は　大抵毎日　芋ばかり食わせます。小説も芋粥ですから私は　芋に祟られているのでしょう。

女中にやる祝儀が少かったものと見えてあまり優待されては　いません。或は　虐待されていると云った方が　適当なのでしょう。朝　戸をあけたり　床をあげたりするのまで自分でやらせられるのですから。今朝なぞは　顔を洗う水を　何時までも持って来てくれ

ないので　大に弱りました。

ここまで　書いた時に　先生の御手紙がつきました。　私たちも　如何に閑寂な日を送っているか　御しらせする為に　久米のスケッチ三枚と　私の妙な画とを　御送りします。私の詩は　とても先生の墨は摩せそうもありませんが　将来に於て　私の絵は（先生位私が年をとったら）先生の達磨に肩随する事が出来るかも知れないと思います。

先生の所の芭蕉は　もう葉がさけかかったでしょう。ここの砂浜にある弘法麦も　焦茶色の穂をみだすようになりました。「砂に知る日の衰えや海の秋」これは私の句ですが久米三汀宗匠の説によると　月並だそうです。もう一つ「砂遠し穂蓼《ほたで》の上に海の雲」と云う句もふらふらと　出来ました。詩は　ここに円機活法がないので　作れません。作っても　御披露する気にはなれないでしょう。詩を頂いた御礼に　句と画とを御覧に入れる事にして　この手紙をおしまいにします。

八月二十二日　　　　芥川龍之介

八月二十二日、一ノ宮にて、久米正雄。

先生。

只今二人で先生への手紙を書きかけた処へ、先生からの御封書を頂き、難有《ありがた》く拝見しました。それで又改めて書き出しましたから、形式は御返事を差上げると云うことになりますが、実質はいろいろな事を只《ただ》並べて、永い日を持っておいでになる先生を、よく云えばお紛らせ致し、悪く云えばお悩ませ申そうと云うに過ぎません。

此処の此の泊っている処は、宿で別荘と称している離室で、十畳の間を二人で占領して居ります。一昨日まで隣りの六畳に人がいましたが、毎日の僕らの駄弁と宿料の高いのに閉口して移って了《しま》いました。見た所からして肺結核だとわかるような若い人だったので、同情はしましたが、其同情を行為にして現わすには或種の危倹《原》を感じました。それで今は此の別荘は僕ら二人の跳梁に任せてある、従って夜なぞは議論でひどく大きな声を出すことも珍らしくありません。昨日も芥川が芸術に於ては表現が全部で、思想は其僅少なパートを取るに過ぎないと云い出し、一方が何か云えば他は必ずこれに一応は反対すると云う、吾々の悪い癖で、早速議論になって了い、詭弁と挙げ足取りの競争をしました。要するに議論のための議論なので、其儘物別れになりました。が、恐らく二人とも其時は勝ったつもりでいた事でしょう。これも永い日のさせる咎です。

此頃芥川は新小説へ出した小説に不安を感じ出して、「参った、参った」と云いつづけて居ります。僕がいくら慰め（少し語弊がありますが）たって只「参った、参った。」と云ってるばかりです。それが全然自分にばかり対して感じる不安かと云うと、まんざらそう

でもないらしく、まず対外的な意味も幾分〔か〕含んだ、ひどく複雑したらしいものなので、僕が他人が見たらまずお座なりに近いかも知れない言葉で何とか云っても、回復すべき道はないのです。こんな時、僕が何と云った処で芥川の不安はなおらないのでしょうが、僕も只うっちゃって置くわけに行かないから、効果がないと知りつつ慰めなくちゃならない、全く苦るしい立場にいます。そこへ来た先生のお手紙は彼の心持を引立てるのに、今重大な効目をあらわしました。その点だけでも御礼を申し上げなくてはなりません。昨日は彼の友人から来た手紙に、愛情を誇張した文句があったと云うので、それをひどく気にしたりして、困りました。天才をお傅《も》りするのは、ひどく骨の折れるものです。

彼の小説は、僕の見た処、決して悪るくないのです。悪るい処か、いろいろな美点は、それを彼の作としても傑作にしています。心配することはないのです。尤もそれに心配することは彼の芸術的良心の鋭さを証明するのですが、心配する甲斐のない心配に囚われてるのは決していい事じゃなかろうと思います。併しこれも一時の心の状態で、やがて又非常な元気になるでしょう。

非常な元気と云えば二三日前まで彼ハ非常な元気で、今月の新思潮の小説をとうとう書けずに了った僕の前で、「圧倒してやる」と呼号し乍《なが》ら二つほど短篇を書きました。而《しか》して書けないでいる僕に、「すっかり尊敬を失った」なぞと激励に似た嘲罵を加えたりした位でした。勿論こんな言葉は平常お互いに云い合っているのですが、偶々《たまたま》以て当時の彼の

意気の軒昂を証明しているでしょう。彼もやがて此軒昂に帰るだろうと思います。と云うと彼が全然しょげてるようですが、そうでもないのです。つまり彼の云う如く、絶対のものには飽く迄謙遜であるが、相対のものにはそうであり得ないのです。処が一の宮には其の相対的なものが沢山ないので、不遜になりうる機会が少ないのだろうと僕は解釈して居ります。

全く、東京を離れると善悪両極の意味の刺戟を失って了います。今日で六七日新聞を見ないでいた為、世間がどうなったか、赤木君の一波から万波を惹起したらしい遊蕩《ゆうとう》文学問題がどうなったか、まるでわからずにいます。「明暗」もお延が家へ帰って小女から外套を取りに来た例の文士君――コノ人の名を忘れました。芥川も思い出せないのでやむを得ずこう書きます。――の話を聞く所で、東京へ置いて来ましたが（纏めて見るつもりで放って置いたのです）、昨日偶然此処の交遊倶楽部という玉突場で、文士君がお延を尋ねて来て、話をしている処を一回読みました。久しぶりで見たので、妙な慕しさを感じました。挿絵は心臓の中に「昔」と云う字が釣り針のようなものに引懸かっているのでした。どうも春仙の画は不可《いけ》ません。

僕らの此処での生活は、日課として午前中は水野君流に云うと創作という事に決めてあるのですが、此頃は呆然ねころんで本を見る位なものです。芥川はゾログーブの短篇集を読み上げました。私はベルグストロームと云う丁抹《デンマーク》の戯曲を読んでいます。こう申しまし

ても、決して片仮名に盲従しているのではありません。先ず僕等なりに批判を以て接しています。芥川はゾログーブを軽蔑し出しました。僕だってベルグストローム位には行ってるつもりです。（尤もつもりだけかも知れませんが。）

午後は海へ入ります。僕は泳げませんから、胸位の処で波に背をうたして居ります。併しそれだけでもなかなか面白うございます。波が来るとそれに乗る、又は潜る。只それだけの事を繰り返しているのですが、それだけで面白いのは妙です。私は今初めてある作家が同じような材料で、同じような描写を繰り返し乍ら、満足しているのも尤もだと覚りました。

夜は早く寝ます。が寝る前に必ず芥川の駄弁を拝聴します。その駄弁が非常に芸術的な場合もありますが、芥ほどの駄弁家でも毎日はそうは行きません。

よく二人で歌と俳句とを作ります。芥川の説によると咳唾《がいだ》玉を成してるんだそうですが、玉石をなすと云った方が真実です。即ち私のは玉で芥のは石なのです。唯今先生の漢詩に対して其玉をお目にかけ度いのですが、そうすると芥川の石までお目にかけなくちゃならないので、彼が承知しません。惜しいことです。その代り私のスケッチを三枚ほど御笑覧に供します。小説より絵の方がうまいなぞと仰られる怖れがあるので、ワザと下手に書きました。三枚の中一つだけは物になっているかも知れません。あとは余りリアリスチックで、大下藤次郎式です。併し石井柏亭位には行ってませんかしら。何しろ此処にはスケッ

チブックを売っていないので、こんな子供の使う紙へ書くのですから、色の出ってはありません。

御漢詩、私にも解って面白く拝見しました。私も作りはしませんが、拝見するだけなら、拝見ができます。

時々東京の灯を思い出します。その時の趣味は中学生位と大した変りがありません。先ずパウリスタのコーヒーが飲みたいとか、資生堂のアイスクリームが食いたいと云った類です。

明日あたりから、そろそろ糊口のための飜訳にでも取かからなくてはなりません。

先ずは下らぬ事のみ、羅列致しました。今日はこれで御免下さい。失礼の段は平らに御容赦を願います。

＊＊＊

千葉県一ノ宮海岸

一宮館

二人

先生

また　手紙を書きます。嘸《さぞ》　この頃の暑さに　我々の長い手紙をお読みになるのは　御迷惑だろうと思いますが　これも我々のような門下生を持った因果と御あきらめ下さい　その代り　御返事の御心配には及びません。先生へ手紙を書くと云う事がそれ自身　我々の満足なのですから。

今日は　我々のボヘミアンライフを　少し御紹介致します。今いる所は　この家で別荘と称する十畳と六畳と二間つづきのかけはなれた一棟ですが　女中はじめ我々以外の人間は　飯の時と夜　床をとる時との外はやって来ません。これが先《まず》　我々の生活を自由ならしめる第一の条件です。我々は　この別荘の天地に　ねまきも　おきまきも一つで　ごろごろしています。来る時に二人とも時計を忘れたので　何時に起きて何時に寝るのだか我々にはさっぱりわかりません。何しろ太陽の高さで　略々《ほぼ》　見当をつけるんですから非常に帳裡日月長と云う気がします。それから　甚　尾籠ですが　我々は　滅多に後架へはいりません。大抵は前の庭のような所へ　してしまうのです。砂地で　すぐしみこんでしまいますから　宿の者に発見される惧なぞは　万万ありません。第一　非常に手軽でしかも爽快です。そう云う始末ですから　部屋の中は　原稿用紙や本や絵の具や枕やはがきで　我ながらだらしがないと思う程　雑然紛然としています。私は本来久米なぞより余程きれいずきなのですが　この頃はすっかり悪風に感染してしまいました。夜はそのぞうもつを　隅の方へつみかさねて　女中に床をとってもらいます。ふとんやかいまきは　可《か》

成《なり》清潔ですが　蚊帳は穴があるようです。ようですと云うのは　何時でも中に蚊がはいっているからで　実際　穴があるかどうか　面倒くさいから　しらべて見た事はありません。その代り　獅噛《しかみ》火鉢《ひばち》を一つ　蚊帳の中へ入れて　その中で盛に　蚊やり線香をいぶしました。久米の説によると　いぶしすぎた晩は　あくる日　頭が痛いそうです。ではよそうかと訊きますと　蚊に食われるよりは　頭痛のする方がまだいいと云います。そこで　やはり毎晩　十本位ずつ　燃やすことにきめました。頭痛はしないまでも　いぶしすぎると翌日　鼻の穴が少しいぶり臭いようです　線香さえなくなれば　もういい加減にやめてもいいのですが　こてこて買って来たので　中々なくなりそうもありません　この頃はそれが少し苦になり出しました。

　海へは　雨さえふっていなければ　何事を措いてもはいります。ここは　波の静な時でも　外よりは余程大きなのがきますから　少し風がふくと　文字通りに　波濤洶湧します一昨日　我々がはいっていた時でした。私が少し泳いで　それから背の立つ所へ来て見ると　どうしたのだかいる筈の久米の姿が見えません　多分先へ上ったのだろうと思って砂浜の方へ来て見ますと　果してそこにねころんでいました。が　いやな顔色をして　両手で頭をおさえながら　うんうん云っているのです　久米は心臓の悪い男ですから　どうかしたのかと思って　心配しながら訊いて見ますと　実は　無理に遠くまで泳いで行った為に　くたびれて帰れなくなった所へ　何度も頭から波をかぶったので　大へん苦しんだ

のだそうです　そうして　あまり鹹い水をのんだので　もうこれは駄目かなと思ったのだそうです。では又　何故そんなに遠くへ行ったのだと云いますと　女でさえ泳いでいるのに　男が泳げなくっちゃ外分《原》がわるいと思って　奮発したのだと云う事でした。つまらない見えをしたものです。事によると　この女なるものが　通常一様の女ではなくって　久米のほれている女だったかもしれません。

　女と云えば　きれいな女は一人もいませんが　黒の海水着に　赤や緑の頭巾をかぶった女の子が　水につかっているのはきれいです。彼等は　全身が歓喜のように　躍ったり跳ねたりしています。そうして　蟹が一つ這っていても　面白そうにころがって笑います　浜菊のさいている砂丘と海とを背景にして　彼等の一人を　ワットマンへ画こうと云う計画があるんですが　まだ着手しません。

　画は　新思潮社同人中で　久米が一番早くはじめました。何でも大下藤次郎氏か三宅克己氏の弟子か何かになったのかも知れません　とにかく　セザンヌの孫弟子位には　かけるそうです。同人の中には　まだ松岡も画をかきます　しかし　彼の画は倒《さかさま》にして見ても横にして見ても　差支えないと云う特色がある位ですから　まあ私と五十歩百歩でしょう。それでも二人とも　ピカソ位には行っていると云う自信があります。

　いよいよ九月の一日が近づくので　あんまりいい気はしません。先生にあやまって頂くよりは　御礼を云うようになる事を祈っています。

今日チェホフの新しく英訳された短篇をよんだのですが　あれは容易に軽蔑出来ません。あの位になるのも　一生の仕事なんでしょう。ゾログウブを私が大に軽蔑したように　久米は書きましたが　そんなに軽蔑はしていません。ずいぶん頭の下るようなパッセエヂもたくさんあります　唯　ウェルスの短篇だけは　軽蔑しました。あんな俗小説家が声名があるのなら　英国の文壇よりも　日本の文壇の方が進歩していそうな気がします。我々は海岸で　運動をして　盛に飯を食っているんですから　健康の心配は入りませんが　先生は東京で　暑いのに　小説をかいてお出でになるんですから　そうはゆきません　どうかお体を御大事になすって下さい。修善寺の御病気以来　実際　我々は　先生がねてお出でになると云うと　ひやひやします。先生は　少くとも我々ライズィングジェネレエションの為に　何時も御丈夫でなければいけません　これでやめます

二十八日　芥川龍之介

夏目金之助様　梧下

二十八日。一の宮にて、久米生。

夏目先生。

私どもは相変らず呑気に暮して居ります。尤も呑気とは云っても、極く外面的な意味で、

呑気らしい生活の方法を強いて取ろうとしているだけかも知れません。さし迫った自分の生活や、自己の天分に対して、そう呑気であり得ない僕ハ、常に空漠たる焦燥に促《原》われて居ります。先生の「牛になれ」と云う御教訓は、此際実に身に染みて感じました。私も根本的な勇気を振い起して、行ける処まで根気よく行って見ます。而して常に仮設敵を予想している僕の争闘的性格を制肘《原》して、ゆっくり人間を押すように心掛けます。今日はふいに自分のこれから先きの事を考えて見ました。而してごく平凡な感慨と悲観とを起しました。要するに僕は馬鹿です。只それっきりです。併し馬鹿なりに牛の如く進んで見ます。先生のお言葉で大変落着いたお礼を申し上げるため、つい中学生めいたセンチメンタリズムに陥りました。

　絵は此処にワットマンがありませんから、東京へ帰ってから、一生懸命に描いて、いいのが出来たら、御書斎に一つ懸けて頂くこととします。暫らく書かないでいると、物の見方は進んでいますが、手法上のプラクチスを忘れています。此頃は又一向に描きません。只光線によって日に少くとも七度は色の変る砂丘を、印象主義者のように注意して眺めています。

　支那の絵を私共が注意しないのは、一つには複製なぞを見る機会のないのと、僕の下らぬ教養が一部の骨董趣味を恐れ過ぎたためです。いつか先生の処で見せて頂いた沈南蘋（？）〔蘋〕の花卉は、可成り佳いのに吃驚しました。ああ云うものなら私共も悦んで見、

悦んで学びます。

先生の半香の画に逃げ出したお話ハ、大変面白うございました。笑ってはいけないと書いてあるにも係らず、あとの方の大きな御抱負には、思わず失笑しました。尤も失笑と云うと語弊がありますが、断じて嘲笑ではありません。嘲笑するには余りに真摯な御決心だからです。而して先生の絵は、半香の塁を摩すると否とに係らず、或る年代を経たらきっと五百円位には吹きかける人もいるようになる事も、可成り確かだからです。

此頃の海ハ至って静かです。静かだと云っても泳ぎのうまくない僕は、時々浪に浚われて死にそうになります。泳ぎの少しできる芥川は、時々遠くへ出て大川で錬った腕を双手ぬきで示し乍ら、僕らを尻目に見渡すのだそうです。併し海で死ぬとすれバ、芥川の方がきっと早く死ぬでしょう。今死ぬと天才になるから死ねと云っても、彼ハなかなか死ぬ気になりません。

立体派の俳句を作るのは僕ではなくて芥です。「凧三角、四角、六角、空　硝子」と云うのが彼の代表作です。僕のには

秋天や崖より落ちて僧微塵

という名句があります。これは決して新らしくないが僕としてハ中々自信があります。

長くなりますから今日ハこれで止めます。

追伸。僕らの生活ハ芥川ので尽きていますから、此辺で充分だと思います。それに此前の

ハ長すぎて先生の処で不足税を取られやしなかったかと心配して居る始末ですから。

＊＊＊

千葉県一ノ宮海岸

一宮館

二人

先生

昨日　先生の所へ干物をさしあげました。あんまりうまそうもありませんが　召上って下さい。それでも　大きな奴は少しうまいだろうと思います　あの中へ入れた句は　久米が作りました。おしまいを「秋の風」とやった方がよかろうと　僕が提議したのですが「残暑かな」とやらないと干物らしくないと云うので　ああ書いたのです。あれを中へ入れて　包んでから　久米が　それでは句を見せたいので　干物を送るとしか見えないなって　悲観していました。

あんまり干物の講釈をするようで　滑稽ですが　あれは　宿へたのんで　こしらえて貰ったのです。出来上った所で　一体どの位する物だねときいたら　十枚三銭五厘とか云いました。すると　久米が急に気が大きくなって　先生の所へ百枚か二百枚送ろうじゃない

かって云うのです（先生の所へ　干物をあげると云う事は　二人の中のどっちが云い出したか知りませんが　始から殆《原》　脅迫観念の如く僕たちに纏綿していました。今になって考えると　何故干物ときめたか　滑稽な気がします。）それを　やっと五十枚に節約させたのは　完《まった》く僕の苦心です。いくらうまくっても　干物を百枚も二百枚も貰っては　どこのうちにしろ大へんだと思ったからです。所が　あれを笊へいれて　小さく包んだ所を見ると　僕は何だか久米の説に従った方がよかったような気がしました　そうして　突然　ブレエクのExuberance is beauty と云う句を思い出して　いらざる苦心をしたのが　少し不快になりました。あとでは　妙な行きがかりで　ブレエクを思出したのが　ばかばかしくなりました

　これだけ　干物の因縁を書いて　次へうつります。

「創作」は六号にも書いた通り　発表を見合せる気の方が多かった作品です　それでも誤植が気になる程度の愛惜はありますが　妙に高くとまった所が　今では気になっていけません。

「猿」は　もう少し自信があります。石炭庫の所は　書いている時の心もちから云うと後から抱きとめる所までは　或充実した感じで書けましたが　信号兵の名をよぶ所からあとは　それが稀薄になるのを感じました。そうして　その稀薄さが出るのを惧れたので二三度そこだけ書直して見ました。つまり先生はその稀薄さを看破しておしまいになった

事になるのでしょう。僕は　そう云う意味であすこに　無理な努力があるのを認めます。やはり実感の空疎なのが　だめなのだと　しみじみ思いました。技巧では　僕としても出来るだけの事をした気でいるのですが

「落ち」も　少し口惜しいが　先生の非難なすった事を認めざるを得ません。「口惜しいが」と云うより「口惜しい程　明瞭に一々指摘してあると思った」と云う方が　適切です

　あれもやはり叙述の簡単が累をなしているよりは　主として　照応する二者の後にある主観が　ふわついているからでしょう。書く時はふわつかないつもりで　書いているのですが　出来上ったものを見ると　ふわついているのだから　困ります。

　創作のプロセスに　始終リファーしてゆく批評は　先生より外に　僕たちは　求められません。（僕たちがえらいから　先生以外の人の批評を求めないと云う意味ではありません。外の人たちの批評に　そう云う痛切な〔僕たちに〕所がないのです。）ですから　これからも御遠慮なく　して頂きたいと思います。少し位　手痛く参らせて下すっても　恐れません。反て　勇気が出ます。

　久米がたくさん書いたそうですから　僕はこれで切上げます

　九月二日朝　　　　芥川龍之介

夏目金之助様　梧下

月が変ると共に、海水浴に来る人もぐっと減って了いました。目前に眺める砂丘の半面も、日光によって色を変えるばかりでなく、草のすがれによって本質的に色を変えつつあります。吾々も此夏から秋へ移る避暑地の情調に飽満した形ちで、もう此地を去ることにきめました。これが此処から先生に差上げる最後の手紙です。此手紙を書いて、午飯を喰って、鳥度《ちょっと》海へ入って、それから晩涼と共に一宮川を下り、そのまま灯の賑かな東京へ着こうと云う予定なのです。而して着いたらすぐ、何をおいてもパウリスタの冷たいコーヒーを飲もうと云う提案が芥川によって提出されています。僕は勿論賛成しました。でも次の木曜日には、自分でも少しく黒すぎると思う顔を、御書斎へ運ぶことができるかと思います。

此前の手紙では、芥川が吾々の近況を非常にうまく、（うま過ぎる位うまく）叙述して呉れました。海水浴中の僕の行動なぞは、中にも巧妙を極めたもので、誇張を誇張と見せずに、ああまでよく僕を描写して呉れたのは全く感服の外はありません。殊に海中の女性を点出し来って、それに対する僕の朴素なる恋慕を暗示した点に至ると、彼も亦心理小説家なるかなと三嘆します。――惜しいかな　その二人の女性、僕らより以上に顔を黒くして波濤を背にうけている女性ハ　月が変り、潮が冷たくなると共に浴場に姿を見せなくなりました。僕たるものの落胆は云う迄もありません。而して表面僕のために落胆している如

く見せかけ乍ら、其実自分自身のためにも可成り落胆をしている芥川のより大いなる落胆ハ、心あるものにはすぐ解ります。自分の惚れてる女を、友人が惚れてる如く表白すると云うことは、よくある心理でございましょう。此間の機微は敢て今更先生に贅せずともとハ思いますけれど。

さて、かような訳で、海水浴場のさびれると共に、さびれた中での感興の中心を順次に劣等な方へ移動させて来ると、昨今は、足の太い、日焦《原》けを恐れて白粉を嫌が上にも塗りつけた、看護婦型女性の上に堕りてこなければなりません。そうなることは、僕らの、今の放埒な感情からは容易でしょうけれど、まだそれには僕らの美的教養と、審美本能（？）が許しません。僕らの期を早めたる帰意は、一面茲に胚胎しました。

昨日、春陽堂から芥川の処へ新小説が届きました。二人とも心配だったから、早速読んで、他と比べてみました。芥川も安心しています。只田山さんの、可成り充実した、手固い、淡彩の山水画を見るような味に、勁敵《けいてき》を見出したと云えば云えるでしょう。（又こんな事を云うと、牛の押す対手は文士でないとお叱りを受けそうですが、今日はどうぞお許しを願います。）期待していた谷崎さんのハ、少し落胆しました。幹彦君のに至ってハ、申すのも野暮ですけれど、よくもああ破廉耻な材料を、無反省で書けたものだと思います。あれには奮《原》慨しました。旅役者の心が荒んで、女に干《原》係することなぞを屁とも思わなくなるのを書く事には、異議はありません。ただその材料を取扱ってる彼の態度が、もし作者に

して旅役者になったら、又平気でこれと同じことをするだろうと思われるような態度なのが堪らないんです。――つい平凡な憤慨をして了いました。

其後、芥川が一つ、僕が二つほど小さな小説を作りました。三つとも来月は、新思潮で読んで頂けることと存じます。私共は、私共の雑誌が、先生に読んで頂けるのが、何より嬉しくてなりません。

今月の御批評、私に就いての部分は、少しも異議なく頂戴しました。只、申訳と云う意味ではない申訳として、一言私の「実験」と云うような試みを申しますと、あの中に出てくる艶書を見る二人の人物(僕と山口と)は、二人とも同型な人物で、つまり其同型の二人物の濃淡の重なりに依って、一つの効果を挙げてみようとしただけです。つまり作法上で私は私の蔭武者を一人使ったつもりなのですが、それはどの程度まで成功しましたか。それもお序《ついで》の時、御批評を伺えれば結構でございます。私は実は、そのエキスペリメントと夢中になって、艶書を見られる人の方なぞは、考えなかったんです。こんな点で私が「馬鹿だ」と云うのも御承認ができますまいか。

併し私はこれからは先生の前で、要らない遠慮と謙遜は(その悪い意味での)しません。今迄だってしたと云う訳ではないのですが、先生にこちらの心事を見すかされるような作為は、やめて了います。前便の馬鹿云々は併し僕らが時々ひどく「参って了う」(これは吾々の間の術語で、何物かの前に圧倒されて自己の狭小を感ずることを申します)時は、僕も

そんな言葉を口にするのを、先ず大目に見て、而してそれから充分お叱り下さい。今度のお叱りにはほんとに参りました。殊に六朝文字の悪戯にお加えになった一撃の如き、ひどく手痛うございます。以後はもう決して致しません。人間のアクという奴はなかなかぬけないで困ります。

今月の新思潮でハ、私は菊池の身投げ救助業を最も好みます。描写に、まだ菊池式の不銑[原]錬があるでしょうが、それでも狙った処ははっきり出ていると思います。松岡のは描写はともかく、内容に少しく不満があります。兎に角、僕らが滔々として妙な小説を書いて行くのハ、省みて「微苦笑」を禁じ得ません。行けるところまで此儘行ったら、きっと何かが生まれるでしょう。芥川の猿には、彼には珍らしい詠嘆があって、其かわり堅実を失ってると云うのが僕の大雑把な批評ですが、彼はなかなか屈しません。何でも初めハ「芋粥」よりも此方に自信がありそうな口吻でした。僕はそうは思いません。猿は、父なぞと同じように、岡田君の所謂「有難い気のする」作品ですが、こう云うものになると隙が見えます。

先ずは之にて、あとは御目にかかった折、早々

九月二日　　久米正雄

夏目先生

底本一覧

『漱石の読書と鑑賞』　小山書店　一九三七年五月刊

　佐藤春夫の文章は、『定本 佐藤春夫全集』（臨川書店　一九九八年～二〇〇〇年）

　夏目漱石の文章は『定本　漱石全集』（岩波書店　二〇一六年～二〇二〇年）

　　小宮豊隆「序に代えて」、高浜虚子「序」は底本に拠った。

寺田寅彦「どんぐり」「嵐」　寺田寅彦全集第一巻（岩波書店　一九九六年一二月）

河東碧梧桐「げんげん花」　河東碧梧桐全集第一四巻（文藝書房　二〇〇七年一〇月）

高浜虚子「ほねほり」「大内旅宿」　高濱虚子全集第五巻（毎日新聞社　一九七四年五月）

伊藤左千夫「野菊の墓」　左千夫全集第二巻（岩波書店　一九七六年一一月）

野上彌生子「七夕さま」　野上弥生子全集第一巻（岩波書店　一九八〇年六月）

大塚楠緒子「そらだき」　大塚楠緒子作品集（未知谷　二〇二一年八月）

島崎藤村「春」　島崎藤村全集（筑摩書房　一九八一年二月）

鈴木三重吉「小鳥の巣」　鈴木三重吉全集第一巻（岩波書店　一九三八年三月）

内田百閒「老猫」　新輯内田百閒全集第一三巻（福武書店　一九八八年一月）

長塚節「佐渡が島」　長塚節全集第二巻（筑摩書房　一九七七年一月）

徳田秋声「黴」徳田秋聲全集第九巻（八木書店　一九九八年一月）
中勘助「銀の匙」中勘助全集第一巻（岩波書店　一九八九年九月）
芥川龍之介「鼻」「芋粥」（岩波書店　一九九五年一一月）
内田百閒「「老猫物語」に就いて」新輯内田百閒全集第十三巻（福武書店　一九八八年一月）
芥川龍之介・久米正雄　夏目漱石宛書簡　昭和女子大学図書館蔵

編集付記

一、本書は、佐藤春夫編著『漱石の読書と鑑賞』（小山書店、一九三七年五月刊）を文庫化したものである。

一、文庫化にあたり、「書簡中に見る諸作家作品選集」は作品の取捨選択をし、再編集した。

一、正字旧かな遣いを、新字新かな遣いに改め、明らかな誤植と思われる箇所は訂正した。読みやすさを考え、ルビを適宜加除した。本文中の〔　〕は編集部による注記である。

一、本文中に今日では不適切と思われる表現も見られるが、著者が故人であること、発表当時の時代背景と作品の文化的価値に鑑みて底本のままとした。

中公文庫

漱石《そうせき》の読書《どくしょ》と鑑賞《かんしょう》

2023年12月25日　初版発行

編　著　佐《さ》藤《とう》 春《はる》夫《お》

発行者　安部 順一

発行所　中央公論新社

〒100-8152　東京都千代田区大手町1-7-1
電話　販売 03-5299-1730　編集 03-5299-1890
URL https://www.chuko.co.jp/

DTP　ハンズ・ミケ
印　刷　三晃印刷
製　本　小泉製本

Published by CHUOKORON-SHINSHA, INC.
Printed in Japan　ISBN978-4-12-207454-5 C1195

中公文庫既刊より

各書目の下段の数字はＩＳＢＮコードです。978-4-12が省略してあります。

さ-80-1
佐藤春夫台湾小説集 女誡扇綺譚 佐藤春夫

廃墟に響く幽霊の声「なぜもっと早くいらっしゃらない？」。台湾でブームを呼ぶ表題作等百年前の台湾旅行に想を得た今こそ新しい九篇。文庫オリジナル。

206917-6

さ-80-2
佐藤春夫中国見聞録 星／南方紀行 佐藤春夫

「日本語で話をしない方がいい。皆、日本人を嫌っているから」――中華民国初期の内戦最前線を行く「南方紀行」、名作「星」など運命のすれ違いを描く九篇。

207078-3

て-8-3
漱石先生 寺田寅彦

自他共に認める別格の弟子が文豪の素顔を親愛の情を籠めて綴る。高等学校での出会いから周辺に集う人々まで。文庫オリジナル。〈巻末エッセイ〉中谷宇吉郎

206908-4

こ-63-1
漱石先生と私たち 小宮豊隆

寺田寅彦、鈴木三重吉から芥川龍之介まで。木曜の面会日に漱石を囲んで集った門下生たちの文学的青春の日々を第一の弟子が語る。〈コミックエッセイ〉香日ゆら

207438-5

う-9-4
御馳走帖 内田百閒《ひゃっけん》

朝はミルク、昼はもり蕎麦、夜は山海の珍味に舌鼓をうつ百閒先生の、窮乏時代から知友との会食まで食味の楽しみを綴った名随筆。〈解説〉平山三郎

202693-3

う-9-5
ノラや 内田百閒

ある日行方知れずになった野良猫の子ノラと居つきながらも病死したクルツ。二匹の愛猫にまつわる愛情と機知とに満ちた連作14篇。〈解説〉平山三郎

202784-8

う-9-6
一病息災 内田百閒

持病の発作に恐々としつつも医者の目を盗み麦酒をがぶがぶ……。ご存知百閒先生が、己の病、身体、健康について飄々と綴った随筆を集成したアンソロジー。

204220-9

う-9-10
阿呆の鳥飼　内田百閒
鶯の鳴き方が悪いと気に病み、漱石山房に文鳥を連れて行く……。『ノラや』の著者が小動物たちとの暮らしを綴る掌篇集。〈解説〉角田光代
206258-0

う-9-11
大貧帳　内田百閒
お金はなくても腹の底はいつも福福である――質屋、借金、原稿料……飄然としたなかに笑いが滲みでる。百鬼園先生独特の諧謔に彩られた貧乏美学エッセイ。
206469-0

う-9-15
追懐の筆　百鬼園追悼文集　内田百閒
夏目漱石、芥川龍之介ら文学者から、学生、飼猫クルツまで。哀惜をこめてその死を悼み、思い出を綴る。文庫オリジナル。〈解説〉森まゆみ
207028-8

う-9-16
蓬萊島余談　台湾・客船紀行集　内田百閒
台湾へもう一度行き度くて夢に見る様である――友人に招かれ鉄路で縦断した台湾をはじめ、日本郵船での太平洋戦争直前の客船紀行を集成。〈解説〉川本三郎
207165-0

う-9-7
東京焼盡《しょうじん》　内田百閒
空襲に明け暮れる太平洋戦争末期の日々を、文学の目と現実の目をないまぜつつ綴る日録。詩精神あふれる稀有の東京空襲体験記。
204340-4

う-9-12
百鬼園戦後日記Ⅰ　内田百閒
『東京焼盡』の翌日、昭和二十年八月二十二日から二十一年十二月三十一日までを収録。掘立て小屋の暮しを飄然と綴る。〈巻末エッセイ〉谷中安規（全三巻）
206677-9

う-9-13
百鬼園戦後日記Ⅱ　内田百閒
念願の新居完成。焼き出されて以来、三年にわたる小屋暮しは終わる。昭和二十二年一月一日から二十三年五月三十一日までを収録。〈巻末エッセイ〉高原四郎
206691-5

う-9-14
百鬼園戦後日記Ⅲ　内田百閒
自宅へ客を招き九晩かけて還暦を祝う。昭和二十三年六月一日から二十四年十二月三十一日まで。索引付。〈巻末エッセイ〉平山三郎・中村武志〈解説〉佐伯泰英
206704-2

各書目の下段の数字はISBNコードです。978－4－12が省略してあります。

た-91-1
俳句の五十年 高浜 虚子
子規との出逢い、漱石との思い出、のちに俳風をめぐり対立した畏友、碧梧桐への敬愛。迷走と模索をし続けた日々を振り返る。〈解説〉岸本尚毅
206626-7

た-91-2
芭　蕉 高浜 虚子
近代俳句の巨匠虚子が近世の巨人芭蕉を論じる。芭蕉の句を談林風、主観句、客観句の三種類に分け、作風の変化を分析、さらに門人を評釈。〈解説〉岸本尚毅
206898-8

ち-8-16
対談 日本の文学 素顔の文豪たち 中央公論新社 編
森鷗外、夏目漱石、芥川龍之介、谷崎潤一郎、太宰治……文豪の家族や弟子が間近に見たその生身の姿を語る。全集『日本の文学』の月報対談を再編集。全三巻。
207359-3

ち-8-17
対談 日本の文学 わが文学の道程 中央公論新社 編
川端康成、小林秀雄、宇野千代、井伏鱒二、武田泰淳、三島由紀夫、有吉佐和子、開高健……作家が自らの作品、当時の文壇事情や交友を闊達自在に語り合う。
207365-4

ち-8-18
対談 日本の文学 作家の肖像 中央公論新社 編
泉鏡花、国木田独歩、島崎藤村、林芙美子、柳田国男、菊池寛、稲垣足穂、横光利一……全集編集委員や同時代評論家による作家論。〈解説〉大岡昇平／関川夏央
207379-1

い-38-3
珍品堂主人 増補新版 井伏 鱒二
風変わりな品物を掘り出す骨董屋・珍品堂を中心に善意と奸計が織りなす人間模様を鮮やかに描く。関連エッセイを増補した決定版。〈巻末エッセイ〉白洲正子
206524-6

い-38-4
太 宰 治 井伏 鱒二
師として友として太宰治と親しくつきあった井伏鱒二。二十年ちかくにわたる交遊の思い出や作品解説など太宰に関する文章を精選集成。〈あとがき〉小沼　丹
206607-6

い-38-5
七つの街道 井伏 鱒二
篠山街道、久慈街道……。古き時代の面影を残す街道を歩いて、史実や文献を辿りつつ、その今昔を風趣豊かに描いた紀行文集。〈巻末エッセイ〉三浦哲郎
206648-9

い-38-6
広島風土記
井伏 鱒二

広島生まれの著者による郷里とその周辺にまつわる回想や紀行文十七編、小説「因ノ島」「かきつばた」、半生記などを収める。文庫オリジナル。〈解説〉小山田浩子

207375-3

う-37-1
怠惰の美徳
梅崎 春生
荻原 魚雷 編

戦後派を代表する作家が、怠け者のまま如何に生きてきたかを綴った随筆と短篇小説を収録。真面目で変でおもしろい、ユーモア溢れる文庫オリジナル作品集。

206540-6

う-37-2
ボロ家の春秋
梅崎 春生

直木賞受賞の表題作と「黒い花」をはじめ候補作全四篇に、小説をめぐる随筆を併録した文庫オリジナル作品集。〈巻末エッセイ〉野呂邦暢〈解説〉荻原魚雷

207075-2

う-37-3
カロや 愛猫作品集
梅崎 春生

吾輩はカロである——。「猫の話」「カロ三代」ほか飼い猫と家族とのドタバタを描いた小説・随筆を中心に編集した文庫オリジナル作品集。〈解説〉荻原魚雷

207196-4

く-20-1
猫
クラフト・エヴィング商會
井伏 鱒二／谷崎 潤一郎 他

猫と暮らし、猫を愛した作家たちが思い思いに綴った珠玉の短篇集が、半世紀ぶりに生まれかわる。ゆったり流れる時間のなかで、人と動物のふれあいが浮かび上がる、贅沢な一冊。

205228-4

く-20-2
犬
クラフト・エヴィング商會
川端 康成／幸田 文 他

ときに人に寄り添い、あるときは深い印象を残して通り過ぎていった名犬、番犬、野良犬たち。彼らと出会い、心動かされた作家たちの幻の随筆集。

205244-4

ち-8-11
開化の殺人 大正文豪ミステリ事始
中央公論新社 編

佐藤、芥川、里見に久米。乱歩が耽読した幻のミステリ特集が、一〇四年の時を超えて甦る！「犯罪と怪奇への情熱」に彩られた全九篇。〈解説〉北村 薫

207191-9

ち-8-12
給仕の室《へや》 日本近代プレBL短篇選
中央公論新社 編

日本近代文学において「男性間の愛と絆」はどのように描かれてきたのか。国木田独歩から山本周五郎まで十五篇を精選。文庫オリジナル。〈解説〉佐伯順子

207247-3

各書目の下段の数字はISBNコードです。978－4－12が省略してあります。

ち-8-13
作品集 講釈場のある風景 中央公論新社 編
漱石、荷風の随筆から寂聴の短篇まで。講談専門の寄席「講釈場」や講談師たちを描いた明治・大正・昭和期の小説・随筆を集成。〈対談〉神田伯山・長井好弘
207274-9

ち-8-19
午後三時にビールを 酒場作品集 中央公論新社 編
酒友との語らい、行きつけの店、思い出の味……。銀座、浅草の老舗から新宿ゴールデン街、各地の名店まで酒場を舞台にしたエッセイ&短篇アンソロジー。
207380-7

ち-8-8
事件の予兆 文芸ミステリ短篇集 中央公論新社 編
大岡昇平、小沼丹から野坂昭如、田中小実昌まで。非ミステリ作家による知られざる上質なミステリ十編を一冊にした異色のアンソロジー。〈解説〉堀江敏幸
206923-7

ち-8-1
教科書名短篇 人間の情景 中央公論新社 編
司馬遼太郎、山本周五郎から遠藤周作、吉村昭まで。人間の生き様を描いた歴史・時代小説を中心に中学教科書から厳選。感涙の12篇。文庫オリジナル。
206246-7

ち-8-2
教科書名短篇 少年時代 中央公論新社 編
ヘッセ、永井龍男から山川方夫、三浦哲郎まで。少年期の苦く切ない記憶、淡い恋情を描いた佳篇を中学教科書から精選。珠玉の12篇。文庫オリジナル。
206247-4

ち-8-9
教科書名短篇 家族の時間 中央公論新社 編
幸田文、向田邦子から庄野潤三、井上ひさしまで。かけがえのない人と時を描いた感動の16篇。中学教科書から精選する好評シリーズ第三弾。文庫オリジナル。
207060-8

ち-8-10
教科書名短篇 科学随筆集 中央公論新社 編
寺田寅彦、中谷宇吉郎、湯川秀樹をはじめ、岡潔、矢野健太郎、福井謙一、日髙敏隆七名の名随筆を精選。国語教科書の名文で知る科学の基本。文庫オリジナル。
207112-4

い-141-1
関東大震災 文豪たちの証言 石井正己 編
関東大震災から百年。荷風、志賀、谷崎、芥川、与謝野晶子、野上彌生子……文豪たちは何を見たのか？ 彼らが書き残した巨大災害の諸相。文庫オリジナル。
207399-9

こ-21-6
田端文士村 近藤富枝
巨星芥川の光芒のもとに集う犀星、朔太郎、堀辰雄ら多くの俊秀たち。作家・芸術家たちの濃密な交流を活写する澄江堂サロン物語。〈解説〉植田康夫
204302-2

は-67-1
文士の時代 林 忠彦
紫煙のなかの太宰治、織田作之助、坂口安吾。そして川端康成、谷崎潤一郎、三島由紀夫ら文豪たちの素顔をとらえた写真集がよみがえる。〈解説〉林 義勝
206017-3

う-30-1
「酒」と作家たち 浦西和彦編
『酒』誌に掲載された川端康成ら作家との酒縁を綴った三十八本の名エッセイを収録。酌み交わし、飲み明かした昭和の作家たちの素顔。〈解説〉浦西和彦
205645-9

う-30-3
文士の食卓 浦西和彦編
甘いものに目がなかった漱石、いちどきにうどん八杯を平らげた「食欲の鬼」子規。共に食卓を囲んだ家族、友人、弟子たちが綴る文豪たちの食の風景。
206538-3

な-52-4
文豪と酒 酒をめぐる珠玉の作品集 長山靖生編
漱石、鷗外、荷風、安吾、太宰、谷崎ら16人の作家と白秋、中也、朔太郎ら9人の詩人の作品を厳選。酒に託された憧憬や哀愁がときめく魅惑のアンソロジー。
206575-8

な-52-5
文豪と東京 明治・大正・昭和の帝都を映す作品集 長山靖生編
繁栄か退廃か？ 栄達か挫折か？ 漱石、鷗外、鏡花、荷風、芥川、谷崎、乱歩、太宰などが描いた珠玉の作品を通して移り変わる首都の多面的な魅力を俯瞰。
206660-1

な-52-6
文豪と食 食べ物にまつわる珠玉の作品集 長山靖生編
子規が柿を食した時に聞こえたのは東大寺の鐘だった？ 潔癖症の鏡花は豆腐を豆府に！ 漱石、露伴、荷風、谷崎、芥川、久作、太宰など食道楽に収まらぬ偏愛的味覚。
206791-2

な-52-7
文豪と女 憧憬・嫉妬・熱情が渦巻く短編集 長山靖生編
無垢な少女から妖艶な熟女まで。鷗外、花袋、荷風、漱石、谷崎、安吾、太宰らが憧れ翻弄された女性を描く。主人公の生きざまから近代日本の「女の一生」がみえる。
206935-0

各書目の下段の数字はISBNコードです。978－4－12が省略してあります。

あ-84-1
女体についての八篇 晩菊
安野モヨコ選・画
太宰治／岡本かの子／森茉莉 他
はたかれる頬、蚤が戯れる乳房、老人を踏む足、不老の童女……文豪たちが「女体」を讃える珠玉の短篇に、安野モヨコが挿画で命を吹きこんだ贅沢な一冊。
206243-6

あ-84-2
女心についての十篇 耳《みみ》瓔《よう》珞《らく》
安野モヨコ選・画
芥川龍之介／有吉佐和子／円地文子 他
わからないなら、触れてみる？ 女の胸をかき乱す、淋しさ、愛欲、諦め、悦び——。安野モヨコが愛した、女心のひだを味わう短篇集シリーズ第二弾。
206308-2

あ-84-3
背徳についての七篇 黒い炎
安野モヨコ選・画
幸田文／久生十蘭／永井荷風 他
全員淫らで、人でなし。不倫、乱倫、子殺し……濃密に咲き乱れる、人間たちの〝裏の顔〟。安野モヨコの挿絵とともに、永井荷風や幸田文たちの名短篇が蘇る。
206534-5

は-54-4
愉快なる地図 台湾・樺太・パリへ
林 芙美子
旅だけがたましいのいこいの場所——台湾、満洲、欧州など、肩の張らない三等列車一人旅を最上とする著者の若き日の旅。文庫オリジナル。〈解説〉川本三郎
207200-8

は-54-5
掌の読書会 柚木麻子と読む 林芙美子
林 芙美子
柚木麻子 編
「おフミさん」のふてぶてしさに何度も元気づけられた——作家・柚木麻子が、数多く残された短篇・エッセイから一二篇を選び、魅力を語る。〈解説〉今川英子
207367-8

は-54-6
トランク 林芙美子大陸小説集
林 芙美子
旅好きで知られる林芙美子が欧州、ロシア、満洲を描いた小説を集成。絶筆「漣波」を含む七篇と、川端康成が「漣波」単行本刊行時に寄せたあとがきを収録。
207406-4

の-1-3
秀吉と利休
野上彌生子
愛憎半ばする交わりの果てに迎えた宿命的破局——そこにいたる峻烈な人間関係を綿密重厚な筆で追求した絢爛たる巨篇。女流文学賞受賞作。〈解説〉山崎正和
207169-8

つ-34-1
漱石の白百合、三島の松 近代文学植物誌
塚谷裕一
虞美人草、スイートピーから紅茸まで、文豪は植物をいかに描写してきたか。広大な文学作品の森に息づく草花を植物学者の視点で読み解く。〈解説〉大岡 玲
207218-3